Scheinwelten -
Ostfrieslandkrimi

Scheinwelten – Ostfrieslandkrimi

Elke Bergsma

Zum Buch

Der 15. Fall für David Büttner und Sebastian Hasenkrug

Ein gemeinschaftlicher Boßelausflug mit dem Lehrerkollegium seiner Frau ist nicht gerade das, was sich Hauptkommissar David Büttner unter einer gelungenen Freizeitgestaltung vorstellt. Umso erleichterter ist er, als seine Gruppe nach der sportlichen Betätigung in eine Gaststätte einkehrt, in der bereits ein traditionelles Grünkohlessen auf sie wartet. Doch währt auch hier die Freude nur so lange, bis vor seinen Augen ein sich in Krämpfen windender Mann vom Stuhl kippt und wenig später verstirbt. Schnell ist klar, dass der Mann einem Giftmord zum Opfer gefallen ist – und dass es weder an Motiven noch an Verdächtigen mangelt.
Diesmal wieder mit einem Gastauftritt von Uroma Wübkea.

Zur Autorin

Elke Bergsma, Ostfriesin, Jahrgang 1968, freut sich, dass sie sich aufgrund des großen Erfolgs ihrer Ostfrieslandkrimis ihren Traum, vom Schreiben leben zu können, erfüllen konnte.

Impressum

Copyright: © 2016 Elke Bergsma, www.elke-bergsma.de

Lektorat: Hagen Schied | www.lektorat-buchwaerts.de
Korrektorat: Lara Tunnat für www.ebokks.de
Cover: Susanne Elsen, www.mohnrot.com
unter Verwendung eines Fotos von © M. Schuppich / fotolia.com
ISBN-10: 1541213149
ISBN-13: 978-1541213142

Prolog

Sie liebte diesen Wirbel. Ja, sie liebte ihn wirklich. Es war ihre Welt. Das hektische Treiben hinter und auf dem Catwalk. Das Tragen fantastischer Kleider, die im strahlenden Licht der Scheinwerfer glitzerten und funkelten, wie es der Sternenhimmel schöner nicht konnte.

Sie liebte das leise oder auch mal laute Fluchen, wenn die Schneiderin ein letztes Mal an ihrem Styling Hand anlegte, weil es an der einen Stelle kniff, an der anderen zu weit war oder in letzter Sekunde ein Knopf abplatzte.

Sie liebte die Visagistin, die ihr mit ihren Pinseln noch im Vorbeigehen in schnellen Bewegungen übers Gesicht strich und dabei rief: „Die Haut! Oh, madre mía! Was ist denn nur mit deiner Haut! Alles glänzt! So kann ich dich unmöglich nach draußen lassen, Kindchen! Oh, oh, oh!"

Ja, gewiss, sie liebte dieses Treiben von ganzem Herzen. Und doch wurde es ihr manchmal zu viel. So wie heute.

„Mir ist nicht gut", murmelte sie. „Mir ist nicht gut."

Dieser Schwindel! Woher nur kam dieser unsägliche Schwindel, der sie seit einigen Tagen heimsuchte? Rasch griff sie nach ihrer Wasserflasche, als sich erneut ein Anfall ankündigte.

Doch noch bevor sie die Flasche an den Mund setzen konnte, riss sie ihr irgendwer aus der Hand. „Du musst raus, Kindchen! Sie warten auf dich! Jetzt husch, husch!", hörte sie eine Stimme wie durch einen Nebel sagen und spürte im nächsten Moment, wie ihr jemand zwei Küsschen auf die Wangen drückte. „Toi, toi, toi, Liebes, du siehst umwerfend aus."

Ein sanfter Schubser, und sie lief, den Rücken wie eine Balletttänzerin gestreckt, in die vorgegebene Richtung. Hinaus in das Licht, hinaus in den Jubel, hinaus in ihre Welt.

Eine Welt, die sich drehte, sich immer schneller drehte und drehte und drehte … bis tief in die Schwärze der Nacht hinein.

1

Was nützte einem das köstlichste Grünkohlessen, wenn es in weiter Ferne lag? Hauptkommissar David Büttner, der sich an diesem Samstag extra früher freigenommen hatte, um an dem kulinarischen Ereignis in Hinte teilnehmen zu können, war alles andere als guter Laune.

Seine Frau Susanne hatte ihn vom Kommissariat abgeholt, doch erst auf seine Frage hin, warum sie an den nördlichen Stadtrand von Emden anstatt direkt in die Ortschaft Hinte fahre, hatte sie erklärt, dass man spontan beschlossen habe, sich vor dem Grünkohlessen traditionsgemäß zum Boßeln zu treffen. Ziel des knapp fünf Kilometer langen Fußwegs entlang der ehemaligen Kleinbahnstrecke am Knockster Tief sei gegen Abend die Gaststätte Feldkamp im Ortskern von Hinte.

„Hab ich dir das vorhin am Telefon nicht gesagt?", hatte Susanne auf seinen empörten Protest hin gemeint, um dann, ohne seine Antwort abzuwarten, hinzuzufügen: „Das muss ich wohl vergessen haben. Aber nun ist es ja sowieso nicht mehr zu ändern. Außerdem wird uns ein bisschen frische Luft guttun."

Hm. Gegen frische Luft hatte er ja nichts. Vor allem, wenn man diese im Sommer bei einem schönen Glas Wein auf der Terrasse des eigenen Hauses genießen konnte. Außerdem konnte er den Spaziergängen mit seinem Hund Heinrich eine ganze Menge abgewinnen, zumal er bei diesen nicht allzu weit laufen musste, während Heinrich durch sein ausdauerndes, meist zielloses Hin- und Herflitzen ein Vielfaches mehr an Strecke zurücklegte als sein Herrchen.

Nein, gegen frische Luft hatte er absolut nichts. Vorausgesetzt, es war trocken und weder zu heiß noch zu kalt. Eigenschaften also, die man von einem Tag Ende November kaum erwarten durfte. Und dieser November war ein ungewöhnlich kühler.

Bereits nach dem ersten zurückgelegten Kilometer fror Büttner ganz erbärmlich, und die kalte Feuchtigkeit des beständig fallenden Schneeregens fraß sich durch die Jacke direkt in seine Haut.

Doch als wäre das noch nicht genug, handelte es sich bei diesem Ausflug auch noch um ein fröhliches Zusammensein unter Kollegen. Nicht seiner Kollegen, sondern Susannes. Alles Lehrer also. Man musste nicht viel Fantasie aufbringen, um sich auszumalen, was das hieß. Vor allem für die Partner der Kollegen, die nicht das Glück hatten, dem Lehrerberuf zu frönen.

Denn auch hier bestätigte sich auf fast unheimliche Weise das weithin verbreitete Vorurteil, dass sich Lehrer untereinander stets nur über ein Thema unterhielten: Schule. Und damit über alles, was im weiteren Sinne mit dieser zu tun hatte: die Schüler, die Zumutungen der Pausenaufsicht und des Nachmittagsunterrichts, die ständigen Konferenzen und der Stress im Allgemeinen. Hörte man einer Gruppe von Lehrern für eine Weile zu, konnte man sich des Eindrucks nicht erwehren, dass es absolut nirgendwo auf der Welt einen anstrengenderen Job gab als den ihren. Nur ihrem aufopferungsvollen Gemüt war es demnach zu verdanken, dass sie sich noch nicht alle wegen eines durch ihren Job verursachten Burn-outs hatten krankschreiben lassen.

Büttner räusperte sich, als er bemerkte, dass er begann, unfair zu werden. Natürlich gab es auch Lehrer, die anders tickten. Seine Frau Susanne zum Beispiel äußerte sich ihm gegenüber nur höchst selten über die Anstrengungen ihres Jobs.

Umso erstaunlicher war es, dass sie nun ohne Mühen in den Klagegesang ihrer Kollegen einstimmte. War dies dem Gruppenzwang geschuldet? Vermutlich. Denn warum sonst sollte sie den Beruf, den sie stets mit sehr viel Engagement ausübte, plötzlich als kaum erträgliche Belastung bezeichnen?

„Geht es Ihnen auch so?", sprach ihn jemand von der Seite an, als er gerade seinen Schal noch ein wenig enger um den Hals zog, um sich vor dem stärker werdenden Schneeregen zu schützen.

„Wie genau soll es mir gehen?" Büttner schaute den Mann neben sich, der um die vierzig sein mochte, fragend an. Dieser machte daraufhin nur eine ausgreifende Bewegung mit seinen Armen. „Alles Lehrer", stellte er treffend fest. „Aber da Sie sich nicht an den gegenseitigen Mitleidsbekundungen der Kollegenschar beteiligen, dachte ich mir, dass auch Sie womöglich nicht mitreden können, weil Sie einen deutlich weniger anstrengenden Beruf haben."

Büttner grinste. Er war also tatsächlich nicht der Einzige, dem die ewig gleiche Litanei auf den Senkel ging. „Stimmt", nickte er, „ich bin bei der Mordkommission und damit fein raus, da meine Kundschaft im Gegensatz zu der einer Schule nicht mehr in der Selbstfindungsphase ist."

„Mordkommission." Der Mann pfiff durch die Zähne. „Da dürften Sie dem realen Leben um einiges näher sein als so mancher Pädagoge."

„Dem Leben und vor allem dem Sterben", bestätigte Büttner. Genau wie er hatte sich auch der Mann ein wenig zurückfallen lassen, sodass sie jetzt beide das Geschehen auf dem schmalen Weg, der beinahe schnurgerade durch die hier nahezu unbebaute Landschaft verlief, beobachten konnten.

Vor ihnen spazierte eine Gruppe von rund zwanzig Männern und Frauen, die zumeist wild gestikulierend und nickend in Gespräche über den Schulalltag vertieft waren. Der ostfriesische Volkssport Boßeln hingegen spielte dabei keine besonders große Rolle. Meist landeten die Boßelkugeln nach einem nicht gerade beherzten Stoß von einem der beteiligten Lehrer irgendwo im Gras oder im Graben am Straßenrand. Büttner nahm an, dass es sich bei dem Mitführen der Kugeln lediglich um ein Alibi dafür handelte, nebst diesen auch einen mit Bier- und Schnapsflaschen gefüllten Bollerwagen ziehen zu dürfen, aus dem sich bereits eifrig bedient wurde. Auch seine Frau Susanne stieß gerade mit einer Gruppe weiterer Kollegen an, legte den Kopf tief in den Nacken, schüttete eine bräunliche Flüssigkeit in sich hinein und schüttelte sich im nächsten Moment mit zusammengekniffenem Gesicht. Was ganz offensichtlich zum Ritual gehörte, denn alle anderen schüttelten sich ebenso.

„Wenn sie so weitermachen, können sie nachher kein Besteck mehr halten", ließ sich der Mann neben Büttner erneut vernehmen. „Keine Ahnung, worin bei der spontanen Programmerweiterung der Sinn liegen soll." Er zog seine dunkelblaue Pudelmütze tief ins Gesicht. Dann streckte er Büttner die Hand entgegen und sagte: „Conradi. Clemens Conradi. Angenehm."

„Moin. Büttner", erwiderte Büttner.

„Gehören Sie schon lange dazu?" Conradi deutete auf die Gruppe. „Ich meine, müssen Sie solche Happenings wie heute schon länger ertragen?"

„Sie nicht?", wich Büttner einer Antwort aus.

„Nein. Karolin und ich … also meine Lebensgefährtin und ich kennen uns erst seit wenigen Monaten. Ich bin vor vier Wochen von Düsseldorf zu ihr nach Emden gezogen."

„Sie haben Ihren Job gewechselt?"

„Nein. Ich bin Fotograf. Es ist also völlig egal, von wo aus ich arbeite. Ich habe sowieso Aufträge in ganz Europa und manchmal auch in den USA."

„Fotograf. Soso." Büttner begegnete dem Blick des Mannes, der ihn nun herausfordernd ansah. Offensichtlich war er es gewohnt, zu seiner Tätigkeit ausgefragt zu werden. Doch verspürte Büttner keinerlei Lust, mehr über diesen Mann oder seinen Job zu erfahren. Er konnte nicht sagen, warum. Es war einfach so ein Gefühl.

„Ich fotografiere in erster Linie für Modemagazine. Models also", fuhr Clemens Conradi trotzdem fort. „Aber eigentlich würde ich auch gerne mal ein Buch schreiben, am liebsten einen Krimi. Dafür müsste ich dann natürlich intensiv bei der Polizei recherchieren." Er grinste Büttner breit an. „Gut also, dass wir uns treffen. Dann habe ich dafür ja schon einen kompetenten Ansprechpartner. Obwohl …" Zwischen seinen Augen bildete sich eine steile Falte. „Ich nehme ja an, dass hier in Ostfriesland nicht allzu viel Kriminelles passiert, Sie also eher eine ruhige Kugel schieben."

„Wenn Sie meinen." Nach diesen Sätzen verspürte Büttner noch weniger Lust auf einen Plausch. Schade eigentlich, er hätte an diesem Abend einen

Verbündeten gegen die Lehrerschar gebrauchen können.

Fast war er erleichtert, als Susanne sich nun zu ihm umdrehte und rief: „David, du bist dran! Sieh zu, dass du den Kloot[1] bis nach Hinte rollen lässt! Mir ist kalt, und ich sehne mich nach einem heißen Grog."

„Wer nicht", murmelte Büttner. Er zuckte entschuldigend die Schultern. „Sie sehen, die Pflicht ruft."

„Ich sehe vor allem, dass Sie ganz schön unter dem Pantoffel stehen", lachte Conradi. „Ich hingegen habe gleich zu Karolin gesagt, dass ich mit diesem Primitivensport nichts zu tun haben will. Wenn man dieses Boßeln denn überhaupt als Sport bezeichnen kann", fügte er mit einem verächtlichen Gesichtsausdruck hinzu.

Büttner lag eine nicht eben freundliche Erwiderung auf der Zunge, doch alles, wozu er sich herabließ, war ein Schulterzucken. Der Kerl war ihm zutiefst zuwider. Lebte erst seit vier Wochen in diesem Landstrich und meinte, sich herausnehmen zu können, eine alte Tradition als Primitivensport zu bezeichnen! Womöglich würde er später auch noch den Grünkohl nebst Kassler und Mettwurst verschmähen und sich stattdessen den ganzen Abend an veganer Kost festhalten.

Büttner schnaubte. Typen wie der konnten ihm getrost gestohlen bleiben.

Während er zum vorderen Teil der Gruppe aufschloss und dabei versuchte, die zahlreich vorhandenen Pfützen geschickt zu umgehen, fragte er sich, was die nette Karolin von solch einem

---

[1] Boßelkugel

14

Aufschneider wollte. Er kannte die junge Kollegin seiner Frau schon seit ein paar Jahren und wusste, dass sie lange nach einem passenden Partner gesucht hatte.

Aber damit konnte sie doch unmöglich diesen – wie hieß er noch gleich? – gemeint haben!

„Haben Sie schon mal geboßelt, Herr Kommissar?", sprach ihn ein sehr jung aussehender Kollege seiner Frau an, als er den nassen und mit Erde verschmierten Kloot widerwillig in die Hand nahm. Büttner vermutete, dass es sich bei ihm um einen der Referendare handelte, die seit dem Sommer dem Lehrerkollegium angehörten.

„Nennen Sie mich ruhig Büttner, ich bin nicht im Dienst", erwiderte er und fügte in Gedanken ein *leider* hinzu. Wie gerne würde er jetzt mit seinem Assistenten Sebastian Hasenkrug und einer dampfenden Tasse Kaffee in der Hand in seinem Büro sitzen und über einem anständigen Mordfall brüten, anstatt sich hier draußen in der nasskalten Einöde den Tod zu holen! Ja, eine Leiche wäre wirklich eine formidable Ausrede gewesen, sich vorm Boßeln zu drücken. Nun gut, auf Hasenkrug hätte er vermutlich sowieso verzichten müssen, denn der schwelgte seit rund zwei Monaten im Vaterglück, weswegen sich seine Prioritäten verschoben hatten. Dennoch wäre alles besser gewesen, als im immer stärker werdenden Schneeregen zu stehen, eine Kugel aus Gummi in der Hand zu halten und nicht so recht zu wissen, was man damit anfing.

„Nun mach schon, David, alle warten auf dich!", drängte ihn Susanne, noch bevor er die Frage des jungen Mannes beantworten konnte. Ja, er hatte schon mal geboßelt, aber stets nur bei schönem Wetter. Seit er in Ostfriesland war, hatte er sich immer gefragt, was die Ostfriesen ausgerechnet in der kalten Jahreszeit freiwillig zu Boßelturnieren auf die Straßen trieb, während alle anderen froh waren, ihr Haus nicht verlassen zu müssen. Zwei Antworten hatte er auf diese Frage bekommen: Erstens seien zu dieser Jahreszeit weniger Autos unterwegs, da sich nicht so viele Touristen hier herumtrieben, und man müsse sein Spiel, das häufig auf gut ausgebauten Landstraßen stattfinde, nicht ständig unterbrechen. Und zweitens sei es im Sommer schwierig, genügend Boßler zu bekommen, da die Landwirte dann alle mit der Ernte beschäftigt seien. Also werde zur warmen Jahreszeit nur trainiert.

Entsprechend, so nahm Büttner mit spöttisch verzogenem Gesicht an, war man vermutlich auch auf die Idee gekommen, das traditionelle Grünkohlessen mit dem Volkssport zu verbinden. Denn bekanntermaßen war der Grünkohl erst genießbar, wenn er den ersten Frost auf den Kopf bekommen hatte, durch den ihm die Bitterstoffe entzogen wurden. Die aber wurden den Boßlern dann mittels Magenbitter vom Bollerwagen vor der deftigen Mahlzeit trotzdem wieder zugeführt. So schloss sich der Kreis.

„David, nun mach doch endlich! Oder muss dir jemand zeigen, wie es geht?"

Büttner sah seine Frau finster an, dann jedoch bewegte er seinen Arm nach hinten, fixierte den Anweiser, der ihm ein ganzes Stück weiter vorne die ideale Richtung vorgab, nahm ein paar Schritte Anlauf und ließ die Kugel mit viel Schwung nach vorne schnellen, sodass sie möglichst flach auf dem Asphalt aufkam.

Er sah ihr hinterher. Gar nicht so schlecht. Sie lief bestimmt fast hundert Meter weit, bevor sie sich in einen Graben verabschiedete. Sofort spurtete ein junger Mann mit dem Söker[2] hinterher, um sie wieder herauszufischen.

„Kompliment, David, das war bisher einer der besseren Schüsse", hörte er eine Frauenstimme neben sich sagen. Er drehte sich zu ihr um. „Karolin", lächelte er und gab ihr die Hand. „Du warst ständig so weit vorne, da konnte ich dich noch gar nicht richtig begrüßen. Aber deinen neuen Lebensgefährten habe ich bereits kennen gelernt. Er scheint kein großer Freund des Ostfriesensports zu sein."

Das Lächeln verschwand aus Karolins Gesicht, als sie sich nun zu Clemens Conradi umdrehte, der sich noch ein ganzes Stück mehr hatte zurückfallen lassen und ein Smartphone an sein Ohr presste. „Clemens wollte ursprünglich gar nicht mitkommen. Ich habe ihn überredet." Sie zog eine Grimasse. „Ich dachte, er findet Spaß daran."

„Ich wünschte, Susanne hätte mich auch dagelassen, wo ich war", erwiderte Büttner mit einem Zwinkern, doch zu seinem Erstaunen reagierte die sonst so fröhliche Karolin lediglich mit einer wegwerfenden Handbewegung auf diese Bemerkung.

„Alles okay bei dir?", fragte er.

„Ich …" Karolin presste die Lippen zusammen, bevor sie wieder ihr Lächeln zeigte. „Ja. Ja, sicher. Alles prima. Natürlich ist es alles so … ganz anders."

„Ganz anders als was?" Büttner wunderte sich, dass Karolin sich ihm so ohne Weiteres öffnete.

---

[2]Plattdeutsch für Sucher; boßelkugelgroßer Korb aus Eisen, an dem ein langer Stiel befestigt ist

Immerhin waren sie nicht gerade eng befreundet. Sie kannten sich über Susanne und hatten sich nur ein paar Mal bei solchen Gelegenheiten wie dieser getroffen. Außerdem: Heulten sich Frauen nicht eher bei anderen Frauen aus, anstatt sich an die gemeinhin weniger empathischen Männer zu wenden?

„Ganz anders, als ich es gedacht hätte", beantwortete Karolin seine Frage.

„Ihr kanntet euch noch nicht so lange, bevor er zu dir zog?", vermutete Büttner.

„Nein. Wir kannten uns eigentlich gar nicht."

„Gar nicht? Wie das?" Büttner hob erstaunt die Brauen, während er seinen Schal abermals enger um den Hals schlang, da sich der Schneeregen anschickte, ihm unangenehm den Nacken hinunterzulaufen.

„Na ja, wir kannten uns aus dem Internet. Wir haben uns über eine dieser Partneragenturen kennen gelernt und fanden uns sympathisch."

„Und da hast du ihn gleich bei dir einziehen lassen?" Büttner schüttelte verständnislos den Kopf.

Karolin senkte den Blick. „Ich war so lange allein und einfach nur froh, einen Mann gefunden zu haben, für den ich interessant war." Sie sah Büttner von unten herauf fragend an. „Du magst ihn nicht, oder?"

„Wir haben nur ein paar Worte miteinander gewechselt", erwiderte Büttner ausweichend.

„Ich … na ja, ich glaube ja, dass sich alles finden wird. Für mich ist es einfach eine Umstellung, dass plötzlich jemand bei mir lebt. Ich war wohl zu lange eine Einzelgängerin", stellte Karolin nüchtern fest.

Sie tat Büttner leid. Andererseits fragte er sich, wie man so naiv sein konnte, einen Menschen bei sich einziehen zu lassen, den man gar nicht kannte. Oder so verzweifelt. „Du solltest ihn wieder wegschicken, wenn er dir nicht guttut", sagte er.

„Nein!" Karolin winkte fast empört ab. „Nein, so ist es nicht. Ich liebe ihn, weißt du. Und ich weiß, er liebt mich auch. Er trägt mich auf Händen. Momentan bin eher ich das Problem, weil ich mich noch nicht genügend auf ihn einlasse. Bestimmt wird es super, wenn wir uns erst einmal aneinander gewöhnt haben." Sie unterstrich ihre Worte durch ein heftiges Nicken, so als müsste sie sich selbst von ihren Worten überzeugen.

„Na, dann hoffen wir mal, dass es tatsächlich so kommt, wie du sagst", mischte sich eine andere Stimme ins Gespräch. Es war Wolfgang Habers, ein altgedienter, kurz vor der Pensionierung stehender Kollege von Susanne, der früher mal als selbstverliebt und vorlaut verschrien gewesen war, durch eine schwere Erkrankung jedoch geerdet wurde und sich seither als ganz umgänglicher Zeitgenosse entpuppte. „Moin, David. Hatten heute ja noch gar nicht das Vergnügen." Er schüttelte Büttner die Hand und drückte jedem von ihnen ein Tütchen mit Crackern in die Hand. „Vorsichtig, die sind scharf. Bringen einen ins Schwitzen. Ich dachte, das kann bei dem Wetter nicht schaden."

Büttner nickte nur abgelenkt und fragte sich, inwieweit Wolfgang in die Sache eingeweiht war. Gerne hätte er das Gespräch mit Karolin an ihn abgegeben, denn er fand nicht, dass er selbst sich besonders gut als Ansprechperson für Partnerschaftsangelegenheiten eignete. Gefühlsduselei war nicht unbedingt sein Ding. Was vielleicht an seinem Job lag, den man ohne eine gewisse emotionale Distanz nicht ausführen konnte. Ja, vielleicht war er tatsächlich ein wenig abgestumpft über all die Jahre.

„Hattest du nicht gesagt, Clemens käme nicht mit?", fragte Wolfgang gerade, an Karolin gewandt.

Aha, dachte Büttner, ganz offensichtlich war das Thema für Wolfgang nicht neu. Na, dann konnte er sich ja auch getrost aus der Affäre ziehen und ihm das Feld überlassen.

„Ja. Er wollte zunächst nicht mitkommen. Aber … ich …", sie senkte die Stimme, als sie sah, dass Clemens sich ihnen näherte, „ich wollte doch, dass ihr ihn alle mal kennen lernt und er euch. Schließlich kennt er hier noch niemanden." Sie zögerte kurz, bevor sie hinzufügte: „Außerdem wollte ich nicht schon wieder alleine hier auftauchen, wenn alle anderen mit ihren Partnern kommen. Das hatte ich schon in so vielen Jahren, und alle haben mich immer ganz mitleidig angeguckt."

„Ich glaube, das bildest du dir ein", entgegnete Wolfgang frei heraus. „Kein Mensch hat dich komisch angeschaut, weil du alleine warst." Er deutete auf sich und setzte einen etwas seltsamen Gesichtsausdruck auf, wie Büttner fand, worauf Karolin errötend den Kopf senkte. „Guck mal, ich zum Beispiel bin auch ohne Partnerin und fühle mich in der Gruppe trotzdem wohl. Ist doch alles besser, als alleine zu Hause zu sitzen und vor sich hin zu grübeln."

„Du bist verwitwet. Das ist ganz etwas anderes", konterte Karolin leise. Sie schien aus irgendeinem Grund zu glauben, sich rechtfertigen zu müssen.

„Verstehe ich nicht."

Ich auch nicht, dachte Büttner. Doch wollte er nicht weiter den Eindruck erwecken, die beiden zu belauschen, und ließ sich hinter sie zurückfallen. Sein Blick fiel auf den Bollerwagen, der sich, gezogen von einem ihm unbekannten Mann älteren Jahrgangs, gerade zum Überholen anschickte. Ob er sich mal einen Kräuterschnaps zum Aufwärmen gönnen sollte? Gepaart mit den köstlich aussehenden Crackern konnte das nicht schaden. Trotz der Bewegung spürte er, wie ihm die Kälte in alle Glieder kroch. Hätte er gewusst, dass er sich heute solange draußen aufhalten würde, dann hätte er eine andere Jacke mitgenommen. Diejenige, die er trug, stellte sich unter den gegebenen Bedingungen als wenig wettertauglich heraus.

„Moin, darf's ein Glühwein sein, oder vielleicht ein Kurzer?", sprach ihn der Mann an. Büttner schluckte. Offensichtlich hatte er die Ladung des Bollerwagens ein wenig zu auffällig gemustert.

„Glühwein?", fragte er dennoch erfreut. „Das hört sich gut an."

„Jo. Hat meine Frau noch schnell heißgemacht, nachdem sie den Wetterbericht gesehen hatte", grinste der Mann und schlug mit der flachen Hand auf eine große Thermoskanne aus Edelstahl. „Stehen ja immer in der Schulküche rum, die Teile, und werden höchstens mal zum Sommerfest rausgeholt. Da dacht' ich mir, die würden sich ganz gut machen, hier auf 'm Wippke[3]."

„Gute Idee", nickte Büttner. „Dann hätte ich gerne eine Tasse. Susanne, möchtest du auch einen Glühwein?", rief er seiner Frau über die Schulter zu; die aber hob, ganz in ein Gespräch vertieft, nur kurz den Blick und winkte ab.

„Da isser schon." Der Mann reichte ihm einen Becher aus Plastik, den Büttner dankbar entgegennahm.

---

[3] Anhänger

„Sind Sie auch Lehrer an der Schule?", fragte er sein Gegenüber.

„Nee. Ich war da lange Jahre als Hausmeister beschäfticht. Sind uns auch ab und zu mal begechnet, aber daran erinnern Sie sich wohl nich. Und an meine Frau Gerda dann wohl auch nich. Sie arbeitet dort immer noch als Putzfrau." Er deutete auf eine kleine, dickliche Frau, die sich angeregt mit Clemens Conradi unterhielt. Der legte gerade seinen Kopf in den Nacken und lachte lauthals auf.

„Oh … ja … ähm … richtig." Büttner blickte den Hausmeister peinlich berührt an. Natürlich war der schon seit ein paar Jahren im Ruhestand, dennoch war er ihm früher zumindest so oft begegnet, dass er sich noch an ihn erinnern müsste. „Tut mir leid, Herr … ähm … Mennen", sagte er zerknirscht.

„Menninga. Gerold Menninga", korrigierte ihn der Mann und grinste breit. „Sie waren noch nie gut im Namen merken, Herr Kommissar", erinnerte er sich. „Wie machen Sie es eigentlich bei Ihren Leichen und Mördern? Wissen Sie da auch nie, wie die heißen?"

Statt einer Antwort grinste Büttner nur zurück und fragte: „Ist es noch weit bis zur Gaststätte?"

„Noch gut 'nen Kilometer, würd ich sagen. Freuen Sie sich auch schon so aufs Essen?" Menninga strich mit der Hand über seinen gerundeten Bauch. „Also ich freu mich ja schon den ganzen Tach drauf. Wegen mir hätte das mit dem Boßeln nich sein müssen."

„Sehr sympathisch", erwiderte Büttner. „Meinetwegen auch nicht. Aber da wir ja nun mal hier sind … Prost!" Er blies kurz in den dampfenden Glühwein und nahm dann einen Schluck. Er seufzte vernehmlich auf. Wie gut das tat!

„Prost, Herr Kommissar!" Gerold Menninga war

stehengeblieben und hatte sich ebenfalls einen Becher eingegossen. „Auf einen schönen Abend!"

„Lasst mich doch mal nach vorne! Achtung! Platz da!" Noch ehe Büttner sich's versah, wurde er von der Seite angerempelt, und schon im nächsten Moment spürte er den Glühwein heiß über seine Hand laufen. Verdammt! Er stieß einen kurzen Fluch aus, nahm den Becher in die andere Hand und steckte den verbrühten Handballen so gut es ging in den Mund. „Geht's noch?", rief er hinter Conradi her, denn ganz offensichtlich war der für das Malheur verantwortlich.

„Gebt mir jetzt auch mal die Kugel!", achtete der jedoch nicht auf Büttners empörte Reaktion, sondern drängelte sich weiter nach vorne. „Frau Menninga hat mich überzeugt, dass ich das mit dem Ostfriesenkegeln auch mal versuchen sollte. Also her damit!" Der für die Boßelkugeln zuständige Referendar konnte gar nicht so schnell gucken, wie Conradi ihm einen Kloot aus der Hand riss.

„Clemens, was soll denn das?", kam es mit dünner Stimme von Karolin, die nicht weit von Büttner entfernt stand und sichtlich betroffen aus der Wäsche guckte. „Du kannst doch nicht einfach das Spiel durcheinanderbringen!"

„Was gibt's denn da schon durcheinanderzubringen, Schatzi? Hier schießt doch sowieso nur einer nach dem anderen", bügelte Conradi sie ab, nahm ohne weitere Ankündigung Anlauf und donnerte die Kugel in einem so steilen Winkel auf den Asphalt, dass sie sogleich wieder hochsprang und dem Referendar um Haaresbreite am Kopf vorbeizischte.

„Passen Sie doch auf, Mann!", schnauzte Büttner Conradi an, während allenthalben in der Gruppe empörtes Gemurmel zu hören war. „Wollen Sie hier jemanden umbringen, oder was!?" Seine Besorgnis war nicht unbegründet, hatte Conradi dem Kloot doch so viel Pfeffer mitgegeben, dass die nicht eben leichte Kugel ohne Weiteres größeren Schaden hätte anrichten können.

„Nun regen Sie sich doch nicht so auf, Herr Kommissar", gab sich Conradi gelassen. „Was hätte denn schon passieren sollen? Viel schlimmer ist doch, dass meine Hände jetzt aussehen wie durchs Moorbad gezogen." Mit angeekeltem Gesichtsausdruck zog er ein Papiertaschentuch aus seiner Jacke und wischte damit seine Finger ab. Dann lief er breit grinsend zu Gerda Menninga zurück und sagte: „Na, wie war ich?" Die aber hatte ihre Hände in die Hüften gestemmt und erwiderte: „Also, wenn Sie mein Sohn wären, dann hätte ich Ihnen jetzt ein paar gelangt." Die Wut in ihrer Stimme war nicht zu überhören.

„Boah, ich fasse es ja nicht, wie humorlos ihr alle seid!", verdrehte Conradi die Augen, zog seine Tüte Cracker aus der Jackentasche und schob sich einen in den Mund. „Mmmh! Ich liebe alles, was scharf ist. Nicht nur Cracker", tat er mit einem schlüpfrigen Unterton kund, obwohl es vermutlich niemanden interessierte.

Durch die Gruppe ging auf diese Bemerkung hin ein gedämpftes Raunen, doch beschloss man anscheinend, die Sache auf sich beruhen zu lassen, und setzte den Weg Richtung Hinte fort. Es war nicht mehr weit bis zu den ersten Häusern, und alle schienen es plötzlich eilig zu haben, ins Warme zu kommen. Conradi seinerseits hatte sich erneut von der Gruppe abgesetzt, sich den Stöpsel eines Kopfhörers ins Ohr gesteckt und tippte auf seinem Smartphone herum.

„Glaub mir, David, er ist nicht immer so", raunte Karolin Büttner ins Ohr. „Ich glaube, er ist ein wenig unsicher."

Büttner wusste nicht, was er darauf antworten sollte, denn ihm erschien der Fotograf alles andere als unsicher.

„Schmeiß ihn raus!", meinte stattdessen Wolfgang, der neben sie getreten war.

„Was?" Karolin machte große Augen.

„Ich hab kein gutes Gefühl bei ihm", ergänzte Wolfgang.

„Aber ich." Karolin schaute ihn finster an und redete bis zur Gaststätte kein Wort mehr mit ihm.

2

Kaum dass sie in der Gaststätte angekommen und alle damit beschäftigt waren, sich aus ihren nassen Jacken zu pellen, gerieten Karolin Hermann und Clemens Conradi in Streit. Büttner konnte von seinem Platz aus nicht verstehen, worum es ging. Er hatte nur bemerkt, dass Conradi seine Lebensgefährtin grob am Arm gefasst und sie ans andere Ende des Vorraums gezerrt hatte, wo sie jetzt in der Nähe der Toiletten standen und sich mit gedämpften Stimmen gegenseitig beschimpften. In beiden Gesichtern spiegelte sich der Ernst ihrer Unterhaltung.

„Na, den Typen möchte ich ja nicht geschenkt haben", sagte Susanne, die neben Büttner getreten war und angesichts der Szene, die die beiden machten, nur verständnislos den Kopf schüttelte. „Was hat sie sich nur dabei gedacht, einen völlig Fremden zu sich in Haus und Bett zu holen?"

„Was weißt du davon?", fragte Büttner.

„Nur das, was ich eben sagte", zuckte Susanne die Schultern, während sie ihren Schal zu ihrem Anorak an den Haken hängte. „Wir alle hatten sie gewarnt, als sie uns erzählte, dass sie im Internet einen Mann kennen gelernt habe, der bereit sei, seinen Wohnsitz wegen ihr nach Emden zu verlegen. Aber sie hörte gar nicht hin, wenn man versuchte, vernünftig mit ihr zu reden, sondern behauptete glattweg, man würde ihr das Glück nicht gönnen." Sie deutete mit dem Kopf zu dem immer noch streitenden Paar hinüber. „Und jetzt das. Wenn du mich fragst, geht das so, seit er bei ihr eingezogen ist, denn irgendwie ist sie seither komisch drauf."

„Sie hat mir gesagt, dass sie glücklich sei, aber sich noch daran gewöhnen müsse, dass jetzt jemand bei ihr wohnt", bemerkte Büttner.

„Echt?" Seine Frau sah ihn erstaunt an. „Dann ist es noch schlimmer, als ich dachte."

„Wie meinst du denn das jetzt?"

„Nicht so, wie du denkst", beruhigte ihn Susanne und drückte ihm einen schnellen Kuss auf die Stirn. „Nein, ich meine, dass Karolin nie wirklich über ihre Gefühle spricht. Sie gibt zwar gerne die Fröhliche und stets gut Gelaunte. Aber das ist nur Show. Selbst wenn jeder weiß, dass es ihr nicht gutgeht, würde sie es nicht zugeben. Insofern wundere ich mich, dass sie sich dir gegenüber jetzt öffnet."

Mit einem letzten kritischen Blick auf das streitende Paar ging Büttner in den großen Gastraum, in dem sich schon die meisten anderen ihrer Boßelgruppe eingefunden hatten. Auch an etlichen Nachbartischen herrschte buntes Treiben. Anscheinend hatten sich noch andere Gruppen zum Grünkohlessen eingefunden. Der Geräuschpegel war dementsprechend hoch, doch das störte Büttner nicht. Alles, was ihn interessierte, war das Essen, das bereits dampfend auf den Nachbartischen stand. Große Schüsseln voller Grünkohl und Kartoffeln und daneben gut gefüllte Platten mit Kassler und Mettwurst. Es sah nicht nur köstlich aus, sondern roch auch so, und Büttner lief unweigerlich das Wasser im Mund zusammen. Nach dem langen Marsch durch die Kälte nebst allen unerwünschten Nebenwirkungen hatte er sich ein solches Festmahl auch redlich verdient, befand er.

An seinem bereits eingedeckten Tisch hatte eine Kellnerin damit begonnen, die Getränkebestellungen aufzunehmen, und Büttner entschied sich für ein Pils. Eigentlich hatte er geglaubt, erstmal etwas Warmes zu sich nehmen zu müssen, doch ein paar Minuten in diesem mit Menschen gefüllten Raum hatten schon ausgereicht, damit er vor allem Durst, jedoch keine Kälte mehr verspürte.

„Ach, da freue ich mich aber aufs Essen", meinte Susanne, als sie sich jetzt neben ihn setzte. „Ich hatte schon gedacht, dass ..." Sie verstummte, als nun Karolin und Clemens mit erstaunlich entspannten Mienen den Gastraum betraten.

Genauso wie seine Frau und viele andere aus der Gruppe musterte Büttner die beiden mit kritischem Blick. Würden sie sich jetzt wie zivilisierte Menschen benehmen oder gedachten sie, den anderen die Stimmung zu vermiesen, indem sie weiterhin an ihrer privaten Fehde festhielten?

Eigentlich hatte Büttner damit gerechnet, dass Clemens Conradi sich spätestens nach diesem heftigen Streit verabschieden würde, doch zu seiner Überraschung grinste der jetzt überlegen in die Runde und tat so, als sei nie etwas gewesen. Und auch Karolin hatte anscheinend ihre gute Laune wiedergefunden. Bevor sie sich auf die zwei verbliebenen Plätze am Nachbartisch setzten, gab sie Clemens demonstrativ einen Kuss auf die Wange, nickte allen fröhlich zu und tat dann ein wenig zu laut kund, dass sie nicht nur mächtigen Hunger, sondern vor allem auch Durst habe.

„Ein komisches Paar", sagte Büttners Tischnachbar mit gesenkter Stimme, woraufhin Gerold Menninga erwiderte: „Solange sie uns nicht den Appetit verderben, dürfen sie gerne bleiben. Alles andere würd ich ihnen übel nehmen."

Es dauerte nicht lange, bis auch an ihrem Tisch Schüsseln und Platten aufgetragen waren, woraufhin sich selbst in den Reihen des Lehrerkollegiums zufriedenes Schweigen breitmachte. Alle schaufelten die wirklich guten Speisen in sich hinein, als gäbe es kein Morgen.

Erst als der größte Hunger gestillt war, nahmen die Ersten wieder Gespräche mit ihren Tischnachbarn auf. Auch wurde ein Verdauungsschnaps nach dem anderen bestellt, und so dauerte es nicht lange, bis der Geräuschpegel an ihren Tischen dem der anderen in nichts mehr nachstand.

Eine gute Stunde war vergangen, als die ersten Gäste anfingen, ostfriesisches Liedgut zu singen. Einige verlangten nach Würfeln und Würfelbecher, um an ihrem Tisch mit Spielen wie *Lieschen kackt vom hohen Turm* oder *Mutt mit Birgen*[4] den Kohlkönig auszuknobeln. Die Stimmung steuerte ihrem Höhepunkt entgegen. Selbst Clemens Conradi ließ sich dazu hinreißen, in den ein oder anderen Gesang einzustimmen, obwohl er vermutlich nicht mal in der Lage war, den plattdeutschen Text zu verstehen. Das aber schien ihn nicht sonderlich zu stören, sondern im Gegenteil wurde er sogar von Minute zu Minute lauter in seinem Vortrag. Auch den Alkohol, der nun in nicht geringen Mengen und in allen Variationen die Runde machte, verschmähte er nicht, was zur Folge hatte, dass nicht nur sein Gesang unartikulierter, sondern auch sein Blick immer verklärter wurde.

Doch irgendwann erreicht auch die kräftigste Blase

---

[4] Plattdeutsch für Sau mit Ferkeln

die Grenze ihres Fassungsvermögens, sodass Conradi schließlich aufstand und sich auf den Weg zu den Toiletten machte.

Büttner runzelte die Stirn, weil er Zweifel daran hegte, dass es vornehmlich der Harndrang war, der Karolins Lebensgefährten zum Verlassen des Saals bewog. Um seinen Verdacht zu verifizieren, erhob er sich nun ebenfalls und lief ihm hinterher. Conradi jedoch verschwand nicht in der Herrentoilette, sondern folgte einem extrem kurzen Rock und ellenlangen Beinen in die Damentoilette.

Hatte er also doch richtig gesehen! Büttner schüttelte unwillig den Kopf. Schon die ganze Zeit über hatte er das Gefühl gehabt, dass Conradis lautstarker Gesangsvortrag und sein gockelhaftes Auftreten nicht in erster Linie der Erheiterung seiner Tischnachbarn dienten, sondern dazu, die Aufmerksamkeit einer gewissen jungen Dame vom Nachbartisch zu erringen, die ein für ein simples Grünkohlessen sehr gewagtes Outfit trug.

„Was machst du hier?" Susannes Stimme drang an sein Ohr. Sie war ihm gefolgt.

„Ich bin diesem Conradi hinterher", antwortete er. „Er hält gerade ein Schäferstündchen in einer der Damentoiletten, fürchte ich."

„Das passt zu ihm", meinte Susanne. „Doch hab ich keine Ahnung, was dich das angeht, David. Oder hat er nebenbei auch noch einen Mord verübt?"

„Ähm … nein. Ich denke nicht." Büttner schluckte. Natürlich hatte seine Frau recht. Ganz egal, was hier wer mit wem trieb, es ging ihn nichts an. Offensichtlich war mal wieder sein Ermittlerinstinkt mit ihm durchgegangen.

Während Susanne nun ihrerseits die Damentoilette

betrat, aus der tatsächlich ein unverkennbares Stöhnen und Keuchen zu vernehmen war, begab er sich in den Saal zurück. Er konnte es sich nicht verkneifen, einen schnellen Blick auf Karolin Hermann zu werfen. Der allerdings schien die ungewöhnlich lange Abwesenheit ihres Partners nicht aufzufallen. Sie unterhielt sich angeregt mit ihrer Tischnachbarin, die, wie Büttner wusste, ebenfalls Lehrerin an ihrer Schule war. Vielleicht war sie auch ganz einfach nur froh, nicht mehr vom Gegröle ihres Lebensgefährten belästigt zu werden.

„Wo bleibt denn unser Freund nur so lange?", fragte ihn Wolfgang Habers, als er sich wieder auf seinen Platz setzte.

Büttner grinste innerlich. Da war er also nicht der Einzige, der sich für das Verhalten von Clemens Conradi interessierte.

„Den Geräuschen nach zu urteilen, stellt er seine Männlichkeit gerade mit einer jungen Frau auf der Damentoilette unter Beweis", antwortete Büttner unumwunden.

„Ist nicht dein Ernst." Wolfgang Habers verschluckte sich beinahe an seinem Bier. Sein Blick wanderte zu Karolin, die nach wie vor in ein Gespräch vertieft war. „Der schiebt 'ne Nummer mit 'ner anderen?"

„So sieht's wohl aus."

„Was für ein Schwein." Wolfgang klang nun ehrlich empört. „Und du hast nichts dagegen unternommen, David?"

„Was hätte ich tun sollen? Ihn verhaften?"

„Hm. Stimmt auch wieder. Aber trotzdem. Dem Typen gehört eine ordentliche Abreibung verpasst, wenn du mich fragst."

„Richtig. Aber nicht von uns. Darum muss Karolin sich schon selber kümmern." Büttner schaute sich im Saal um, als suche er irgendetwas. „Gibt's hier eigentlich auch Nachtisch?"

„Rote Grütze", ließ sich Wolfgang auf den Themenwechsel ein, auch wenn er nach wie vor so aussah, als könne er einen Mord begehen. Die Hände zu Fäusten geballt, das Gesicht puterrot angelaufen saß er da und stierte auf Karolin, als wollte er sie hypnotisieren und sie dadurch zum Handeln zwingen.

„Das klingt gut. Und wann sind wir dran?", fragte Büttner und legte eine Hand auf Wolfgangs Arm. „Reg dich ab. Es lohnt sich nicht. Wenn Karolin nicht selber merkt, mit was für einem Widerling sie es zu tun hat, dann kann ihr niemand helfen."

Wolfgangs Kehle entwich ein unwilliges Grunzen. Dennoch sagte er: „Du hast ja recht. Das muss sie selber regeln." Mit ein wenig schwankenden Bewegungen stand er von seinem Stuhl auf und lief nun seinerseits Richtung WC davon. Büttner hoffte inständig, dass er trotz seiner unverkennbaren Wut an sich halten und sich nicht in die Damentoilette verirren würde, um den Rächer der betrogenen Dame zu spielen.

Die Rote Grütze kam, was Büttner zumindest für eine Weile von Karolin und ihrem unedlen Ritter ablenkte. Da seine inzwischen an ihren Platz zurückgekehrte Frau erklärte, sie habe keine Lust auf Nachtisch, hatte er doppelten Genuss.

„Oje! Wenn das mal gut geht." Susannes Stimme riss ihn aus seinen Gedanken, als er ihr Glas mit dem Nachtisch zur Hälfte geleert hatte.

„Was gibt's?"

Susanne deutete auf die Tür, durch die Karolin

gerade verschwand. „Ich hoffe, sie haben ihr Nümmerchen beendet, ansonsten könnte ich mir vorstellen, dass gleich die Fetzen fliegen. Karolin müsste schon taub sein, um von deren unzweideutigen Geräuschen nichts mitzubekommen."

Büttner bemerkte, dass nicht nur seine Frau und er Karolin gebannt hinterherschauten. Offensichtlich war auch anderen aus ihrer Gruppe nicht verborgen geblieben, wer sich auf der Damentoilette mit wem vergnügte. Er sah, dass einige Männer von einem der Nachbartische einem anderen Mann Zehneuroscheine zuschoben, die letzterer mit einem breiten Grinsen entgegennahm. Schlossen sie etwa Wetten auf den Ausgang des Dramas ab?

Er zuckte die Schultern. Ihm konnte es egal sein. Er widmete sich dem Rest seiner Roten Grütze, wischte sich dann mit einer Serviette den Mund ab und ließ seinen Blick über die Tische schweifen. Ob noch jemand auf seinen Nachtisch verzichtet hatte? Wäre doch schade, man würde ihn zurückgehen lassen.

Doch statt wie erhofft auf ein volles Glas Rote Grütze fiel sein Blick auf Clemens Conradi, der, dicht gefolgt von Wolfgang, gerade mit Gewinnermiene zur Tür hereinschritt. Seine Hand wanderte demonstrativ zum Hosenschlitz seiner Jeans und er tat, als würde er den Reißverschluss nach oben ziehen. Vom Nachbartisch, zu dem auch das Objekt seiner sexuellen Begierde gehörte, machten ein paar junge Männer das Victory-Zeichen und zeigten dazu eindeutige obszöne Gesten.

Während Karolin sich immer noch außerhalb des Saales aufhielt, trat nun auch die junge Frau im kurzen Rock durch die Tür und wurde von ihren Kumpanen mit frenetischem Jubel empfangen. Also hatte auch sie ihren Freunden gegenüber kein Geheimnis daraus gemacht, dass sie vorhatte, sich von dem attraktiven Clemens Conradi vernaschen zu lassen. Mit einem kecken Hüftschwung lief sie an Clemens vorbei und ließ sich von ihm auf den Hintern klatschen.

„Boah, ist das widerlich!", stöhnte Susanne. „Ich fasse es nicht, mit welcher Schamlosigkeit Karolin von denen und vor allem von ihrem eigenen Partner vorgeführt wird." Sie warf ihrem Mann einen warnenden Blick zu. „Du kannst sicher sein, dass Hasenkrug seinen nächsten Mordfall ohne deine Beteiligung würde lösen müssen, wenn du mir so etwas antätest. Denn er hätte diesmal keinen Kollegen, sondern ein Opfer namens Büttner."

„Das ist genau der Grund, warum ich dir seit ewigen Jahren treu bin, mein Schatz", erwiderte Büttner zwinkernd.

Karolin kam in den Saal zurück, setzte sich neben Clemens und gab ihm einen Kuss, was der sich ohne den Hauch eines schlechten Gewissens gefallen ließ. Es hatte den Anschein, als hätte sie von den Vorkommnissen auf der Damentoilette tatsächlich nichts mitbekommen. Büttner war sich nicht sicher, ob er das begrüßen oder bedauern sollte.

Die Kellnerinnen nahmen nun Kaffeebestellungen auf. Büttner orderte für sich und seine Frau Cappuccino und dazu einen Kräuterschnaps. Er vermochte nicht zu sagen, ob ihm das fette Essen auf den Magen geschlagen war oder das schäbige Verhalten von Clemens Conradi. Vermutlich beides.

Von den anderen Gruppen verabschiedeten sich rund eine halbe Stunde später die ersten Gäste. Manche hatten so gründlich einen über den Durst getrunken, dass sie von ihren Partnern gestützt werden mussten. Während auf den Tischen diverse Verdauungsschnäpse verteilt wurden, herrschte ein munteres Verabschieden und Gehen.

Auch Clemens Conradi schien es inzwischen mit dem Alkoholkonsum mächtig übertrieben zu haben, denn er stürzte gerade, die Hand vor den Mund gepresst, in Richtung Toiletten davon, während Karolin ihm besorgt hinterherschaute.

„Geschieht ihm recht", murmelte Susanne. „Hoffentlich geht's ihm richtig schlecht. Ich würde mich jetzt auch gerne auf den Weg nach Hause machen", verkündete sie dann gähnend. „Ich bin todmüde."

„Gerne. Geht mir genauso", nickte Büttner. „Ich ruf uns mal ein Taxi."

„Lass mal", hielt ihn Susanne zurück und zeigte auf ihr Smartphone. „Ich hab da so 'ne App."

Büttner ließ sich wieder auf seinen Stuhl sinken und zog fragend die Stirn in Falten. „Und was hat diese App mit unserem Taxi zu tun?"

„Immerhin scheinst du zu wissen, was eine App ist", zog ihn Susanne auf. „Gratuliere."

„Hat unsere Tochter mir kürzlich erklärt. Sie meinte, dass man ohne so was in heutiger Zeit nicht mehr überleben könne. Aber was ist denn nun mit unserem Taxi?"

„Kommt. In zehneinhalb Minuten ist es da."

„Hä?"

Susanne hielt ihm ihr Smartphone unter die Nase. „Die App. Sag ich doch."

„Mit der kann man ein Taxi rufen und weiß auch noch genau, wann es hier sein wird?" Büttner war baff.

„Nicht nur das. Ich weiß sogar, wie der Fahrer heißt."

„Quatsch!"

„Guck!"

Büttner schaute widerwillig aufs Smartphone, bekam aber im nächsten Moment große Augen. Tatsächlich! „Oh. Er heißt Michael, steht da. Sag bloß! Was es nicht alles gibt!"

Während sie auf das Taxi warteten, gelang es ihm nicht, seinen Blick von Clemens Conradi abzuwenden, der von der Toilette zurückgekommen war und alles andere als gesund aussah. Nicht nur, dass ihm offensichtlich übel war, sein bleiches Gesicht war zudem schweißüberströmt. Auch schien er unter Koliken zu leiden, denn er presste die Hände auf den Bauch und verzog schmerzverzerrt das Gesicht. Büttner konnte nicht behaupten, dass er ihm besonders leid tat.

„Okay, Michael ist in vier Minuten da", vermeldete Susanne und stand auf. „Ich hole schon mal unsere Jacken, du kannst ja derweil die Getränke bezahlen. Das Essen wird aus einem gemeinsamen Budget der Ausflugsgruppe beglichen."

Während Susanne den Gastraum verließ, sah sich Büttner nach einer Kellnerin um. Doch keine von ihnen reagierte auf sein Winken. Also beschloss er etwas widerwillig, sich seinerseits zu bewegen und proaktiv auf eine Kellnerin zuzugehen.

„Moin. Könnte ich bei Ihnen meine Rechnung begleichen?", sprach er wenig später eine der Servicekräfte an, die sowieso gerade beim Abkassieren war.

„Natürlich. Was hatten Sie denn?"

Er hielt ihr die Bierdeckel hin, auf denen die von

ihm und Susanne konsumierten Getränke notiert waren. Während die junge Frau auf ihrem elektronischen Gerät herumtippte, fiel sein Blick erneut auf Clemens Conradi und Karolin Hermann. Letztere wischte auf ihrem Smartphone herum, hob es dann ans Ohr und warf ihrem Lebensgefährten, der nun, anscheinend von starken Krämpfen gequält auf seinem Stuhl saß, immer wieder besorgte Blicke zu.

Nachdem er bezahlt hatte, führte Büttners Weg ihn direkt an dem Paar vorbei. Doch gerade als er beschloss, dass ihn der Zustand von Clemens Conradi nichts anging, verdrehte der komisch die Augen, zerrte am Kragen seines Oberhemdes herum, als sei ihm dieser plötzlich zu eng geworden, japste ein paarmal krächzend auf und kippte dann, sich in Krämpfen windend, vom Stuhl.

3

„Junge, Junge, so viel … *hicks!* … musste erstmal saufen können, dass es dir … *hicks!* … so dreckig geht", lallte ein Betrunkener, als er, von seiner Frau gestützt, an Clemens vorbeistolperte. Einige Gäste waren inzwischen gegangen, die meisten aber harrten nach wie vor auf ihrem Stuhl aus und beobachteten gespannt, was hier passierte. Unter ihnen befand sich auch die junge Dame mit dem Minirock und den ellenlangen Beinen, die den sich windenden Mann eher überrascht als erschrocken ansah, wie Büttner fand.

Es schien die verbliebenen Gäste nicht zu stören, dass Clemens sich inzwischen mehrmals übergeben und in die Hose gemacht hatte. Einige waren sogar abgebrüht genug, sich noch ein Bier zu bestellen. Für sie schien das Ganze hier das reinste Entertainment zu sein. Manch einer entblödete sich nicht, vermeintlich schlaue Tipps in den Raum zu rufen.

Büttner selbst war sich nicht sicher, wie er mit den Gaffern verfahren sollte. Einerseits hätte er sie kraft Amtes gerne davongejagt, andererseits sagte ihm sein Instinkt, dass er womöglich ein paar Augenzeugen würde gebrauchen können, wenn das hier – was er nicht hoffen wollte – für Clemens Conradi schlecht ausgehen sollte.

Während Karolin schluchzend und zitternd in Susannes Armen lag und sich von ihr trösten ließ, kümmerte sich Büttner um den gekrümmt daliegenden und vor Schmerzen wimmernden

Clemens. Er hatte eine Kellnerin gebeten, einen Rettungswagen anzufordern, was die zunächst mit einem lapidaren *Wenn wir das für jeden Besoffenen täten, dann ...* abtat.

„Sie rufen jetzt sofort den Rettungsdienst!", hatte Büttner sie angeblafft und ihr seinen Dienstausweis unter die Nase gehalten. „Wenn mich nicht alles täuscht, dann zeigt dieser Herr Symptome einer Vergiftung! Und ich möchte wirklich nicht in Ihrer Haut stecken, wenn es an dem Grünkohl lag, den Sie ihm serviert haben!"

So schnell hatte er selten jemanden zum Telefon flitzen sehen. Auch wurde sofort die Chefin informiert, die nun leichenblass, die Hände an die Wangen geschlagen, neben dem mutmaßlichen Vergiftungsopfer stand und ständig kopfschüttelnd vor sich hin stammelte: „Nein, es kann doch nicht an unserem guten Essen liegen. Es kann unmöglich an unserem Essen liegen."

Davon ging Büttner zu diesem Zeitpunkt allerdings auch aus. Denn wenn die hier aufgetischten Speisen in irgendeiner Weise kontaminiert gewesen wären, dann würde sich jetzt nicht nur eine Person am Boden wälzen. Er wollte zunächst aber den ärztlichen Befund abwarten, bevor er sich mit irgendwelchen Behauptungen aus dem Fenster lehnte.

Er fasste Clemens an den Hals, um dessen Puls zu fühlen. Wenn ihn nicht alles täuschte, verlangsamte der sich ständig, was mit Sicherheit kein gutes Zeichen war. Auch röchelte der Fotograf jetzt nur noch leise vor sich hin, sein Atem wurde flacher. Es sah nicht gut aus. Wo blieb der Notarzt? Er warf einen Blick zur Tür, doch dort tat sich nichts.

„Da!", sagte die Kellnerin im nächsten Moment

und hob den Zeigefinger. „Ein Martinshorn! Ich geh mal raus und zeig denen, wohin sie müssen." Anscheinend schien sie nun den Ernst der Lage erkannt zu haben.

„Moin, Herr Kommissar, sind Sie dienstlich hier?" Der wenig später hereineilende Notarzt nickte Büttner kurz zu. Es war nicht das erste Mal, dass sie sich trafen.

„Ich hoffe nicht."

„Was ist passiert?", fragte der Arzt, während er bei seinem nun verdächtig ruhig daliegenden Patienten die Vitalfunktionen überprüfte und einem Sanitäter mit ruhiger Stimme Anweisungen gab.

Büttner schilderte, was er beobachtet hatte, und alle anderen Anwesenden nickten dazu.

„Ist er der einzige Betroffene?", fragte der Arzt. „Oder gibt es noch weitere Fälle von Übelkeit und Krämpfen?" Auch er hatte anscheinend den Grünkohl in Verdacht.

„Nur er mit diesen Symptomen", antwortete Büttner. „Gereihert wurde an diesem Abend an verschiedener Stelle, was in den anderen Fällen jedoch eindeutig an dem übermäßigen Genuss von Alkohol gelegen haben dürfte. Bei ihm hier", er deutete mit dem Kopf auf Clemens, „sieht die Sache meines Erachtens etwas anders aus. Deswegen habe ich Sie rufen lassen."

„Eine kluge Entscheidung", nickte der Arzt. Er senkte seine Stimme und sagte selbst für den neben ihm hockenden Büttner kaum hörbar: „Allerdings auch eine, die für den Patienten vermutlich zu spät kam."

Büttner seufzte und bemühte sich nun ebenfalls, leise zu sprechen. „Sie können nichts mehr für ihn tun?"

„Sagen wir mal, es würde an ein Wunder grenzen, wenn er die nächste halbe Stunde überlebt." Der Arzt bedeutete seinen Kollegen, Clemens auf eine Trage zu legen und zum Krankenwagen zu bringen. „Wir nehmen ihn mit. Aber, wie gesagt, rechnen Sie lieber nicht damit, dass er lebend in der Klinik ankommt. Es sieht sehr, sehr schlecht aus."

„Eine Vergiftung?"

„Zu neunundneunzigkommaneun Prozent."

„Okay." Büttner erhob sich genauso wie der Arzt und warf einen Blick auf seine Armbanduhr. Es war beinahe zweiundzwanzig Uhr. Während Clemens nach draußen getragen wurde, schluchzte Karolin: „Bitte, darf ich mit ins Krankenhaus fahren?"

„Nein, das geht leider nicht." Büttner schaute in die Runde. Alle im Raum sahen ihn aufmerksam an, als erwarteten sie von ihm eine Neuauflage der Bergpredigt. „Ich rufe jetzt meine Kollegen", sagte er. „Keiner von Ihnen verlässt den Raum. Wir hätten da ein paar Fragen an Sie." Auf diese Ansage hin ging ein Raunen durch den Saal, doch keiner gab Widerworte.

„Aber ich …", setzte Karolin zum Protest an, Büttner jedoch unterbrach sie mit einer Geste. „Es tut mir leid, Karolin, aber ich brauche auch deine Aussage."

„Wird Clemens … ich meine … er wird doch überleben, oder?" Karolin sah ihn so flehend an, dass Büttner nun echtes Mitleid mit ihr empfand. „Wir können nur abwarten", wich er einer eindeutigen Antwort aus.

„Was macht Taxifahrer Michael?", wandte sich Büttner an seine Frau.

„Ich habe ihn weggeschickt. Würde mir dann jetzt

ein anderes Taxi ordern, wenn das okay ist." Sie zog ihr Smartphone aus der Tasche.

Büttner nickte. „Ja. Oder hast du bei deinem Toilettengang oder sonstwo etwas Besonderes beobachtet? Dann müssten wir auch deine Aussage aufnehmen."

„Nein. Außer dem Gestöhne nichts."

„Okay, dann komm gut nach Hause. Ich warte hier auf meine Kollegen." Auch er griff zum Handy.

„Ich würde Karolin gerne mitnehmen", meinte Susanne.

„Das geht leider nicht. Ich brauche ihre Aussage." Büttner wählte eine Nummer und orderte gleich darauf ein paar Kollegen für die Tatortsicherung und die Zeugenbefragung. „Und rufen Sie Hasenkrug an", bellte er in das Handy, bevor er das Gespräch beendete „ich brauche ihn hier!"

„Okay." Susanne warf Karolin einen entschuldigenden Blick zu. „Ist es für dich in Ordnung, wenn ich gehe, oder möchtest du, dass ich bleibe?"

„Nee, nee, ist schon okay", erwiderte die und schaute sich um. Ihr Blick fiel auf Wolfgang Habers, der das Treiben mit skeptischem Gesichtsausdruck verfolgte. „Es sind ja auch noch ein paar andere Kollegen da, die ich kenne."

Es dauerte nicht lange, bis einige Streifenwagen nebst Spurensicherung in der Gaststätte eintrafen. Büttner erteilte den Kollegen ein paar Anweisungen, die daraufhin ausschwärmten, um von den noch anwesenden Personen Zeugenaussagen aufzunehmen.

Sein Assistent Sebastian Hasenkrug traf als Letzter ein. Er sah blass und übernächtigt aus, doch diesen

Zustand kannte Büttner von ihm seit Wochen. „Sorry für die Verzögerung", keuchte Hasenkrug, „aber ich war gerade beim Wickeln. Ich wollte Tonja nicht wecken und hab deswegen noch kurz gewartet, bis die Kleine wieder eingeschlafen war."

„Lobenswert", nickte Büttner. „Und wie geht es der kleinen Maria?"

„Wenn Sie meine Tochter Mara meinen, dann geht es ihr gut." Hasenkrug hielt sich die Hand vor den Mund und gähnte herzhaft.

„Das ist schön. Sie selbst könnten ein bisschen mehr Schlaf gebrauchen, Hasenkrug. Oder täusche ich mich da?"

„Ein bisschen Durststrecke haben wir wohl noch vor uns. Aber wenn's nur das ist."

„Ja, groß werden sie alle irgendwann. Und wenn sie dann erstmal ausgezogen sind, klappt es meist auch mit dem Schlafen wieder."

„Genau das habe ich jetzt gebraucht." Hasenkrug gähnte erneut. „Danke für Ihre aufmunternden Worte, Chef."

„Oh, da nich für." Büttner zeigte auf einen Kollegen der Spurensicherung, der gerade dabei war, ein wenig von Conradis Erbrochenem in ein Behältnis zu schaufeln. „Sieht so aus, als hätten wir einen Vergiftungsfall", erklärte er.

„Tot?"

Büttner vergewisserte sich, dass niemand in der Nähe stand, dann sagte er: „Auf dem Weg ins Krankenhaus. Seine Chancen stehen aber alles andere als gut."

„Um wen handelt es sich?"

„Clemens Conradi. Seines Zeichens Fotograf." Er deutete auf Karolin. „Er ist ihr Lebensgefährte. Sie ist eine Kollegin meiner Frau. Karolin Hermann. Wir waren heute Abend mit Susannes Lehrerkollegium zum Grünkohlessen hier."

„Klingt spannend." Hasenkrug verzog das Gesicht. Anscheinend konnte er solchen Veranstaltungen nichts abgewinnen.

„Spannend ist vor allem, was daraus geworden ist. Ich würde mal sagen …" Büttner unterbrach sich selbst, als nun sein Handy schrillte. Schweigend und mit zunehmend ernster Miene verfolgte er das am anderen Ende Gesagte und bestätigte es schließlich nur mit einem knappen *Ja, danke*. „Okay", meinte er dann leise, „nun haben wir es wohl offiziell mit einem Mordfall zu tun."

„Oh." Hasenkrug runzelte die Stirn. Büttner vermutete, dass sein Assistent sich gerade die Frage stellte, wie eine Morduntersuchung mit seinen nächtlichen Wickelpflichten in Einklang zu bringen war. „Und es ist ausgeschlossen, dass der Tod eine andere Ursache hat als Gift?"

„Ich denke schon. Morgen werden wir es genau wissen, wenn Frau Doktor Wilkens sich den Leichnam vorgenommen hat."

„Also bleibt eine Restchance, dass wir nicht ermitteln müssen", stellte Hasenkrug fest.

„Eine ganz minimale. Gehen Sie einfach davon aus, dass Sie jetzt nicht nur in den Nächten, sondern auch am Tag keinen Schlaf mehr finden werden." In den letzten Wochen hatte Büttner immer beide Augen zugedrückt, wenn sein Assistent am Morgen später ins Büro kam, sich am Abend früher aus dem Kommissariat verabschiedete oder über Mittag mal zum Schlafen nach Hause fuhr. Für die kommenden Tage oder Wochen aber konnte er ihm nicht versprechen, dass es so bleiben würde. Alles hing jetzt davon ab, wie kompliziert sich ihre Ermittlungen gestalten würden. Davon mal ganz abgesehen, war auch er todmüde. Aber danach fragte ja keiner.

Büttner überlegte, wie er Karolin die Hiobsbotschaft überbringen sollte. Gerade sprach einer seiner uniformierten Kollegen mit ihr. Sie saß zusammengekauert in den Armen von Wolfgang Habers und kaute nervös auf ihren Fingernägeln herum.

Na ja, dachte er, *es nützt ja nichts*. Er bedeutete Hasenkrug, sich nun ebenfalls in die Befragung der Zeugen einzuklinken, und machte sich dann auf den Weg zu Karolin. Wenn er eines nicht leiden konnte, dann war es, Angehörige über einen Todesfall in ihrer Familie aufklären zu müssen. Für ihn war es immer wieder ein Grauen, zunächst den Schock und dann die unbändige Trauer in den Augen der Leute zu sehen, wenn sie vom plötzlichen – und in seinen Fällen zumeist auch noch grausamen – Tod eines geliebten Menschen erfuhren.

Büttner setzte sich zu Wolfgang und Karolin an den Tisch, wartete jedoch, bis sie die Fragen des Kollegen beantwortet hatten.

„Möchtest du mit uns sprechen, David?", fragte Wolfgang, als der Polizist gegangen war und sich an einen anderen Zeugen wandte.

„Es ist …" Büttner räusperte sich, bevor er Karolin in die Augen sah, und sagte: „Gerade kam ein Anruf aus dem Krankenhaus. Sie … konnten leider nichts mehr für Clemens tun."

Karolin starrte ihn auf diese Worte hin zunächst nur an, als hätte er Chinesisch mit ihr gesprochen. Dann jedoch schüttelte sie ganz langsam den Kopf, bis schließlich ihre Lippen anfingen zu beben und sie mit tränenerstickter Stimme sagte: „Sag, dass das nicht wahr ist, David! Sag bitte, dass es nicht wahr ist!"

„Es ... tut mir leid." Büttner legte kurz seine Hand auf ihre Schulter, bevor er Wolfgang zunickte und es ihm überließ, seine junge, jetzt haltlos schluchzende Kollegin zu trösten. Er selbst machte sich auf die Suche nach Sebastian Hasenkrug, um mit ihm das weitere Vorgehen abzusprechen.

4

Es war die beste Nachricht des Tages. Ach was, korrigierte Pit Wessels sich rasch. Es war sogar die beste Nachricht des Monats, wenn nicht sogar des ganzen Jahres! Clemens Conradi war tot. Konnte ein Tag besser beginnen?

Zufrieden schaute er auf die Nachricht auf seinem Bildschirm und achtete darauf, dass der Artikel zum Tod Conradis sichtbar blieb. So konnte er jedes Mal, wenn er am Tisch vorbeikam, einen Blick darauf werfen und sich aufs Neue darüber freuen, dass es endlich erledigt war.

Viel zu lange schon hatte er auf diesen Moment warten müssen. Doch nun war er da. Und nur das alleine zählte. Zwar war er über den Zeitpunkt ein wenig überrascht, aber anscheinend hatte Katja eine gute Gelegenheit gefunden und genutzt.

Er pfiff nach seinen beiden Hunden, weil er das freudige Ereignis mit ihnen gemeinsam bei einem langen Spaziergang am Strand feiern wollte. Dafür brauchte er keinen Sekt oder Champagner. Nein. Alleine der Gedanke, dass dieses Schwein nun endlich für das bestraft worden war, was er angerichtet hatte, genügte ihm, um den Start in sein neues Leben feiern zu können.

Ein Blick aus dem Fenster sagte ihm, dass es besser sein würde, sich winterfest anzuziehen. Also griff er nach seiner Daunenjacke, zog sich eine Wollmütze über den Kopf, schlang sich einen Schal um den Hals und streifte die Lammfellhandschuhe über. So gerüstet trat er, gefolgt von seinen freudig um ihn herumspringenden schwarzen Labradoren, in den kalten Wintertag hinaus.

Wie angekündigt war über Nacht Schnee gefallen, der erste dieses Winters, der wiederum laut Kalender eigentlich noch gar keiner war. Pit konnte sich nicht daran erinnern, wann es Ende November zum letzten Mal geschneit hatte. Es musste etliche Jahre her sein.

Zu Luis' Todestag am 27. November jedenfalls hatte niemals auch nur eine Schneeflocke auf dessen Grab gelegen. Und der jährte sich heute zum zweiten Mal.

Ein Lächeln umspielte Pits Mundwinkel, als er sich ausmalte, wie Luis wohl auf Conradis Tod reagiert hätte. Vermutlich hätte er sich ein Glas Wein eingeschenkt, ein paar Kerzen angezündet und es sich mit einem zufriedenen Lächeln vor einem guten Film gemütlich gemacht. Lautes Jubilieren oder gar Feiern war nie seine Art gewesen, genauso wenig wie es Pits Wesen entsprach.

Sie beide waren immer friedliebende Menschen gewesen. Bis zu jenem verhängnisvollen Tag, an dem genau diese Liebe zum Frieden Luis den Tod gebracht hatte.

An diesem Tag, als für ihn, Pit, plötzlich die Zeit stillgestanden und er mit einem Blick aus dem Fenster registriert hatte, dass die anderen Menschen trotz allem so weitermachten wie bisher, war in ihm etwas zerbrochen. Etwas tief in seiner Seele, das niemand jemals würde kitten können, das aber heute durch den Tod von Clemens Conradi die Chance bekommen hatte, wenigstens wieder halbwegs in Form gebracht zu werden.

Pit wischte sich über sein nasses Gesicht, wobei er

nicht zu sagen vermochte, ob seine nun fließenden Tränen dem starken, eiskalten Wind geschuldet waren, ob sie der immer noch tief sitzenden Trauer entsprangen oder ob sie einfach nur Ausdruck seiner Freude waren. Vermutlich war es von allem etwas, und er beschloss, ihnen freien Lauf zu lassen.

Wie oft hatte er seine Tränen in den letzten Jahren unterdrücken müssen, weil er nicht wollte, dass ihn irgendwer auf seine kaum zu ertragende Seelenqual ansprach. Hier draußen aber war er mit seinem Schmerz und seiner gleichzeitigen Freude alleine. An einem Tag wie diesem verirrten sich höchstens ein paar Verrückte an den Strand, von dem jetzt bei Hochwasser und stürmischem Nordwestwind lediglich ein schmaler Streifen trockenen Fußes begehbar war. Und dann war da ja auch noch der Schnee, der in dicken Flocken umherwirbelte und jeden, der es mit ihm aufnahm, in Nullkommanichts aussehen ließ wie einen Schneemann.

Es war ein Wetter, bei dem man bevorzugt in seinem gemütlichen Zuhause vor dem Fenster saß, dem tanzenden Spiel der Schneeflocken zusah und sich dabei unter einer kuscheligen Decke verkroch und eine Tasse Tee trank.

Pit sammelte ein paar Stöcke ein, die die Nordsee ihm vor die Füße spülte, und warf sie in weitem Bogen über den Strand. Auch wenn sie drohten, in den tosenden, Schaumkronen tragenden Wellen zu landen, so wurden sie doch meist im letzten Moment noch einmal vom Sturm aufgewirbelt und in Richtung der Dünen getragen, wo sie, zwischen Strandhafer und Dünengras liegend, von seinen verspielten Hunden aufgespürt und zu ihm zurückgetragen wurden. Ab und zu ging im Eifer des Gefechts mal ein Stöckchen verloren, doch gab es hier wahrlich genügend Nachschub.

Pit kniff die Augen zusammen, denn er meinte, in einiger Entfernung eine Gestalt wahrzunehmen, die ihm in gebeugter Haltung entgegenkam. Ja, tatsächlich, inmitten des Schneesturms zeichneten sich eindeutig die Umrisse einer Person ab. Im Gegensatz zu ihm, der den Wind und damit auch den Schnee im Rücken hatte, stemmte sich dieser Mensch gegen die Naturgewalten und erweckte somit den Eindruck eines Stiers, der seinem Widersacher im Kampf die Stirn bot.

Als die Person nicht mehr weit von ihnen entfernt war, nahmen Pits Hunde mit hocherhobenen Nasen die Witterung auf und fingen dann freudig an zu bellen.

Bei Pit dauerte es einen Moment länger, bis er in der vermummten Gestalt jemanden erkannte, dann jedoch zeichnete sich auch auf seinem Gesicht ein Strahlen ab.

„Dachte ich mir doch, dass du hier unterwegs bist", rief ihm Merle entgegen, doch kam dieser Satz, vom Wind zerrissen und hinweggetragen, nur in Bruchstücken bei ihm an.

„Du hast die Nachricht gelesen", erwiderte Pit, als seine Freundin schließlich direkt vor ihm stand und sie sich, so gut es mit den dicken Jacken eben ging, umarmten. Mit Merle war er bereits seit Langem befreundet. Sie war es auch, die ihm in der schweren Zeit nach Luis' Tod Stütze und Halt gewesen war, obwohl auch sie den Tod ihres Bruders nur schwer verkraftet hatte. Wer weiß, dachte er manchmal, ob er Luis nicht einfach in die andere Welt gefolgt wäre, wenn es Merle nicht gegeben hätte.

„Es ist eine gute Nachricht", nickte Merle. „Ich hoffe, dass Luis' Seele nun endlich den Frieden findet, den sie verdient hat." Sie begrüßte nun auch die Hunde, die schwanzwedelnd neben ihr auf und ab sprangen.

„Heute ist sein Todestag", erklärte Pit.

„Denkst du, das weiß ich nicht?" Über Merles von der Kälte gerötetes Gesicht legte sich ein Schatten. „Es wird bis zum Ende meiner Tage kein Jahr vergehen, in dem ich am 27. November nach dem Aufwachen nicht zu allererst an Luis denke. Und auch wenn sein Tod nun gesühnt ist, so wird es doch nie mehr anders sein."

„Das wird es nicht", bestätigte Pit. „Und leider macht ihn der Tod von Clemens Conradi auch nicht wieder lebendig. Aber es ist beruhigend zu wissen, dass jetzt alles vorbei ist."

„Ja", nickte Merle, „es ist tatsächlich ein gutes Gefühl." Sie ließ ihren Blick ziellos über die tosende See wandern, bevor sie auf einen im Schneesturm kaum auszumachenden Pavillon direkt am Strand zeigte und fragte: „Lust auf ein zweites Frühstück in der *Milchbar*? Sie haben heute Brunch."

„Klingt toll. Zumal ich noch nicht gefrühstückt habe. Nach dem Blick ins Internet war mir vor positiver Aufregung der Appetit vergangen."

„Ging mir genauso", lachte Merle. „Na dann los, wir haben uns diese Belohnung verdient."

„Schade, dass Katja nicht hier sein kann", stellte Pit bedauernd fest. „Ich hatte gehofft, dass sie heute mit der ersten Fähre kommt. Aber leider wurde der Fährverkehr vom Festland komplett eingestellt. Bestimmt hätte sie uns viel zu erzählen. Na ja, dann müssen wir mit ihr eben nachfeiern."

„Das werden wir ganz bestimmt. Ganz sicher freut auch sie sich schon darauf. Ich bin nur, ehrlich gesagt, ein wenig verwundert, dass sie Clemens jetzt schon umgebracht hat. Vereinbart war es so nicht."

„Hauptsache das Ergebnis stimmt", lachte Pit, und aus jedem seiner Worte sprach Erleichterung.

Gegen Schnee und Sturm ankämpfend erreichten sie eine ganze Weile später die am westlichen Zipfel von Norderney gelegene *Milchbar*. Durch die Scheiben ihres gläsernen Anbaus konnte man kaum noch hindurchsehen, waren sie doch über und über mit Schnee bedeckt.

Bevor Pit seine Hunde in die Bar hineinließ, befreite er sie, so gut es eben ging, vom weißen Nass. Danach klopfte er, genauso wie Merle, auch seine Klamotten ab.

Nur ein paar Menschen hatten an diesem frostigen Sonntagmorgen den Weg hierher gefunden; Pit kannte keinen von ihnen. Vermutlich handelte es sich bei ihnen um Touristen, die es trotz des rauen Wetters auch im Winter an die Nordsee zog. Die Norderneyer selbst zog an einem Tag wie diesem vermutlich nichts hierher. Pit war das ganz recht, denn so kam wenigstens niemand auf die Idee, ihn auf den Zeitungsartikel anzusprechen. Andererseits: Wer sollte zwischen dem Namen des Ermordeten und ihm schon eine Verbindung herstellen? Es gab nur eine Handvoll Menschen, die außer ihm über die Ereignisse, die damals zu Luis' Tod geführt hatten, tatsächlich Bescheid wusste. Und außer Merle lebte keiner von ihnen auf dieser Insel.

Doch mochte sich trotzdem der ein oder andere daran erinnern, dass heute Luis' Todestag war. Nach Beileidsbekundungen aber war Pit nicht zumute.

Denn heute war trotz aller Trauer ein Freudentag, den es gebührend zu feiern galt. Und genau das würden Merle und er jetzt bei einem guten Brunch tun.

5

Zu Büttners Erstaunen saß Sebastian Hasenkrug bereits an seinem Platz, als er am Sonntagmorgen das Büro betrat und sich vom Schnee befreite. Mit ihm hatte er nach dieser ereignisreichen Nacht am allerwenigsten gerechnet. „Und, Hasenkrug, was gibt es für Erkenntnisse zu unserem Opfer?", fragte Büttner ohne Umschweife.

„Ihnen auch einen guten Morgen, Chef", grüßte Hasenkrug. „Und um zunächst Ihre unausgesprochene Frage zu beantworten: Tonjas Mutter kümmert sich bis heute Abend um Mara, sodass Tonja und ich uns mal mit anderen Dingen befassen können. Ich mit dem Mordfall und sie mit Schlafen und Duschen." Es war ihm unschwer anzuhören, dass er liebend gerne mit seiner Lebensgefährtin die Rollen getauscht hätte.

„Schlafen und Duschen wird völlig überwertet." Büttner hielt sich die Hand vor den Mund und gähnte herzhaft. „Glauben Sie mir, ich weiß, wovon ich spreche. Dennoch haben Sie meine Frage noch nicht beantwortet."

„Ich gehe uns erstmal einen Kaffee holen." Hasenkrug stand auf, verschwand im verwaisten Vorzimmer und kam einige Minuten später mit zwei dampfenden Tassen zurück.

„Sehr aufmerksam", murmelte Büttner, als sein Assistent eine der Tassen vor ihm abstellte. „Also, was wissen wir über das Opfer Conradi, außer dass er Fotograf ist?"

„Dass er ein sehr erfolgreicher und in der Szene bekannter Fotograf ist", antwortete Hasenkrug, nachdem er einen Schluck Kaffee getrunken hatte.

„Ach was. Clemens Conradi. Hm." Büttner kräuselte die Lippen. „Nie von einem Fotografen dieses Namens gehört."

„Könnte daran liegen, dass Sie mit dieser Szene nichts zu tun haben", erwiderte Hasenkrug.

„Stimmt."

„Auf jeden Fall haben wir sowas wie eine prominente Leiche. Clemens Conradi muss angesichts seines Erfolgs außerdem relativ wohlhabend gewesen sein. Das können wir allerdings erst morgen überprüfen, wenn bei den Banken wieder gearbeitet wird."

„Haben Sie sonst schon was über ihn herausgefunden?"

„Laut Klatschpresse hat er sich gerade von seiner Frau getrennt. Seit Monaten herrscht zwischen den beiden demnach ein formidabler Rosenkrieg. Sie will die Hälfte seines Vermögens, und er will nichts rausrücken. Angeblich lässt er sie am langen Arm verhungern. Sie selbst studiert noch und hat kein eigenes Einkommen", fasste Hasenkrug seine offensichtlich im Internet recherchierten Erkenntnisse zusammen.

„Ein schönes Motiv. Hat sie ihn womöglich vergiftet? Dann könnten Sie sie direkt verhaften und ich könnte nach Hause gehen."

„Wenn sie es war, müsste sie gestern beim Grünkohlessen gewesen sein, denn ganz offensichtlich wurde er ja dort vergiftet. Vermutlich hätte er sie erkannt."

„Auftragskiller kosten heutzutage auch nichts

mehr", widersprach Büttner. Er zog einen Schokoriegel aus der Schublade seines Schreibtischs und biss herzhaft hinein. „Man muss sich nicht unbedingt mehr selbst die Finger schmutzig machen, wenn man jemanden aus der Welt schaffen will."

„Möglich. Aber der würde ihn doch eher nachts in einer dunklen Gasse niederstrecken, als sich vor Dutzenden Zeugen in einem Festsaal herumzutreiben und ihm Gift ins Essen zu mischen", gab Hasenkrug zu bedenken.

„Das mit dem Gift scheint allerdings weniger schwierig zu sein als angenommen", entgegnete Büttner. „Davon konnten wir uns gestern überzeugen. Oder will irgendein Zeuge irgendetwas beobachtet haben?"

„Nein. Die Befragungen haben zu keinen Erkenntnissen geführt. Außer dass Conradi seine Lebensgefährtin vor deren Augen mit einer gewissen Katja Lürssen betrogen hat."

„Ist das die junge Frau mit dem waffenscheinpflichtigen Rock?"

„Ja. Schlank, hübsch, langbeinig und -haarig. Für die Veranstaltung ein wenig overdressed, wenn Sie mich fragen."

„Die meine ich. Ja, sie hat Conradi vernascht. Oder er sie. Ich hab sie gemeinsam im stillen Örtchen verschwinden sehen. Streitet sie es ab?"

„Nein. Ganz im Gegenteil. Nach ihrer Aussage hat es ihr schon lange keiner mehr so gründlich besorgt."

„So genau wollte ich es gar nicht wissen." Büttner zog eine Grimasse. „Na ja, wenigstens erübrigt sich die Beweisführung, wenn sie es zugegeben hat. Kannten sich die beiden denn schon länger?"

„Anscheinend nicht. Sie gab an, ihn an besagtem

Abend zum ersten Mal getroffen zu haben."

„Dann wusste sie auch nicht, mit wem sie es zu tun hat?"

„Nein. Sie schien wohl ganz erstaunt, als man ihr sagte, um wen es sich bei ihrem Quickie-Date handelte."

„Manche Männer kommen einfach gut an bei den Frauen. Sie müssen nichts dafür tun, außer die Klappe weit aufzureißen", konstatierte Büttner.

„Spricht weder für diese Männer, noch für diese Frauen", entgegnete Hasenkrug. „Mir wäre das zu anstrengend." Wie zur Unterstreichung seiner Worte gähnte er erneut herzhaft.

Büttner räusperte sich. „Nun, wie dem auch sei. Wie gehen wir weiter vor?"

„Ich würde vorschlagen, wir laden mal seine Frau vor", meinte Hasenkrug. „Zumindest sollten wir ihr Alibi überprüfen."

„Hat sie denn eins?"

„Keine Ahnung."

„Dann sollten Sie sie zuerst nach dem Alibi befragen, bevor Sie es überprüfen."

„Klingt logisch. Dann mache ich das mal."

Büttner winkte mit einer Geste ab. „Nee, laden Sie sie bitte vor. Dann können wir sie persönlich nach dem Alibi fragen. Ich würde gerne wissen, mit wem wir es zu tun haben. Denn wenn sie sich wirklich einen Rosenkrieg mit Conradi liefert und das keine Erfindung der Klatschpresse ist, dann ist sie derzeit unsere Hauptverdächtige. Ganz egal, ob sie nun beim Grünkohlessen war oder nicht."

„Okay, wird gemacht. Und was ist mit dieser …", Hasenkrug sah auf seine Notizen, „mit dieser Karolin Hermann? Immerhin saß sie den ganzen Abend neben ihm, und es wäre für sie ein Leichtes gewesen, ihm das Gift unter das Essen zu rühren."

„Mit welchem Motiv?", wollte Büttner wissen. „Sie war frisch verliebt. Es wäre eher außergewöhnlich, seine neu erworbene Liebe bereits nach wenigen Wochen zu vergiften. Zumal Karolin so lange Single war. Und meine Frau sagte mir, dass sie unter diesem Zustand sehr gelitten hat. Ein Mordmotiv sieht anders aus. Außerdem traue ich ihr eine solche Tat nicht zu. Dazu ist sie zu … hm … harmlos. Sie ist ja auch gestern Abend bereits vernommen worden. Ich denke, dass eine erneute Befragung Zeit hat."

„Kann sein. Aber wenn er es öfter so toll treibt wie an diesem Abend, dann könnte es doch sein, dass sie rasend vor Eifersucht war." Hasenkrug lehnte sich in seinem Stuhl zurück, gähnte, verschränkte die Arme hinter dem Kopf und sagte: „Mir kann keiner erzählen, dass sie am gestrigen Abend nichts von dem Quickie ihres Lebensgefährten mitbekommen hat. Es gibt diverse Zeugen, die nichts schneller taten, als unseren Kollegen davon zu berichten. Auch Sie und Ihre Frau können es bestätigen. Eine Gruppe Männer hat sogar Wetten darauf abgeschlossen, ob Katja Lürssen es schafft, Conradi zu verführen oder nicht. Und ausgerechnet Karolin Hermann soll nichts von alldem bemerkt haben? Das erscheint mir doch eher unwahrscheinlich."

„Ja. Da könnten Sie recht haben", nickte Büttner. „Allerdings müsste das Gift sehr schnell gewirkt haben, wenn sie ihn aus Rache für den Seitensprung getötet hat, denn er fiel schon vom Stuhl, kurz nachdem er von der Toilette zurückgekommen war. Außerdem: Warum sollte sie eine Portion Gift bei sich haben, wenn sie doch gar nicht wusste, dass er fremdgehen würde? Solch einem Giftmord geht immer eine gewisse Planung voraus. Nein, dass sie es war, erscheint mir sehr unwahrscheinlich. Das hätte sie einfacher haben können. Immerhin lebten die beiden zusammen."

„Hätte sie ihn in ihrem Haus umgebracht, wäre sie die einzige Verdächtige gewesen", gab Hasenkrug zu bedenken. „So aber kommt praktisch jeder infrage, der sich an diesem Abend in der Gaststätte aufgehalten hat."

„Ich wüsste jetzt nur zu gerne ... Ah", unterbrach Büttner sich selbst und nahm sein schrillendes Handy in die Hand, „wenn man vom Teufel spricht. Die Gerichtsmedizin. Frau Doktor Wilkens", rief er gleich darauf ins Telefon, „ich hoffe, Sie können uns weiterhelfen!?"

„Und?", fragte Hasenkrug, nachdem sein Chef das Gespräch beendet hatte.

„Bei Conradi war eine klassische Giftpflanze im Einsatz. Blauer Eisenhut", antwortete Büttner. „Ein teuflisches Zeug, wenn man es zu sich nimmt. Was bei unserem Opfer in seinen letzten Minuten unschwer zu beobachten war. Durchfall, Erbrechen, fürchterliche Krämpfe, zum Schluss Herz- und Kreislaufversagen. Das volle Programm."

„Blauen Eisenhut trägt aber keiner so einfach mit sich herum", stellte Hasenkrug fest.

„Sag ich doch", nickte Büttner. „Das Ding war geplant. Allerdings muss ihm das Zeug relativ früh beim Essen verabreicht worden sein, denn es braucht ein paar Stunden, bis es seine volle Wirkung entfaltet."

„Und ein ganzer Saal voller Verdächtiger. Na, das nenne ich mal Glück." Hasenkrug seufzte.

„Meine Frau und mich können wir ausschließen",

antwortete Büttner. „Das ist doch schon mal was. Bleiben also nur noch rund sechzig Verdächtige. Mit dem Servicepersonal ein paar mehr."

„Ach so, na dann ist ja alles gut." Hasenkrug verzog spöttisch das Gesicht. Nach einem Moment des Schweigens gab er zu bedenken: „Es könnte sogar noch schlimmer kommen. Denn vielleicht – und auch diese Möglichkeit sollten wir nicht ganz außer Acht lassen – vielleicht hat es ja auch den Falschen erwischt."

„Sie meinen, Conradi war womöglich gar nicht gemeint?" Büttner zog die Stirn in Falten. Sein Assistent hatte recht. Bei so vielen Leuten konnte es schon mal zu Verwechslungen kommen. Eine Möglichkeit, die er bis zu diesem Zeitpunkt noch gar nicht in Betracht gezogen hatte. „Nun malen Sie mal nicht den Teufel an die Wand", sagte er dann. „Aber wie auch immer. Irgendwo müssen wir ja mit unseren Ermittlungen beginnen. Also gehen wir jetzt mal davon aus, dass Clemens Conradi das richtige Opfer war."

„Dann sollten wir sein familiäres und soziales Umfeld checken", schlug Hasenkrug vor.

„Hatte er Kinder?"

„Keine offiziellen."

„Was heißt das?"

Hasenkrug hob wie zur Entschuldigung die Hände. „Ich weiß nach wie vor nur das, was in der Klatschpresse und im Internet über ihn verbreitet wird. Aber demnach hat ihn eine Frau erst jüngst auf Unterhalt verklagt. Sie behauptet, Conradi sei der Vater ihres jetzt vier Jahre alten Kindes."

„Und das fällt ihr erst jetzt ein?" Büttner wiegte zweifelnd den Kopf. „Doch auch wenn es so ist, ein

Mordmotiv wäre es eher nicht. Wenn er tot ist, bekommt sie keinen Cent Unterhalt."

„Das Kind wäre erbberechtigt", wandte Hasenkrug ein. „Könnte ein noch viel besseres Geschäft sein als regelmäßige Unterhaltszahlungen."

„Das wäre aber sehr berechnend."

„Menschen sind berechnend."

„Also schauen wir uns auch diese Frau mal genauer an", beschloss Büttner. „Veranlassen Sie bitte, dass sie ausfindig gemacht und vorgeladen wird. Puh!" Er griff erneut nach einem Schokoriegel und stellte dann fest: „Irgendwie ist mir dieser Fall schon jetzt zuwider. Aber da müssen wir nun wohl durch."

6

Da sie im Kommissariat am Sonntag nicht mehr viel ausrichten konnten, fuhr Büttner, genau wie Hasenkrug, zum Mittagessen wieder nach Hause. An diesem ersten Advent fielen die Schneeflocken inzwischen wie eine dichte weiße Wand vom Himmel. Auch der Räumdienst schien von den weißen Massen im wahrsten Sinne des Wortes kalt erwischt worden zu sein, denn die meisten Straßen waren kaum noch von den anderen schneebedeckten Flächen zu unterscheiden. Büttner erinnerte sich, dass in der Wettervorhersage lediglich von leichtem Schneefall die Rede gewesen war. Aber was nützte es? Wollte er seinen Wagen nicht vor der Polizeiinspektion stehen lassen, musste er zusehen, dass er die Schneemassen irgendwie bewältigte.

Als er schließlich vor der eigenen Haustür zum Stehen kam, stieß er einen erleichterten Seufzer aus. Er konnte sich nicht erinnern, jemals so lange vom Büro nach Hause gebraucht zu haben. Blieb zu hoffen, dass man den Winterdienst in der Stadt nicht ganz abgeschafft hatte. Zuzutrauen wäre es der Verwaltung, denn notwendige Einsparungen wurden ja eher selten an den richtigen Stellen getätigt.

„Gut, dass du da bist", schallte ihm schon im Hausflur die Stimme seiner Frau Susanne entgegen. „Ich hatte schon überlegt, dir von meiner Freundin Insa ein Care-Paket ins Kommissariat bringen zu lassen, falls du total einschneist. Sie wohnt da doch gleich um die Ecke."

„Wie aufmerksam von dir." Büttner schälte sich aus seinem Mantel, nachdem er seinen freudig um ihn herumspringenden Hund Heinrich gebührend begrüßt hatte. „Aber ich dachte so bei mir, dass es mir hier zu Hause vermutlich ein wenig besser ergehen würde als mit einer Notration Ölsardinen im Büro." Er hob schnuppernd die Nase. „Speckpfannkuchen?", fragte er erfreut, als er zu Susanne in die Küche trat und ihr einen Kuss auf die Wange drückte.

„Noch sind es pure Pfannkuchen. Ich konnte ja nicht wissen, ob du zum Essen hier bist, zumal du nicht ans Handy gegangen bist. Aber natürlich habe ich Speck im Kühlschrank, sodass ich sie für dich ein wenig aufpeppen kann."

„Warum bin ich denn nicht ans Handy gegangen?" Büttner sah sein Telefon ratlos an und tippte ein paarmal auf dem Display herum. „Ach so", sagte er dann, „du hast angerufen, als ich versuchte, den Schneelawinen auszuweichen. Da konzentriere ich mich natürlich auf andere Sachen."

„Vorbildlich", meinte Susanne, holte den Speck aus dem Kühlschrank, schnitt ein paar Scheiben ab und legte sie in die vorbereitete Pfanne, wo sie sofort lautstark zu brutzeln anfingen. „Seid ihr in euren Ermittlungen weitergekommen?"

„Die Gifttheorie hat sich bestätigt", antwortete er knapp. Damit verriet er sicherlich nicht zu viel, denn der Verdacht stand ja sowieso im Raum und war auch schon öffentlich im Internet geäußert worden.

„Und es handelt sich tatsächlich um Mord?"

„Ja, davon gehen wir aus. Sich selbst mit einem recht schmerzhaft wirkenden Gift umzubringen wäre schon reichlich masochistisch. Du hast ja gesehen, wie sehr sich Clemens Conradi gequält hat."

63

„Und ihr seid sicher, dass er das Opfer sein sollte? Vielleicht hat er sich aus Versehen an der falschen Grünkohlportion vergriffen."

„Das meinte Hasenkrug auch schon. Aber ich habe mir die Aussagen der Zeugen, die unmittelbar in seiner Nähe saßen, noch mal angesehen. Keiner von ihnen will gesehen haben, dass irgendwelche Teller getauscht wurden." Büttner setzte sich an den Küchentisch und wartete, dass das Wasser kochte, welches er zum Aufbrühen von Tee aufgestellt hatte. Er rieb sich die eiskalten Hände, die er gleich an der heißen Tasse wärmen wollte. „Hast du heute schon mit deiner Kollegin gesprochen?"

„Mit Karolin?"

„Ja."

„Ich habe versucht, sie anzurufen, aber sie war nicht zu Hause. Oder ist nicht drangegangen. Auch ihr Handy schaltet gleich auf die Mailbox um. Die Arme, sie tut mir wirklich leid." Susanne nahm den letzten Pfannkuchen aus der Pfanne und legte ihn zu den anderen auf einen Teller, während ihr Mann wieder aufgestanden war, um den Tisch zu decken und den Tee aufzugießen. Auch Heinrich war aufgesprungen und wuselte jetzt beiden zwischen den Beinen herum. Anscheinend hoffte er, dass auch für ihn ein Stück von dem wohlriechenden Speck abfallen würde.

„Weißt du irgendwas über die Ehefrau von Conradi?"

„Nur, dass er von ihr getrennt lebt."

„Du solltest öfter zum Friseur gehen."

„Hä?"

„Na ja, ich dachte, du würdest mich jetzt haarklein über die Details des Rosenkriegs der Eheleute Conradi unterrichten. Schließlich überschlagen sich die

Klatschblätter in der Berichterstattung zu eben diesem. Das meint zumindest Hasenkrug. Mmmmh." Büttner nahm sich einen Pfannkuchen und schnitt sogleich den ersten Bissen ab. „Seltsam. Ich hatte eigentlich angenommen, dass solche Gerüchte längst bei euch im Kollegenkreis breitgetreten werden. Und du weißt tatsächlich nichts davon?"

„Von einem Rosenkrieg?" Susanne tat sich Apfelmus auf einen der Pfannkuchen ohne Speck. „Nein. Meines Wissens geht die Trennung ganz gesittet vonstatten. So zumindest die Auskunft von Karolin."

„Und was soll dann der Hokuspokus in den Medien?" Büttner verzog verärgert das Gesicht.

„Warum guckst du jetzt so böse?"

„Nur so." Er konnte ihr ja schlecht sagen, dass ihm die Hauptverdächtige abhandenkam, wenn es sich so darstellte, wie Susanne behauptete. „Seine Exfrau soll noch Studentin sein, wie man hört", sagte er stattdessen.

„Ja, das sagt Karolin auch. Ist schon seltsam, dass Clemens sich so ein junges Ding angelacht hat, oder?"

„Manche Männer mögen sowas", stellte Büttner schulterzuckend fest. „Karolin ist doch auch erst ... hm ... maximal Anfang dreißig, würde ich sagen, oder? Und hübsch ist sie auch. Passt doch."

„Trotzdem. Sie ist hübsch, ja. Aber nicht so ein Luder, wie Conradi sie offensichtlich sonst hatte."

„Wo die Liebe hinfällt."

„Also, ich find's komisch", beharrte Susanne auf ihrer Meinung. „Wer weiß, was wirklich der Grund für diese Hochzeit mit der Studentin war."

„Sein Geld, vermute ich. Also, falls es nicht die Liebe gewesen sein sollte."

„Welches Geld?" Susanne sah ihn über den Rand ihrer Tasse hinweg fragend an.

„Wie, welches Geld?" Nun war es an Büttner, erstaunt zu gucken. „Ich denke, er ist ein reicher Mann. Deswegen ja angeblich auch der Rosenkrieg."

„Echt? Wenn ich Karolin richtig verstanden habe, verfügte Conradi nicht über ein großes Vermögen. Er ist erfolgreich, ja. Aber anscheinend nicht reich. Konnte wohl nicht so recht mit Geld umgehen." Susanne lachte kurz auf. „Ist schon komisch, was so alles über Promis erzählt wird, oder?"

„Ich mag es ja lieber etwas sortierter", bemerkte Büttner säuerlich. „Na ja, da bleibt mir wohl nur, den morgigen Tag abzuwarten. Nach der Auskunft der Banken sind wir hoffentlich schlauer." Er schob sich den letzten Bissen seines Pfannkuchens in den Mund und beschloss, sich für den Rest des Tages auf die faule Haut zu legen. Die nächsten Tage würden noch anstrengend genug werden.

7

„Ja. Echt blöd, dass die Fähre nicht gefahren ist. Ich wäre jetzt liebend gerne bei euch, um auf unseren Erfolg anzustoßen."

„Auf *deinen* Erfolg, liebe Katja, auf *deinen*. Das sollten wir nicht vergessen", erwiderte Pit und Merle nickte eifrig. Nachdem klar gewesen war, dass Katja es an diesem Tag nicht mehr auf die Insel schaffen würde, hatten sich die drei zum Skypen verabredet. Pit und Merle waren viel zu aufgeregt, um noch länger warten zu können.

„Kein Ding", winkte Katja ab und formte mit einem Kaugummi eine beachtlich große Blase vor ihrem Mund, um sie dann wieder einzusaugen. „Die Gelegenheit war günstig. Und es war einfacher, als ich gedacht hatte."

„Inwiefern?"

„Ich hab ihn vernascht", jubilierte Katja.

„Du hast was?!" Pit klang alles andere als begeistert. „Und er hat sofort angebissen, oder was?"

„Natürlich hat er das." Katja grinste. „Der Typ war echt total berechenbar. Schmollmund, lange Beine unter kurzem Rock, lange Haare bis zum Po. Mehr brauchste bei dem nicht. War ja nicht das erste Mal, dass ich ihn rumgekriegt habe. Er schien recht froh zu sein, mich unter all den Primitiven zu sehen." Sie hob entschuldigend die Hand und grinste. „Seine Wortwahl, nicht meine."

„Und seine Frau? Das Luder erbt jetzt alles, oder?", fragte Merle, obwohl es ihr eigentlich egal war.

Hauptsache, Conradi war tot.

„So sieht's aus." Wieder ließ Katja ihren Kaugummi zu einem Ballon anschwellen. Sie lehnte sich in ihrem Stuhl zurück und legte die Beine gespreizt auf ihren Schreibtisch, wodurch sie ihren Freunden ungeniert einen Blick auf ihren knappen Slip und noch so manch anderes gewährte. Während Merle hastig ihren Blick abwandte, schaute Pit sich Katjas provozierendes Spiel regungslos an.

„Hey, Schätzchen", sagte er, „diese Masche zieht bei mir nicht. Kannst die Beine also wieder runternehmen."

„Okay, einen Versuch war es wert", seufzte Katja, die schon immer Spaß daran gehabt hatte, durch den wohlüberlegten Einsatz ihrer unbestreitbar vorhandenen körperlichen Reize an die Urinstinkte der Männer zu appellieren. Schon oft hatte sich Pit gefragt, ob ihr wohl bewusst war, auf welches Minenfeld sie sich mit solch einem Verhalten begab. Darauf angesprochen aber antwortete Katja stets nur: „Glaub mir, ich weiß mich zu wehren, wenn mir einer blöd kommt." Auf welche Art sie sich zu wehren gedachte, wenn sie wirklich einmal in Bedrängnis geraten sollte, hatte sie allerdings nicht verraten.

„Ich bin natürlich auf Nummer sicher gegangen", sagte sie nun.

„Was heißt, du bist auf Nummer sichergegangen? Wobei?", fragte Merle, nachdem Katja ihre Beine wieder auf den Boden gestellt und gespielt sittsam ihren Minirock so weit über die Oberschenkel gezogen hatte, wie es eben ging.

„Na ja, ich hatte euch doch versprochen, dass auf uns so schnell keiner kommen wird. Also hab ich mir überlegt, wie das gehen kann."

„Und zu welchem Ergebnis bist du gekommen?"
Pit schob seinen Kopf jetzt näher an den Bildschirm
seines Laptops heran, als könnte er dadurch Katjas
Antwort beschleunigen.

„Na, guckt mich doch mal an." Sie fuhr sich mit
der Hand durchs Haar und drehte ihren Kopf in alle
Richtungen. „Also. Wie sehe ich aus?", fragte sie.

„Auf jeden Fall anders als sonst", stellte Merle
nach einem abschätzenden Blick fest. „Die Haare zum
Beispiel..."

„Richtig." Katja lachte laut auf und zog sich dann
mit einem Griff die Perücke vom Kopf. Es war nicht
außergewöhnlich, dass sie über ihrem streichholzkurz
geschnittenen Naturhaar eine künstliche Haarpracht
trug. Sie nannte es gemeinhin ihr Versteckspiel.
Schließlich könne es ja immer mal sein, so behauptete
sie, dass die Polizei oder wer auch immer nach ihr
suche. Und deshalb biete es sich doch an, stets
mindestens eine Perücke in der Handtasche mit sich
herumzutragen, um im Bedarfsfall auf sie
zurückgreifen zu können.

Pit und Merle hatten keine Ahnung, wie oft es
schon zu diesem Bedarfsfall gekommen war. Sie
konnten sich allerdings gut vorstellen, dass er bei
Katjas unerschrockenem Lebenswandel ab und zu mal
auftrat.

Die Perücke, die sie sich soeben vom Kopf
gerissen hatte, war eine aus glänzendem, schwarzem
Haar, das ihr bis zu den Hüften reichte. Auch ihr
Gesicht hatte sie auf eine Art geschminkt, die ihre
Freunde beim Einschalten der Videofunktion
zunächst daran zweifeln ließ, ob es sich bei der Frau
am anderen Ende der Skype-Leitung tatsächlich um
Katja handelte. Das Kaugummi – ohne eines im

Mund traf man sie selten an – und ihr frecher, stets ein bisschen herausfordernder Blick aber hatten sie verraten.

„Sexy, oder? Das fanden die Männer, die wegen mir und Clemens eine Wette veranstaltet haben, auch."

„Welche Wette?", fragte Pit skeptisch. Katja schien in der Gaststätte einen ziemlichen Wirbel veranstaltet zu haben, und er konnte nicht behaupten, dass er das gut fand. So verstand er zum Beispiel überhaupt nicht, warum sie Clemens unbedingt hatte verführen müssen, bevor sie ihn wie verabredet umbrachte. Andererseits konnten sie ja froh sein, dass Katja sich überhaupt einverstanden erklärt hatte, den mit Abstand riskantesten Teil ihrer Aktion zu übernehmen. Denn sonst würde Clemens Conradi vermutlich noch leben.

„Ich hab mit ein paar Typen gewettet, dass ich es schaffe, mit Clemens auf der Toilette eine Nummer zu schieben", sagte Katja nun frei heraus. „Das hat der Sache noch mal 'nen tollen Kick verliehen. Und ich hatte dadurch alle Aufmerksamkeit der Welt."

„Und wofür sollte ein solches Maß an Aufmerksamkeit in einem Mordfall gut sein?" Pit gelang es nicht, seinen Unmut aus der Stimme herauszuhalten.

Katja zeigte ein fast diabolisches Lächeln, beugte sich so weit vor, bis ihre Nase fast den Bildschirm berührte, und sagte mit gespielt heiserer Stimme: „Weil es der besondere Kick ist, sag ich doch." Sie ließ eine Kaugummiblase am Bildschirm zerplatzen und zog sie dann mit der Zunge wieder ab.

Pit lehnte sich in seinem Stuhl zurück und verschränkte die Arme. Er wurde langsam wirklich ärgerlich. Auch Merle standen jetzt die Zweifel deutlich ins Gesicht geschrieben. „Ich frag mich auch, wofür das gut sein soll", sagte sie mürrisch.

„Spaßbremsen", konterte Katja ungerührt. „Man muss es nur richtig verwerten. Lasst mich nur machen. Ich hab da schon einen Plan. Und schwuppdiwupp …" Sie wedelte mit einem imaginären Zauberstab in der Luft herum.

„Schwuppdiwupp was?", fragte Merle.

Katja grinste. „Das werdet ihr ja dann sehen. Lasst euch überraschen."

„Danke, kein Bedarf." Pits Stimme sank noch eine Oktave tiefer. „Ich für meinen Teil bin schon überrascht genug. Ich weiß wirklich nicht, welches Spiel du da spielst, Katja. Aber ich habe erhebliche Zweifel, ob es funktionieren wird. Ein sauberer, unauffälliger Mord wäre mir weiß Gott lieber gewesen."

„Ach, komm." Die so Gescholtene zog einen Schmollmund. „Es wird ein Riesenspaß. Vertrau mir, Pit-Schätzchen. Bitte, bitte, bitte."

„Es wird mir wohl nichts anderes übrig bleiben", erwiderte Pit kaum hörbar. „Aber nun wüsste ich gerne, wie genau du ihn umgebracht hast. Im Internet stand was von Gift."

Katja ließ erneut ihre Kaugummiblase platzen. „Ja", nickte sie, „hab ich mir besorgt."

„Wo?"

Katja beugte sich vor und hauchte auf den Bildschirm, woraufhin der für einige Augenblicke vernebelt war. „Hej, Süßer, ist doch egal, oder?", säuselte sie. „Je weniger ihr wisst, desto besser. Dann könnt ihr euch bei den Bullen wenigstens nicht verquatschen, wenn sie euch fragen. Auch wenn es, wie gesagt, relativ unwahrscheinlich sein sollte, dass sie auf euch kommen."

„Was war es für ein Gift, Katja, und wo hattest du es her?" Pit wurde nun wirklich sauer. Wenn er schon in der Sache mit drinhing, dann wollte er auch über alles informiert sein.

Katja aber lachte nur glockenhell auf und klappte ihren Laptop zu.

8

Hauptkommissar David Büttner klingelte an der Tür von Karolin Hermann. Bevor er an diesem Montag ins Büro fahre, solle er sich persönlich davon überzeugen, dass alles in Ordnung sei, so der Auftrag seiner Frau Susanne. Diese hatte im Laufe des Sonntags noch mehrmals versucht, Karolin telefonisch zu erreichen, doch ohne Erfolg. Unter normalen Umständen hätte sie sich ins Auto gesetzt, um die Kollegin persönlich aufzusuchen, doch war dies aufgrund des nicht nachlassenden Schneefalls nicht möglich gewesen. Selbst den Weg zum Auto schaffte man nicht ohne Schneeschaufel, und nach wie vor ließen die Räumfahrzeuge auf sich warten, sodass die Straßen nicht befahrbar waren. Also war Susanne zu Hause geblieben und hatte sich mit jedem Anruf, den Karolin nicht entgegennahm, größere Sorgen gemacht.

Gott sei Dank hatte der Winterdienst über Nacht wohl doch noch ein Einsehen gehabt, denn als Büttner an diesem Montagmorgen das Haus verließ, waren die Straßen einigermaßen passierbar. Zwar schneite es nach wie vor, aber immerhin konnte man sich zumindest auf den Hauptverkehrsstraßen so frei bewegen, dass man auf Schneeketten und eine Schaufel im Kofferraum verzichten konnte.

Im Gegensatz dazu lag der Schnee vor Karolins Haus bestimmt einen halben Meter hoch, geräumt oder gestreut worden war hier offensichtlich noch überhaupt nicht.

Auch an der Tür tat sich nichts. Büttner hatte inzwischen dreimal ausdauernd auf den Klingelknopf gedrückt, doch alles, was ihm entgegenschlug, war Schweigen. Entweder war Karolin nicht zu Hause oder sie machte ganz einfach nicht auf.

Büttner überlegte, was jetzt zu tun sei. Einerseits konnte er es gut verstehen, wenn man sich nach einem solch schockierenden Erlebnis erst einmal zurückzog und nichts und niemanden sehen wollte. Andererseits schien Karolin psychisch nicht besonders stabil zu sein. So zumindest die Aussage von Susanne. Er selbst konnte es schwerlich beurteilen, denn so gut kannte er die junge Frau nicht.

Ohne wirklich Hoffnung in diese Aktion zu setzen, klingelte er ein weiteres Mal, doch wie zu erwarten war, blieb es auch diesmal ruhig hinter der Tür.

Er ließ seine Augen an der Fassade mit den großen, von dunkelgrünen Fensterläden eingerahmten Sprossenfenstern entlangwandern. Er fragte sich, ob Karolin wirklich alleine hier wohnte oder ob sich Susanne vielleicht geirrt hatte. Angeblich gehörte das Haus der Lehrerin sogar. Doch woher sollte eine so junge Frau über das Vermögen verfügen, um sich eine solch herrschaftliche Stadtvilla aus rotem Klinker leisten zu können? Gewiss stand sie unter Denkmalschutz und verfügte über mindestens dreihundert Quadratmeter Wohnfläche, schätzte Büttner. Eher mehr.

Seufzend beschloss er, der Vollständigkeit halber auch noch durch die vermutlich in die Rückseite der Villa eingelassenen Terrassentüren zu schauen, um zu kontrollieren, ob Karolin tatsächlich nicht zu Hause war. Was ihn vor allem irritierte, war die Tatsache, dass ihr Auto im Carport stand und anscheinend noch nicht bewegt worden war, seit der Schneefall eingesetzt hatte. Allerdings lud das Wetter auch nicht gerade dazu ein, irgendwo hinzufahren, wenn man nicht unbedingt musste. Dass Karolin nach dem Mord an ihrem Lebensgefährten nicht zur Schule ging, verstand sich von selbst. Doch hatte sie sich dort auch nicht krankgemeldet, was Susanne noch tiefere Sorgenfalten auf die Stirn trieb.

Büttner biss also in den sauren Apfel und bahnte sich einen Weg durch den tief verschneiten Garten. Schon mit den ersten Schritten spürte er das kalte Nass in seine halbhohen Stiefel eindringen, was seine Laune nicht eben steigerte. Andererseits würde er es sich nie verzeihen, wenn er hier irgendetwas übersah. Schließlich war er nicht nur irgendein Bekannter von Karolin, sondern in erster Linie der für die Aufklärung des Mordfalls zuständige Kommissar. Ein Versäumnis, welcher Art auch immer, konnte da böse Konsequenzen nach sich ziehen.

Nachdem sich zum wiederholten Male eine Ladung Schnee in seine Stiefel verirrt hatte, überlegte er kurz, ob er nicht vielleicht doch besser seine Kollegen kommen ließ, damit sie die Haustür öffneten. Doch gab es dafür keinen plausiblen Grund. Denn Karolin war weder dringend tatverdächtig, noch galt sie offiziell als suizid- oder sonstwie gefährdet. Also konnte er nichts anderes tun, als sich auf legale Weise so viel Überblick wie möglich zu verschaffen.

„Was machen Sie denn da?" Gerade als Büttner vor der Terrasse stand, drang eine nicht eben freundlich klingende Frauenstimme zu ihm herüber. „Wenn Sie nicht gleich verschwinden, dann rufe ich die Polizei!"

Na prima, das hatte er nun von seiner

75

Gründlichkeit. Eine etwa siebzigjährige Dame in Kittelschürze musterte ihn misstrauisch aus dem Fenster im Obergeschoss des Nachbarhauses. Er war sich sicher, dass sie zu der Kategorie Klatschweib gehörte, die sich ein Sofakissen auf den Rahmen ihres geöffneten Fensters legte, um darauf abgestützt den ganzen Tag das Treiben in der Nachbarschaft zu beobachten. Für sie musste dieses Wetter die reinste Qual sein, weil es ihr nicht erlaubte, ihrer Lieblingsbeschäftigung nachzugehen, ohne dass die Schneewehen in ihre Wohnung stoben. Also würde er sie jetzt dadurch beschäftigen, dass er ihr ein paar Auskünfte entlockte. Bestimmt hatte sie viel zu erzählen, wenn er es richtig anging.

Büttner griff mit seinen steifgefrorenen Händen in die Tasche seines Wollmantels und zog seinen Dienstausweis hervor. „Ich bin die Polizei!", rief er der äußerst ungehalten blickenden Frau zu. „Und ich würde Ihnen gerne ein paar Fragen stellen. Wenn Sie vielleicht ein paar Minuten Zeit für mich hätten?"

„Polizei?" In die Augen der Frau trat ein erwartungsfrohes Leuchten. „Sie sind wirklich von der Polizei? Na, das trifft sich ja mal gut. Kommen Sie ruhig rüber, junger Mann, ich mach Ihnen die Tür auf. Dauert nur einen kleinen Moment, weil ich's doch mit den Knien hab. Da geht das mit dem Treppensteigen nich mehr so gut, wissense. Und mein Egon, der kann ja überhaupt nich mehr gut laufen. Die Hüften, wissense."

Na, das konnte ja heiter werden. „Lassen Sie sich ruhig Zeit!", rief Büttner zurück. „Ich muss erst noch einen Blick in das Haus von Frau Hermann werfen. Dann komme ich zu Ihnen."

„Was wollen Sie denn von Frau Hermann?" Der

Blick der Frau lag nun irgendwo zwischen neugierig, skeptisch und … schadenfroh?

„Haben Sie sie heute schon gesehen?"

„Nee. Gestern auch nich, mein ich. Sie sind wohl da, weil der ihr Freund umme Ecke gebracht wurde?"

„Wie gesagt, ich bin gleich bei Ihnen, Frau …"

„Nannen. Ebeline Nannen."

„Ich bin gleich bei Ihnen, Frau Nannen."

„Jo. Man zu."

Nachdem die Frau das Fenster geschlossen hatte, stapfte Büttner die paar Stufen zur Terrasse hoch. Die Vorhänge vor den bodentiefen Fenstern waren zur Seite gezogen, sodass er einen freien Blick in den dahinterliegenden Raum hatte. Er klopfte an die Scheibe und wartete einen Augenblick. Als sich noch immer nichts tat, presste er sein Gesicht an die Scheibe und schirmte es mit den Händen ab. Soweit er es erkennen konnte, handelte es sich bei dem Raum um ein Wohn- und Esszimmer riesigen Ausmaßes. Von Karolin keine Spur. Dafür teurer Parkettboden, teures Mobiliar, edler Wandschmuck. Hm. Hatte Clemens Conradi sie so reich beschenkt? Wohl kaum, schließlich lebte der Fotograf erst wenige Wochen hier. Und das Haus konnte er in dieser kurzen Zeit erst recht nicht angeschafft haben.

Mit noch mehr Fragen im Kopf als zuvor wandte Büttner sich ab und lief durch den Garten auf die Straße zurück, immer darauf achtend, die bereits in den Schnee getretenen Fußspuren zu benutzen. Obwohl es genau genommen egal war, ob er noch häufiger einsank, denn seine Füße waren sowieso schon nass und fühlten sich trotz des warmen Lammfellfutters wie tiefgefroren an.

Da war es doch trotz allem gut, dass er sich bei der

Nachbarin eingeladen hatte.

„Moin, Herr Wachtmeister." Die stämmige Frau mit wasserstoffblond gefärbter Dauerwelle schien schon auf ihn gewartet zu haben, denn sie riss die Tür noch in derselben Sekunde auf, in der er auf den Klingelknopf drückte. Sie strahlte ihn an, als käme der Heiland persönlich zu Besuch.

„Moin, Frau ... ähm ..."

„Nannen. Ebeline Nannen. Darf ich wohl Ihren Ausweis noch mal sehen? Sie wissen ja selbst, wie viele Gauner sich heutzutage hier rumtreiben." Als sie Büttners Dienstausweis in der Hand hielt und ihn eingehend musterte, plapperte sie munter weiter: „Früher war ja alles besser. Da kam keiner einfach so vorbei und hat gesacht, dass man der Enkel ist, und hat einen dann um alles gebracht, was man besitzt. Aber da kannte man seine Enkel ja auch noch. Ich mein, also bei mir is das ja sowieso anners. Ich kenn ja meine Enkel sowieso. Wär ja wohl noch schöner, wenn nich. Da macht mir keiner 'nen Kevin für 'nen Dennis vor. Aber bei annern Leuten, da is das ja wohl nich so, dann könnte das ja nich funktionieren, das mit dem Enkeltrick, meine ich."

„Dann haben Sie ja sicherlich gleich erkannt, dass ich nicht Ihr Enkel bin", erwiderte Büttner trocken, als sie zum Luftholen in ihrem Redeschwall innehielt, und nahm seinen Ausweis wieder an sich. „Darf ich nun eintreten?"

„Aber sicher, nur immer herein, Herr Wachtmeister!" Sie hielt ihm nun weit die Tür auf. Bevor sie diese wieder schloss, schaute sie sich eingehend auf der Straße um, wohl in der Hoffnung, dass möglichst viele Nachbarn mitbekamen, welch wichtigen Besuch sie empfing.

„Tee?", fragte die Frau, nachdem sie Büttners Mantel an die Garderobe gehängt und ihm wenig später einen Sessel im Wohnzimmer zugewiesen hatte. Er brauchte nicht lange um festzustellen, dass er in einem Albtraum aus dunklem Eichenfurnier, gehäkelten Deckchen und geschmacklosen Porzellanpuppen auf altrosa Sofakissen gelandet war.

„Ja, danke. Tee wäre prima." Mit einem Blick auf das heimelig prasselnde Kaminfeuer fügte er hinzu: „Hätten Sie was dagegen, wenn ich meine Stiefel ausziehe? Meine Füße sind im Schnee total nass geworden und ..."

„Nee, nee, is ja kein Problem. Machen Sie ruhich. Mein Egon macht das ja auch immer." Mit diesen Worten verschwand sie mit wogenden Hüften zur Tür hinaus. Erst jetzt bemerkte Büttner, dass er nicht alleine war. Ein Mann, vermutlich Egon, saß stillschweigend in einem Sessel und schien gänzlich mit dem Mobiliar verschmolzen zu sein.

„Moin", nickte Büttner dem fettleibigen Mann zu, der aber nur mit einem unartikulierten Brummen reagierte und ihn aus halbgeschlossenen Augen musterte.

„Kalt draußen", versuchte Büttner es mit Smalltalk, während er seine Stiefel möglichst dicht am Kamin platzierte und auch die Füße mit den nassen Socken in dessen Richtung hielt. „So viel Schnee hatten wir schon seit Jahren nicht."

„Is Winter", brummte der Mann, ohne auch nur die kleinste körperliche Regung zu zeigen. Er hing, die Hände auf dem umfangreichen Bauch gefaltet, wie ein nasser Sack in seinem Sessel. Ab und zu warf er einen unbeteiligten Blick zum Fernseher, in dem irgendein Sportkanal eingeschaltet, der Ton jedoch abgeschaltet war.

„Kennen Sie Ihre Nachbarin, Frau Hermann?“, startete Büttner einen weiteren Versuch. Womöglich hatte es der Herr nicht so mit Smalltalk.

„Nee. Nie gesehen.“

„Nie gesehen?“, wunderte sich Büttner. „Wie lange lebt sie denn schon in Ihrer Nachbarschaft?“

„Weiß nich. Fünf Jahre. Vielleicht zehn. Oder so.“

„Und da haben Sie sie nie gesehen?“

„Nö. Hab's mit der Hüfte, wissense“, antwortete Egon, als würde das alles erklären.

Die Herrin des Hauses kam wieder zur Tür herein und enthob Büttner damit der undankbaren Aufgabe, sich weiterhin mit ihrem wortkargen Gatten unterhalten zu müssen. In den Händen balancierte sie ein Tablett mit drei Tassen und einer Kanne Tee sowie einer Schale Plätzchen.

„Hab ich schon mal für Weihnachten gebacken“, verkündete sie, als sie Büttners erfreuten Blick sah. „Kann man nich früh genuch mit anfangen. Egon und die Kinner essen die wohl mal ganz gerne.“

Was bei Egon schwer zu übersehen war, dachte Büttner, verkniff sich jedoch eine entsprechende Bemerkung. Stattdessen langte er lieber selbst zu und verzog verzückt das Gesicht, als er das erste Plätzchen probierte. Bei diesem Genuss wunderte es ihn nicht mehr, dass Egon so füllig daherkam. Und das Beste an Egon war, dass neben ihm sogar er sich schlank fühlte, was ihm schon lange nicht mehr passiert war. Also beschloss er, Egon zu mögen, und genehmigte sich noch ein Vanillekipferl.

Ohne dass Büttner gefragt hatte, begann Ebeline Nannen nun, über ihre Nachbarin zu plaudern. Sie tat Kluntjes in die Tassen, schenkte den Tee ein und sagte: „Also wissense, ich hab das ja nie verstanden, dass sie sich den Kerl ins Haus holt. Fotograf soll er sein, heißt es." Sie verzog das Gesicht, als wäre Fotograf zu sein eine ansteckende Krankheit. „Mein Egon, der hat ja aufm Bau geschuftet. Das nenn ich mal richtige Arbeit. Aber ein Fotograf? Ich mein, was macht denn der schon, außer so Hungerhaken zu fotografieren? Ganz anners mein Egon. Der hat aufm Bau geschuftet, bis ihm fast das Kreuz durchbrach."

Büttner warf einen Blick auf den regungslos dasitzenden Mann und kam zu dem Ergebnis, dass Egon schon seit geraumer Zeit in Rente sein musste, denn schuftende Bauarbeiter brachten gemeinhin eine andere Statur mit.

„Wenn Sie wissen, dass Frau Hermann mit einem Fotografen liiert war, dann gehe ich davon aus, dass Sie sie im Gegensatz zu Ihrem Mann kennen?", brachte er das Gespräch auf die verschollene Nachbarin zurück.

„Natürlich kenne ich die." Ebeline Nannen ließ sich schwer aufs Sofa gegenüber von Büttner sinken. „Is gar nich so verkehrt. Grüßt immer und spricht auch mal mit mir. Is ja wohl Lehrerin. Hm." Sie schob sich ein Plätzchen mit Schokoguss in den Mund und sagte entsprechend undeutlich: „Man fracht sich ja, wie die sich in ihrem Alter so 'n dolles Haus leisten kann. Aber natürlich hab ich nich gefracht. Bin ja nich neugierig."

„Können Sie mir sagen, wie lange sie schon in der Villa wohnt?"

„Da muss ich überlegen." Das Nachdenken schien jedoch nicht allzu schwer zu sein, denn schon im nächsten Moment sagte sie: „Sie is am 24. April 2012 eingezogen."

„Das wissen Sie so genau?"

„Jo. Weil, das war am gleichen Tach, an dem unser Nachbar von der anderen Straßenseite tot umgekippt is. Stimmt doch, Egon, oder?"

„Mach wohl sein", knurrte der Angesprochene, ohne den Blick vom Fernseher abzuwenden.

„Jo", nickte Ebeline. „Einfach so. Stellen Sie sich das mal vor. Da kippt einer einfach so aus 'n Latschen und is tot. Na ja, war ja auch nich mehr der Jüngste. Vierundachtzig. Kann's nix von sagen."

„Und wann zog Clemens Conradi bei ihr ein?" Büttner musste sich zwingen, nicht an seinen Füßen zu reiben, in die jetzt schmerzhaft das Blut zurückkehrte. Er vermutete zwar, dass Egon an seiner Stelle weniger Skrupel hätte, aber dennoch fand er es unpassend.

„Das is jetzt genau zehn Wochen her", kam es wie aus der Pistole geschossen. „Mitgebracht hat er nix. Ich dachte noch, dass der doch auch irgendwelche Möbel und so haben muss. Aber nix. Nur zwei Koffer hatte der dabei." Sie lehnte sich mit einem nicht ganz unzufriedenen Gesichtsausdruck zurück. „Tja. Und nu isser tot. So schnell kann's gehen."

„Was wissen Sie über seinen Tod?", fragte Büttner. Es interessierte ihn, was in der Gerüchteküche so brodelte.

„Man sacht ja, der is vergiftet worden. Beim Grünkohlessen. Stand ja wohl auch im Internet, sachte mein Enkel am Telefon. Stimmt das denn?" Sie sah den Hauptkommissar lauernd an.

„Können Sie sich jemanden vorstellen, der ihn so gehasst hat?", wich Büttner ihrer Frage aus.

„Sie selbst vielleicht."

„Sie meinen Frau Hermann?"

„Jo."

„Warum glauben Sie, dass sie ihn gehasst hat? Angeblich waren die beiden doch frischverliebt."

„Ich glaub da nich dran. Also daran, dass sie frischverliebt waren. Dafür sah sie viel zu blass aus inner letzten Zeit."

„Sie glauben, dass es Frau Hermann nicht gutging?"

„Sie hat nur noch so brummich vor sich hingeguckt." Ebeline Nannen verzog das Gesicht, um Büttner zu demonstrieren, wie Karolin in solchen Momenten angeblich ausgesehen hatte.

„Hatten die beiden Streit?", wollte Büttner wissen.

Die Frau schüttelte mit einem Ausdruck des Bedauerns den Kopf. „War ja dauernd schlechtes Wetter. Da hat man die beiden nich oft draußen gesehen. Und was bei denen da drin im Haus passiert, nu, da steckste ja nich drin."

„Also haben Sie sie nicht streiten sehen", schlussfolgerte Büttner.

„Nee. Aber ich bin sicher, dass sie sich gestritten haben. Was meinst du, Egon?"

„Jo."

„Und was macht Sie da so sicher?"

„Weil sie doch so brummich geguckt hat die ganze Zeit."

„Okay." Büttner merkte, dass er an dieser Stelle nicht weiterkam. „Hatten die beiden denn oft Leute zu Gast?"

„Sie meinen, ob die Besuch hatten? Jo. War immerzu Party. Das hat's ja vorher nich gegeben." Sie erhob sich umständlich vom Sofa und schenkte Tee nach.

„Und wer kam zu diesen Partys? Die Nachbarn?"

Ebeline Nannen lachte so herzlich, als hätte Büttner einen guten Witz gemacht, und selbst Egon grunzte kurz amüsiert auf. „Nee, nee", winkte sie mit einer Handbewegung ab, nachdem sie die Kanne wieder aufs Stövchen gestellt hatte, „wir waren nie eingeladen. Niemand aus der Straße war eingeladen. Nee, die kamen alle aus Düsseldorf und was weiß ich. Mit ihren dicken BMW kamen die hier vorgefahren. Da waren immer so geschniegelte Männer dabei und auch so dürre Mädchen, solche, wie der bestimmt fotografiert. Mitten auf 'm Bürgersteich haben die geparkt und überall woanners. Is denen ja schietegal, ob sie 'nen Strafzettel kriegen, weil sie Geld genuch haben."

„Es wurden Knöllchen verteilt?" Büttner horchte auf. Auf diese Weise konnten sie über das Ordnungsamt vielleicht erfahren, wer die Gäste gewesen waren.

„Jo. Muss wohl einem der Nachbar zu bunt geworden sein, und die haben die Bu… also die Polizei gerufen." Die Frau schaute nun so stur auf ihren Tee, dass Büttner annahm, dass sie selbst die Partygesellschaft angeschwärzt hatte. „Das wäre bestimmt nich passiert, wenn man uns auch mal eingeladen hätte. Aber wir waren dem ja nich gut genuch." Sie zupfte nun an ihrer Kittelschürze herum, als könnte sie gar nicht verstehen, wie ihr Outfit als nicht partytauglich eingestuft werden konnte.

„Haben Sie denn mal mit Herrn Conradi persönlich gesprochen?"

„Nee. Ich hab dem nur mal gesacht, dass das nich geht mit den Autos aufm Bürgersteig und so. Da hat er mich als frustrierte Alte beschimpft und gemeint, ich sollt mich um meinen eigenen Kram kümmern.

Und ich sollt meinen Nachbarn nich ständich hinterherschnüffeln. Pah!" Sie warf empört die Arme in die Luft. „Hätte das jemand gehört, dann hätte der noch geglaubt, ich wäre neugierich!"

„Kaum zu glauben", brummte Büttner und leerte seine Tasse, woraufhin ihm sogleich nachgeschenkt wurde. „Ist Ihnen ansonsten was an den beiden aufgefallen?"

„Nö. Sie is morgens in die Schule, wobei ich mich noch gefracht hab, wie die das schafft bei all den Partys und so. Er war da ja fein raus. Der konnte ausschlafen. War ja egal, wann der halbnackte Mädchen fotografiert. Aber die Kinner inner Schule, die warten ja nich."

„Okay, Frau Nanninga …"

„Nannen."

„Frau Nannen. Wenn Ihnen noch irgendwas einfällt, dann rufen Sie mich bitte an." Büttner legte seine Visitenkarte auf den Tisch und erhob sich, um seine Stiefel zu holen. „Vielleicht haben Sie ja doch mal jemanden mit Herrn Conradi streiten sehen oder so. Jedes Detail kann wichtig sein. Und bitte sagen Sie mir auch Bescheid, wenn Frau Hermann wieder nach Hause kommt. Ich muss unbedingt mit ihr sprechen. Vielen Dank für Ihre Mithilfe."

„Oh, da nich für. Aber wo is denn nu Frau Hermann?", fragte Ebeline Nannen, als sie ihn wenig später zur Tür brachte. „Meinen Sie, die is auch tot?"

„Das wollen wir doch nicht hoffen", erwiderte Büttner, entnahm jedoch ihrem sensationslüsternen Blick, dass ihr ein weiterer Mordfall gar nicht so schlecht in den Kram gepasst hätte.

9

Als sich die Haustür der Familie Nannen hinter ihm schloss, atmete Büttner tief die frische, wenn auch kühle Luft ein. Er war froh, der stickigen Luft und der trägen Atmosphäre in dem kleinen Häuschen entkommen zu sein. Viel schlauer als zuvor war er nach dem Gespräch mit dem Ehepaar Nannen zwar auch nicht, aber immerhin hatte er wieder trockene Füße. Und die Plätzchen waren wirklich köstlich gewesen. Leider hatte er mal wieder viel zu viele von ihnen gegessen, und in seinem Bauch rumorte es.

Der Schneefall hatte Gott sei Dank nachgelassen, und die Winterwelt zeigte sich von ihrer schönen Seite. Sicherlich würde es nicht lange dauern, bis sich der blendendweiße Schnee auf den Straßen in bräunlich-grauen Matsch verwandelte und die vom Räumdienst beiseite gekehrten Schneehaufen am Straßenrand von einer schwarzen Rußschicht bedeckt waren. Doch noch präsentierte sich der Straßenzug wie eine in jungfräuliches Weiß gekleidete Braut. Die Geräusche des Autoverkehrs sowie auch alle anderen Laute drangen nur noch gedämpft zu Büttner. Er schmunzelte. So ungefähr müsste sich die Welt anhören, sollte der Verhüllungskünstler Christo jemals auf die Idee kommen, sie in Watte zu packen.

Am liebsten hätte er jetzt seinen Hund Heinrich von zu Hause abgeholt, damit er sich richtig austoben konnte. Heinrich liebte Schnee. Doch das konnten sie beide sich wohl abschminken. Blieb für Heinrich zu hoffen, dass Susanne pünktlich genug aus der Schule kam, um dem Hund dieses Vergnügen zu ermöglichen.

Apropos Susanne, dachte er und warf einen Blick auf die Uhr. Eigentlich hatte er vorgehabt, deutlich vor der Mittagszeit im Kommissariat zu sein, doch konnte es nicht schaden, das Kollegium an der Schule mal ein wenig intensiver über Karolin Hermann auszuquetschen. Wenn Ebeline Nannen mit ihrem Eindruck recht hatte, dann war Karolin in den letzten Wochen nicht mehr dieselbe gewesen. Es galt herauszufinden, ob dies an den wilden Partys lag, die angeblich nicht selten in ihrem Haus gefeiert wurden, oder womöglich am neuen Lebensgefährten, der sie vielleicht doch nicht so glücklich machte, wie sie es erhofft hatte. Wenn die Geschichten von der geschwätzigen Nachbarin denn überhaupt stimmten. Doch dazu konnten ihm Karolins Kollegen, die tagtäglich mit ihr zu tun hatten, sicherlich am besten Auskunft geben.

Büttner befreite sein Auto vom Schnee und setzte sich hinein. Er zog sein Handy aus der Manteltasche und wählte die Nummer seines Assistenten. „Hasenkrug", sagte er wenig später, „ist alles in Ordnung bei Ihnen? Gibt es neue Erkenntnisse?"

„Außer dass meine Tochter die ganze Nacht geschrien hat?", kam es müde zurück. „Ich bin dabei, das Leben von Clemens Conradi zu durchleuchten. Da ist wohl einiges ganz anders, als es zunächst den Anschein hatte."

„Das heißt?"

„Ich habe bisher nur Hinweise, noch nichts Konkretes. Aber ich bleibe dran. Morgen gegen elf Uhr wird Conradis Noch-Ehefrau hier sein. Ich hoffe, dass auch sie uns ein gutes Stück weiterhelfen kann, was seine Lebensumstände angeht. Die Mutter seines angeblichen Kindes ist für morgen Nachmittag vorgeladen."

„Gut. Karolin Hermann hat sich nicht zufällig bei Ihnen gemeldet?", fragte Büttner.

„Sagten Sie nicht heute Morgen am Telefon, dass Sie zu ihr wollten? So zumindest die Auskunft von Frau Weniger."

„Ja. Aber ich habe sie nicht angetroffen. Ihr Auto steht vor der Tür, aber sie selbst ist wohl ausgeflogen. Die Nachbarin hat sie auch nicht gesehen, mit der habe ich gerade länger gesprochen. Sie war sehr auskunftsfreudig, aber wirklich vorangebracht hat sie unsere Ermittlungen nicht. Also habe ich beschlossen, jetzt erstmal in die Schule meiner Frau zu fahren und das Kollegium über Karolin Hermann auszufragen. Ich hoffe, dass da jemand engeren Kontakt zu ihr hatte."

„Gute Idee, Chef." Hasenkrugs Gähnen war selbst durchs Telefon zu hören. „Ich mache hier dann mal weiter."

„Gibt es irgendwelche Zeugen, die sich noch gemeldet haben?"

„Nein. Nichts. Wir haben über alle Kanäle einen Aufruf gestartet, dass sich diejenigen, die das Grünkohlessen schon verlassen hatten, als Conradi zusammenbrach, noch bei uns melden. Aber dazu scheint keiner Lust zu haben."

„Okay. Kann man nichts machen. Wir sehen uns dann später, Hasenkrug." Büttner legte auf.

In der Schule herrschte weitgehend Ruhe, als Büttner sie rund eine Viertelstunde später durch die Pausenhalle betrat. Nur vereinzelt drangen hinter verschiedenen Türen, an denen er vorbeilief, gedämpfte Stimmen oder Geräusche hervor. Anscheinend war gerade Unterrichtszeit. Büttner war das ganz lieb, denn so musste er sich in der Pausenhalle und auf den Gängen wenigstens nicht durch Heerscharen von Schülern quetschen, die in der Regel nicht dazu in der Lage zu sein schienen, sich in normaler Lautstärke zu unterhalten.

Natürlich würden jetzt auch die meisten Lehrer in den Klassenzimmern sein, doch erfahrungsgemäß hielten sich trotzdem immer ein paar von ihnen im Lehrerzimmer auf, weil sie eine Freistunde hatten oder bereits den Unterricht für den nächsten Tag vorbereiteten. Also ging Büttner auf direktem Wege dorthin. Als er an die Tür klopfte, passierte für einen längeren Moment gar nichts. Doch gerade, als er seine Hand erneut zum Klopfen hob, öffnete sich die Tür, und ein junger Mann, den Büttner nicht kannte, steckte seinen Kopf heraus. „Moin. Wie kann ich Ihnen helfen? Elternsprechstunde ist erst morgen wieder."

„Moin. Mein Name ist Büttner." Er zeigte seinen Dienstausweis.

Der junge Mann nickte, musterte ihn im nächsten Moment jedoch mit gerunzelter Stirn. „Sie hatte ich mir ganz anders vorgestellt", bemerkte er dann. Als Büttner fragend die Brauen hob, fügte er hinzu: „Sie sind doch der Mann von unserer Kollegin Susanne?"

„Ja. Und was sollte Ihrer Meinung nach an mir nicht richtig sein?"

„Nichts. Nur … hm … Susanne ist so … hübsch."

Büttner schnaubte ungehalten, verkniff sich jedoch eine Erwiderung. Er schob den jungen Lehrer beiseite und lief an ihm vorbei ins Lehrerzimmer. „Ich würde mich gerne mit ein paar Kollegen unterhalten", verkündete er und sah sich im Raum um. „Es geht um den Mordfall Conradi. Ich nehme an, Sie haben davon gehört."

„Ja, sicher. Der Lebensgefährte von Karolin. Furchtbare Sache."

„Sie waren aber nicht beim Grünkohlessen, oder?" Büttner grüßte zu den Tischen hinüber, die man in der Mitte des Raums aneinandergeschoben hatte. Um diese herum standen rund zwanzig Stühle. Auf einem von ihnen saß Wolfgang Habers, auf dem anderen eine Lehrerin mittleren Alters, von der er wusste, dass sie Barbara Schlüter hieß. „Moin, David!" Wolfgang hob grüßend die Hand, und auch seine Kollegin nickte ihm zu. Soweit sich Büttner erinnerte, hatte sie am Grünkohlessen teilgenommen.

„Ich war an diesem Abend nicht dabei", bestätigte nun der junge Mann seine Annahme. „Ich musste zu einer Familienfeier in Meppen. Beides ging leider nicht. Wenn es nach mir gegangen wäre, wäre ich allerdings lieber zum Boßeln und Grünkohlessen gegangen. Muss ein großer Spaß gewesen sein."

„So lustig wie ein Mord eben sein kann", erwiderte Büttner trocken, woraufhin der Lehrer tiefrot anlief. „Natürlich … Ich wollte nicht … ähm … Tut mir leid … ich muss dann noch was erledigen", stammelte er verlegen und verschwand im nächsten Moment zur Tür hinaus.

„Wer war denn das?", brummte Büttner und gab Wolfgang Habers und Barbara Schlüter die Hand.

„Timo Kleber. Er ist Referendar. Hat noch einiges zu lernen. Ansonsten aber ein netter Kerl", klärte Wolfgang ihn auf. „Und", fragte er dann, „was machen die Ermittlungen? Kaffee?"

„Gerne. Ich dachte, ich hole hier mal ein paar Infos über Karolin ein."

„Sie ist heute nicht gekommen", erklärte Barbara Schlüter. „Gemeldet hat sie sich auch nicht. Wir machen uns große Sorgen. Nicht wahr? Wolfgang?" Täuschte Büttner sich oder hatte sie ihrem älteren Kollegen tatsächlich einen spöttischen Blick zugeworfen? Wie schon bei Ebeline Nannen zuvor meinte er auch aus ihrem Tonfall einen gewissen stichelnden Unterton herausgehört zu haben.

Wolfgang zuckte kurz zusammen, hatte sich jedoch gleich wieder in der Gewalt und kam mit zwei dampfenden Tassen an den Tisch zurück. „Ich sag's lieber gleich, bevor es jemand anderes tut", verkündete er mit einem finsteren Blick auf seine Kollegin, die sich ein triumphierendes Lächeln nicht verkneifen konnte. Anscheinend konnten die beiden sich nicht besonders gut leiden.

„Was sagst du lieber gleich?", hakte Büttner nach, blies kurz in seinen Kaffee und nahm dann einen Schluck. Das tat gut! Nach dem kurzen Aufenthalt im Freien war er schon wieder durchgefroren.

„Ich hatte was mit Karolin."

„Was?" Büttner hätte vor lauter Schreck beinahe seinen Kaffee ausgespuckt. „Was sagst du da? Du machst Scherze, oder?" Er sah Wolfgang mit großen Augen an. Ihn und Karolin trennte ein Altersunterschied von deutlich mehr als dreißig Jahren. Und Wolfgang war gewiss nicht der Typ, der es nötig hatte, ständig junge Frauen aufzureißen. Es konnte also nur ein Witz sein.

„Sehen Sie, Herr Büttner, jetzt sind auch Sie schockiert." Barbara schnaubte verächtlich, während sie Zettel auf dem Tisch zusammenschob. „Glauben

Sie mir, das waren wir alle.“

„Du machst Scherze“, wiederholte Büttner, auch wenn Wolfgangs ernster Gesichtsausdruck eine andere Sprache sprach. Er brachte das Bild des älteren Mannes mit dem der jungen Frau einfach nicht zusammen. Zugleich wunderte er sich, dass Susanne dieses offensichtlich im Kollegium bekannte Verhältnis nie erwähnt hatte.

„Wir hatten eine kurze … Beziehung“, erwiderte Wolfgang mit gesenktem Kopf. Er umklammerte seine Tasse, als müsste er sich an ihr festhalten. „Es war … Liebe. Zumindest für mich.“

„Liebe! Pah!“ Barbara hob theatralisch die Arme. „Was du da immer redest, Wolfgang! Liebe!“

„Ich würde gerne mit dir alleine reden“, sagte nun Büttner und stand auf. „Wo ist das möglich? Und Sie, Frau Schlüter, halten sich bitte zu meiner Verfügung. Mit Ihnen will ich auch noch sprechen.“

„Ich muss gleich in den Unterricht“, behauptete sie.

„Nun, dann eben später. Ich lasse Ihnen eine Vorladung ins Kommissariat zukommen.“

„Eine Vorladung?“ Sie sah ihn perplex an. „Wieso lassen Sie *mir* eine Vorladung zukommen? Ich habe mit der Sache nichts zu tun. Es wäre ja noch schöner, wenn …“

„Wer etwas mit der Sache zu tun hat und wer nicht, entscheide zu diesem Zeitpunkt ich“, blaffte Büttner sie an. Er konnte Denunzianten nicht ausstehen. Sie würde schon sehen, was sie von dieser miesen Masche hatte.

„Also“, sagte er an Wolfgang gewandt, ohne sie weiter zu beachten, „gibt es einen Raum, in dem wir uns ungestört unterhalten können? Oder musst du auch gleich in den Unterricht?"

„Nein. Ich habe noch eine Freistunde." Er winkte Büttner mitzukommen und schritt ihm voran zur Tür hinaus.

10

Er musste seinem Ärger und auch seiner Sorge Luft machen, sonst würde er daran ersticken. Pit Wessels legte Zeige- und Mittelfinger in den Mund und pfiff nach seinen Labradoren, die sofort aufgeregt hechelnd angeschossen kamen. Wenn ihr Herrchen dieses schrille Geräusch von sich gab, dann bedeutete es entweder, dass es Futter gab oder dass er mit ihnen nach draußen ging. Bei beidem konnten sie grundsätzlich nicht widerstehen.

Pit legte den Rüden das Geschirr an und griff nach den Hundeleinen. Vermutlich würde er sie nicht brauchen, doch wusste man ja nie, wer oder was einem unterwegs begegnete.

Er hatte sich warm eingepackt, denn über die Insel blies ein eisiger Wind. Wie er soeben im Radio gehört hatte, hatte der Schneefall auf dem Festland bereits nachgelassen. Hier auf Norderney aber war davon nichts zu spüren. Außerdem deutete ein unmissverständliches Pfeifen zwischen den Häusern darauf hin, dass auch der Wind noch zugelegt hatte.

Kaum dass sie vor die Haustür traten, benahmen sich die Hunde wie toll. Sie liebten Schnee, schnappten nach den Flocken, pflügten mit den Schnauzen durch die Wehen und wälzten sich, als handelte es sich bei dem weißen Nass um extra für sie ausgestreute Fellpflege.

Als ihm bereits auf den ersten Metern auf seinem Spaziergang zum Strand der eisige Wind so scharf ins Gesicht blies, dass er meinte, jemand würde seine

Haut mit einer Raspel bearbeiten, schlang Pit seinen grobmaschig gestrickten Wollschal noch ein wenig weiter um den Kopf, sodass nur noch die Augen hervorlugten. Je näher er unbebautem Gelände kam, desto heftiger musste er sich gegen den Sturm stemmen. Die Hände trotz der warmen Handschuhe in den Taschen seiner Winterjacke vergraben, stapfte er mit ausladenden Schritten Richtung Strand.

Selten hatte er auf Norderney solch ein Wetter erlebt. Genau genommen erst einmal, vor vier Jahren, als Luis und er sich endlich dazu hatten entschließen können, ihren Wohnsitz vom Festland auf die Insel zu verlegen. Für Luis war es kein einfacher Schritt gewesen, da er als Model auf eine gewisse zeitliche und geographische Flexibilität angewiesen war. Schließlich aber hatte auch er seinem langgehegten Wunsch nachgegeben, sich dauerhaft auf einer der Nordseeinseln niederzulassen. Genauso wie Pit war Luis stets ein Mensch gewesen, der sich am liebsten aus dem Rampenlicht zurückzog und die Stille der Abgeschiedenheit genoss. Natürlich passte sein Job als gefeiertes Model da nicht ins Bild. Laufstege, Kameras, kreischende Verehrerinnen, Medienrummel. Auch das war Luis' Welt gewesen. Aber eben eine andere als die, die er mit Pit teilte. In der wenigen Zeit, die ihnen für ihre Zweisamkeit blieb, wollten sie in Ruhe gelassen werden, von allem und jedem. Sie wollten sich dann ganz auf einander konzentrieren.

Die Stunden und Tage zwischen Luis' Fotoshootings, Modeschauen und all dem Tamtam waren die schönsten in Pits Leben gewesen. Und auch wenn sie für immer der Vergangenheit angehörten, so hatten die kostbaren Momente mit Luis doch so tiefe Spuren in seinem Herzen hinterlassen, dass ihn kein

Mensch jemals aus dem Paradies der Erinnerungen würde vertreiben können.

Nicht einmal ein Clemens Conradi, dessen Körper inzwischen genauso kalt und steif sein dürfte wie die eisverkrustete Landschaft.

Während er noch über die Ausgelassenheit der Hunde lächeln musste, die sich nicht entscheiden konnten, ob sie lieber durch den Schnee oder durch die rauschend an den Strand schwappenden Wellen der Nordsee tollten, traten Pit beim Gedanken an Luis Tränen in die Augen. Er vermisste ihn noch genauso wie am ersten Tag. *Die Zeit heilt alle Wunden*, hieß es immer, doch für ihn traf das nicht zu. Jeden Tag, jede Stunde, jede Minute schrie sein wundes Herz nach Luis. Es war kaum zu ertragen. Ob es jemals besser werden würde? Hatte der Tod von Conradi irgendetwas geändert? Er wusste es nicht. Das würden die nächsten Wochen und Monate zeigen.

Pit blieb, den Wind im Rücken, stehen und schaute aufs aufgewühlte Meer hinaus, das sich bereits ein ganzes Stück weit zurückgezogen hatte. Es war ablaufend Wasser, der an der Oberfläche wellenförmig ausgebildete Wattboden lag grau und trüb vor ihm. Wenn der Wind in Böen über die zurückgebliebenen kleineren und größeren Priele und Pfützen fegte, sah es aus, als würde das Wasser aufgefaltet, um im nächsten Moment durch eine unsichtbare Macht wieder glattgezogen zu werden. Kaum eine Möwe verirrte sich im Schneetreiben hierher, und auch sonst schien das Watt vom Leben verlassen. Genauso wie er selbst.

Ob es nun vorbei war? Ob er nun, da Clemens Conradi tot war und ihm nichts mehr anhaben konnte, endlich zur Ruhe kommen würde? Durfte er nun endlich ins Leben zurückkehren, auch wenn er selbst nach zwei Jahren noch nicht wusste, wie ein Leben ohne Luis eigentlich aussehen sollte? Auch wenn Pit sich immer wieder einzureden versuchte, dass nun alles besser werden würde, so zog sich sein Magen beim Gedanken an Conradi doch immer noch schmerzhaft zusammen.

Vor allem, weil es ja auch noch Katja gab.

In einem Anfall von Rage nahm Pit einen von der See angespülten Stock hoch und schleuderte ihn mit voller Wucht und einem lauten, beinahe schmerzerfüllten Schrei von sich. Bruno und Kaspar hielten es für ein Spiel und jagten dem im Wind schlingernden Stock hinterher. Doch Pit nahm es kaum wahr. Zu sehr war er nun mit seiner plötzlich wieder aufsteigenden Wut auf Katja beschäftigt.

Was hatte sie sich nur dabei gedacht, sich bei diesem verdammten Grünkohlessen derart in den Vordergrund zu spielen? Natürlich entsprach solch ein Verhalten gemeinhin ihrem Gemüt, und nichts anderes war auch im Modelgewerbe gefragt. Doch musste sie ausgerechnet in solch einer brenzligen Situation, in der jeder andere darauf geachtet hätte, nach Möglichkeit von niemandem wahrgenommen zu werden, die extrovertierte Zicke geben?

Hach! Erneut schleuderte er einen Stock von sich fort. Warum konnte nicht einfach mal irgendetwas glattgehen?

Dabei war er gestern Morgen doch noch so froh gewesen, dass nun alles, was sie so lange geplant hatten, endlich seinen Abschluss gefunden hatte. Niemals hätte Pit gedacht, dass er sich über den Tod eines Menschen freuen könnte. Gemeinhin war er eher der soziale und emotionale Typ, einer, der sich nichts mehr wünschte, als dass die Menschheit in Frieden und Liebe vereint wäre.

Bei Conradi aber hatte er keinen anderen Ausweg mehr gesehen, als ihn vom Leben in den Tod zu befördern. Er selbst jedoch wäre der Letzte gewesen, der solch eine Tat kaltblütig ausgeführt hätte. Nein, wenn er sich hätte entscheiden müssen, ob Conradi am Leben blieb oder durch seine Hand starb, dann wäre der Fotograf heute noch unter ihnen und hätte auch in Zukunft vermutlich nichts zu befürchten.

Insofern war er froh, dass Katja sich bereiterklärt hatte, diesen Part zu übernehmen. Vielleicht aber hätte er sich trotz des brennenden Wunsches, endgültig von Conradi erlöst zu sein, nicht auf sie einlassen sollen.

Trotz ihrer zur Schau getragenen Euphorie hatte Pit angenommen, dass Katja einen Rückzieher machen würde, wenn es soweit war. Er hatte sich einfach nicht vorstellen können, dass jemand so kaltblütig war, einen Menschen zu töten, wenn er vor ihm stand, wenn er ihm in die Augen sah. Obwohl ihm das reale Leben Tag für Tag das Gegenteil bewies. Wenn man am Abend die Fernsehnachrichten einschaltete, dann konnte man gar den Eindruck gewinnen, dass es immer mehr Menschen auf dieser Welt gab, für die das Töten ein ganz normaler Teil ihres Alltags war.

Aber was trieb Katja in dieses Lager? War sie tatsächlich so abgebrüht, wie sie tat? Und was trieb sie dazu, mit ihrem Opfer noch eine heiße Nummer zu schieben, obwohl sie wusste, dass er nur kurz darauf durch ihre Hand sterben würde? Sie musste verrückt sein, anders war ihr Verhalten nicht zu erklären.

Je mehr Zeit nach der Todesnachricht verging, und

erst recht nach der Skype-Sitzung mit Katja, desto mehr trieb Pit der Gedanke um, dass es soweit nicht hätte kommen, dass Merle und er sich niemals auf diesen Deal hätten einlassen dürfen. Zwar spürte er nun eine gewisse Genugtuung, ja, Befriedigung, dass es diesen Mistkerl nicht mehr gab und damit vermutlich viel weiteres Unheil verhindert wurde.

Doch verspürte er nicht den Triumph, den er erwartet hatte. Den Triumph, dass dieses eine Mal der Richtige gestorben war. Den Triumph der Gerechtigkeit.

Ja, gestern, da hatte es für einen kurzen Moment gutgetan, den Tod Conradis schwarz auf weiß bestätigt zu sehen. Nach einer von Albträumen beherrschten Nacht aber war von diesem guten Gefühl nicht mehr viel übrig.

Vielmehr war da jetzt diese Leere. Conradi war tot, aber Luis immer noch weg. Natürlich hatte Pit nicht wirklich angenommen, dass Luis wieder zum Leben erweckt würde, wenn Conradi stürbe. So verrückt war er dann doch noch nicht, trotz Luis' Tod.

Und dann war da natürlich die Angst, erwischt zu werden. Hätte er vorher gewusst, welchen Trubel Katja veranstalten würde, dann hätte er sein Veto eingelegt. Schließlich hatte er Conradi nicht töten lassen, um dann selbst womöglich lebenslang hinter Gitter zu wandern. Wenn Katja aber so weitermachte, dann würde es genauso kommen. Womöglich war es sowieso schon zu spät, jetzt, da die Polizei sie vermutlich im Visier hatte.

Was, wenn Katja festgenommen würde? Würde sie die Klappe halten oder ihrer Eitelkeit frönen und den Ermittlern in dem für sie so typischen Plauderton erzählen, wie sie zu dritt den Mord geplant und durchgeführt hatten? Zuzutrauen wäre es ihr. Und vermutlich würden dann auch sein und Merles Name fallen, und sie würden von Katja als die benannt, die sie quasi zu diesem Mord angestiftet hatten.

Ja, dachte er, bei der durchgeknallten Katja musste man tatsächlich mit allem rechnen.

Und dann?

Schon am frühen Morgen hatte Merle ihn angerufen und ihm unter Tränen gesagt, dass sie Angst habe. Dass ihr erst in der Nacht, in der sie genau wie er kein Auge zugemacht hatte, so richtig aufgegangen sei, worauf sie sich eingelassen hatten. Ihre verzweifelte Frage aber, was sie nun unternehmen könnten, um möglichst unbeschadet aus der Sache herauszukommen, hatte er unbeantwortet lassen müssen. Dazu hatte er selbst nicht die geringste Idee.

Am besten wäre es wohl, Katja würde eine Zeitlang von der Bildfläche verschwinden, damit sie nicht noch mehr Schaden anrichten konnte. Aber wie sollte das gehen?

Pit hatte Merle versprochen, im Anschluss an seinen Spaziergang noch bei ihr vorbeizukommen. Ein Blick auf die nun nicht mehr ganz so wild spielenden Hunde sagte ihm, dass sie ausgepowert waren. Er selbst spürte inzwischen auf unangenehme Art die Kälte von den Füßen aufsteigend durch seinen Körper kriechen. Also war es an der Zeit, sich auf den Weg zurück in den Ort zu machen. Bestimmt würde Merle ihm einen heißen Tee kochen. Und während die Hunde selig schlummernd wieder zu Kräften kämen, könnten Merle und er sich gemeinsam überlegen, was in Sachen Katja zu tun war.

Am liebsten wäre ihm, sie würde von nun an die

Klappe halten.

11

Noch während Hauptkommissar David Büttner und Wolfgang Habers einen Raum suchten, in dem sie sich ungestört unterhalten konnten, ertönte das dunkle Läuten der Pausenglocke. Es brauchte keine dreißig Sekunden, bis die Flure überquollen von Schülern. Beobachtete man diese Meute, dann konnte man den Eindruck gewinnen, es seien jüngst aus der Gefangenschaft entlassene Halbwilde, die ihre neu gewonnene Freiheit mit viel Lärm und Geschrei bejubelten. Dabei hatten sie doch vermutlich nur eine Dreiviertelstunde ruhig sitzen und sich konzentrieren müssen.

Büttner wunderte sich immer wieder, wie Susanne diesen Zinnober jeden Tag aufs Neue aushielt, ohne den ein oder anderen der jungen Leute zu erschlagen. Müsste er diesen Job machen, dann würde er vermutlich bereits nach der ersten Woche die Segel streichen. Spätestens. Ständig dieser Lärm, ständig dieses … Gerempel!

Er fluchte, als sich ein fremder Ellenbogen zwischen seine Rippen bohrte. Und der Flegel entschuldigte sich nicht einmal. „Hey, kannst du nicht aufpassen!?", rief er hinter ihm her und rieb sich die schmerzende Stelle, doch der junge Mann war bereits in der Menge verschwunden.

„Das ist hier die normale Härte", erklärte Wolfgang, der gerade erfolgreich einem Papierflieger auswich, der über die Köpfe hinweg durch den Flur schwebte. „Irgendwann gewöhnt man sich dran. Und die jungen Leute meinen es nicht böse. Sie stecken einfach voller Energie, und die muss ja irgendwohin."

„Ich möchte trotzdem nicht mit dir tauschen", brummte Büttner. „Ist es noch weit bis zu diesem Raum?"

„Wir sind gleich … Oh, guck mal, da ist Susanne!"

„David, was machst du denn hier?", sprach Büttners Frau ihn im selben Moment auch schon an. Sie kam gerade aus einem der Klassenräume und trug einen Stapel Zettel unter dem Arm.

„Ermittlungen", antwortete Büttner knapp, nachdem er ihr ein Lächeln geschenkt hatte.

„Hast du Karolin zu Hause angetroffen?"

Büttners Lächeln verschwand. „Nein. Leider nicht. Sie ist wie vom Erdboden verschluckt."

„Mist." Susannes Stirn umwölkte sich. „Hoffentlich ist ihr nichts passiert."

„Davon hätten wir sicherlich schon erfahren", versuchte Büttner sie zu beruhigen. „Wenn etwas passiert, bleibt es uns meist nicht lange verborgen. Zumal wenn es im Zusammenhang mit laufenden Ermittlungen steht."

„Warst du bei ihr im Haus?"

„Nein. Wie denn? Sie war ja nicht da."

Susanne sah ihn finster an. „Das heißt, sie könnte auch tot in der Ecke liegen, und keiner von uns wüsste davon. So viel zu *Davon hätten wir sicherlich schon erfahren.*"

„Ich bleibe dran. Versprochen." Büttner sah sie aufmunternd an. „Ich nehme an, dass sie einfach nur ein wenig Ruhe braucht."

„Versprichst du mir, dass ihr sie sucht, wenn sie bis heute Abend nicht aufgetaucht ist?"

„Das werden wir dann sehen", blieb Büttner vage.

„Wir können auch nicht immer so, wie wir wollen. Derzeit besteht kein Grund, sie polizeilich zu suchen."

„Wo wollt ihr denn eigentlich hin und was habt ihr vor?", wechselte Susanne unerwartet das Thema. Anscheinend gab sie sich mit der Auskunft ihres Mannes zufrieden.

„Ein Gespräch unter Männern", antwortete Büttner schnell und schnitt Wolfgang, der gerade zu einer Erwiderung ansetzte, bewusst das Wort ab. Seiner Erfahrung nach neigten Zeugen dazu, Unbeteiligten viel zu viele Details anzuvertrauen, die für die polizeilichen Ermittlungen relevant sein könnten.

„Bist du zum Mittagessen zu Hause?"

„Eher nicht", schüttelte Büttner bedauernd den Kopf.

„Macht nichts. Dann bereite ich für heute Abend was Leckeres vor. Wie wäre es mit Rindsrouladen und Rotkohl?"

Büttners Stimmung hellte sich schlagartig auf. Am liebsten hätte er Susanne nun einen Kuss auf die Wange gedrückt, doch war ein Schulflur voller Schüler vermutlich nicht der passende Rahmen dafür. Also beschränkte er sich auf ein Lächeln, während sie ihm zuzwinkerte und in die entgegengesetzte Richtung davonlief.

„Du hast mit Susanne wirklich Glück gehabt", stellte Wolfgang anerkennend fest. Sie hatten nun den Raum erreicht, in den er sich mit Büttner zurückziehen wollte, und er schloss die Tür auf.

„Du wolltest mir etwas über dein Verhältnis zu Karolin erzählen", wich Büttner einer Erwiderung aus, nachdem er in dem kleinen, kahlen Raum auf einem Stuhl Platz genommen hatte. Auch wenn er derselben

Meinung war wie Wolfgang, so würde er sich einem Zeugen oder gar Verdächtigen gegenüber ganz gewiss nicht zu einem Mitglied seiner Familie äußern, ganz egal, wen er vor sich hatte. Es gehörte einfach nicht hierher.

Wolfgang atmete tief durch, legte den Kopf in den Nacken und sagte scheinbar zur Decke: „Du musst mir glauben, David, es war mir wirklich ernst mit Karolin. Natürlich trennen uns ein paar Jahre, aber ich habe mir eingebildet, dass es darauf nicht ankommt, wenn man sich liebt." Er seufzte. „Doch natürlich gab es Probleme."

„Probleme? Inwiefern?"

Wolfgang senkte den Kopf und lächelte traurig. „Es war alles gut, solange wir zusammen waren. Aber was zum Beispiel unsere Freizeitgestaltung anbelangte, da passte dann nichts mehr zusammen."

„Du hättest es wissen müssen", erwiderte Büttner. „Eine Frau Anfang dreißig hat gemeinhin andere Interessen als ein Mann über sechzig." Als Wolfgang auf diese Feststellung hin nur wissend nickte, fragte er: „Kann es sein, dass Karolin einfach nur jemanden zum Anlehnen brauchte? Sie ist sehr einsam, wie man gemeinhin hört."

„Ja. Möglich." Wolfgang schien sich diesbezüglich nichts vorzumachen. „Natürlich habe ich bemerkt, dass sie auf der Suche war. Aus irgendeinem Grund erträgt es Karolin nicht, alleine zu sein. Ich habe sie gefragt, ob es dafür eine Ursache gibt, habe jedoch nie eine konkrete Antwort erhalten. Sie will wohl nicht darüber reden."

„Aber ich nehme doch an, dass sie schon mal irgendwann eine Beziehung zu einem Mann hatte", bemerkte Büttner.

„Ja. Es gab Männer. Zwei oder drei Geschichten. Aber auch darüber hat sie sich ausgeschwiegen. Sie bezeichnete sie lapidar als Totalausfälle."

„Und euer Verhältnis? Wie lange ging das?"

„Ein halbes Jahr ungefähr. Wir sind seit rund zwei Monaten getrennt."

„Seit zwei Monaten", murmelte Büttner. Er nahm einen Schluck seines inzwischen kalten Kaffees und überlegte, wie er seine nächste Frage formulieren sollte, ohne Wolfgang wehzutun. Dann jedoch beschloss er, den direkten Weg zu gehen. In einer Mordermittlung war allzu viel Rücksichtnahme fehl am Platz, wenn man etwas in Erfahrung bringen wollte. „Dann muss sie bereits nach einer neuen Beziehung gesucht haben, während ihr noch zusammen wart", brachte er seine Gedanken also ohne Umschweife auf den Punkt.

Wolfgang wirkte nicht überrascht über diese Feststellung, sondern nickte nur. Als er nun den Kopf hob, meinte Büttner nicht nur tiefe Traurigkeit, sondern auch Enttäuschung in seinem Blick zu lesen, was angesichts der unbestreitbaren Tatsachen wenig verwunderlich war. „Ja", sagte Wolfgang. „Natürlich wusste ich zu dieser Zeit nichts davon. Aber als ich hinterher eins und eins zusammenzählte, da kam natürlich auch ich nicht umhin, genau das festzustellen." Er biss sich auf die Lippe und fügte dann gepresst hinzu: „Ich gehe davon aus, dass sie nie aufgehört hat, im Internet nach einem passenden Partner zu suchen. Ich war wohl allenfalls eine nette Abwechslung für sie."

„Hat sie sich von dir getrennt, weil sie Clemens Conradi kennen gelernt hatte?"

Wolfgang verzog gequält das Gesicht. „Das nehme

ich an. Gesagt hat sie es allerdings nicht. Als Grund gab sie an, dass die Sache mit uns ein Versehen gewesen sei."

„Ein Versehen. Hm. Da frag ich mich doch, warum sie nicht die Wahrheit gesagt hat. Schließlich war es nur eine Frage der Zeit, bis du von Conradi erfahren würdest."

„Ja. Das frage ich mich auch. Schon seit Wochen zermartere ich mir den Kopf darüber, habe sie mehrmals darauf angesprochen. Aber sie hat nur gemeint, sie sei mir keine Rechenschaft schuldig."

„Erstaunlich, dass du dich ihr gegenüber trotzdem noch so nett verhältst. Samstagabend zum Beispiel hast du den großen Tröster gegeben, obwohl sie dir so übel mitgespielt hat", stellte Büttner fest.

„So bin ich eben", erwiderte Wolfgang mit einem schiefen Grinsen.

„Ein bisschen viel des Guten, findest du nicht?"

Wolfgangs Augen verengten sich zu schmalen Schlitzen. „Worauf willst du hinaus, David?"

„Du hattest ein Motiv", antwortete Büttner prompt.

Wolfgang hob abwehrend die Hände und lachte rau auf. „Ach, David", sagte er, „ich bin zwar ein Narr, aber ein so großer dann doch nicht. Glaubst du wirklich, ich würde einen Mord begehen, obwohl ich schon vorher weiß, dass es für mich keine Rolle spielt, ob es einen Clemens Conradi in Karolins Leben gibt oder nicht?"

„Kommt als Motiv öfter vor, als man denkt", antwortete Büttner trocken.

„Mach dich nicht lächerlich", war alles, was Wolfgang dazu zu sagen hatte.

„Okay." Büttner schlug mit den Handflächen auf

den Tisch und erhob sich. „Ich denke, das reicht zunächst. Falls du etwas von Karolin hörst, dann gib mir bitte umgehend Bescheid. Wir müssen wirklich dringend mit ihr sprechen."

„Kein Ding. Aber ich glaube kaum, dass sie sich ausgerechnet bei mir meldet."

„Wir werden sehen." Büttner wandte sich der Tür zu, doch kurz bevor er sie öffnete, drehte er sich noch einmal um und sagte: „Ach, fast hätte ich es vergessen: Hast du eine Ahnung, wie sich eine junge Lehrerin wie Karolin eine solche Villa leisten kann? Hat sie geerbt? Oder im Lotto gewonnen?"

Wolfgang zuckte die Schultern. „Auch das ist eine dieser Fragen, auf die ich von ihr nie eine Antwort bekommen habe."

Als Büttner die Tür hinter sich ins Schloss zog, konnte er sich des Eindrucks nicht erwehren, dass es nach diesem Gespräch mit Wolfgang mehr offene Fragen gab als zuvor.

12

Katja Lürssen ließ sich aufs Sofa fallen und machte es sich zwischen zahlreichen Kissen gemütlich. Es war bis hierhin ein anstrengender Tag gewesen, doch es hatte sich gelohnt. Zur Feier des Tages hatte sie sich ein Glas von ihrem Lieblingsrotwein eingeschenkt und prostete sich nun selbst damit zu. „Gut gemacht", lobte sie sich mit einem neckischen Augenzwinkern, „wirklich sehr, sehr gut gemacht! Auf noch viele solcher Coups!"

Sie seufzte wohlig auf und rekelte sich in den Kissen. Ja, sie war eine Gewinnerin, daran gab es nichts zu rütteln. Gut, das Ding mit Clemens Conradi war nicht so gelaufen, wie sie es sich gewünscht hatte. *So what?* Es würde andere Gelegenheiten geben. Weil es immer Gelegenheiten gab. Man musste sie nur sehen. Und sie, Katja Lürssen, hatte ein Näschen dafür. Es konnte gar nicht anders sein, denn hätte sie ansonsten so viel Erfolg mit allem, was sie anfasste? Wohl kaum.

Gerade heute hatte sie wieder einen Coup gelandet, zu dem sie sich nur beglückwünschen konnte. Da zeigte sich mal wieder, dass man nur schnell sein musste. Schnell im Denken und Handeln. Und das war sie gewesen. Heute Nacht, als ihr plötzlich eingefallen war, dass der tote Clemens Conradi doch nicht alles gewesen sein konnte. Eine mickrige Leiche als Ausbeute wochenlanger Planung und Arbeit? Lächerlich! Nein, da musste noch mehr zu holen sein.

Hach, es war einfach ein gutes Gefühl, endlich in

der obersten Liga mitspielen zu können! So lange hatte sie darum gekämpft, hatte Erfolge gefeiert, aber auch Rückschläge einstecken müssen. Aber nie – niemals! – war sie liegengeblieben, und war der Sturz auch noch so heftig gewesen. Nein, für sie gab es stets nur einen Weg: Aufrichten, Krönchen richten, weitermachen.

So war es immer gewesen. Und so würde es immer sein.

Gut möglich, dass sie sich mit dieser Art nicht viele Freunde machte. Aber das war ihr egal. Sie hatte nie viele Freunde gehabt. Und? Hatte es ihr geschadet? Nein. Freundschaft hieß doch allenfalls, Rücksicht nehmen zu müssen. Es hieß, Zeit zu investieren in die so genannte Kontakt- oder Beziehungspflege. Es hieß, für andere da sein zu müssen. Es hieß, nicht egoistisch zu sein.

Doch genau das war es, was sie wollte: egoistisch sein. Sie wollte nicht nett sein, sie wollte nicht gefallen, sie wollte nicht teilen.

Sie. Wollte. Egoistisch. Sein.

Ja, genau. Sie wollte sie selbst sein, ganz allein und ausschließlich sie selbst, und das nach Möglichkeit ohne große Anstrengung.

Die heutige Sache hatte sie sich komplizierter vorgestellt. Aber alles lief erstaunlich glatt. Zu glatt vielleicht? Für einen Moment geriet sie ins Grübeln. Doch schnell sagte sie sich, dass es so, wie es gelaufen war, schon seine Ordnung hatte. Ihr Gegenüber war angeschlagen, und angeschlagene Menschen waren leicht zu knacken. Sie wollen in Ruhe gelassen werden, also leisteten sie keine Gegenwehr. So wie ihr heutiges Opfer. Besser hätte es nicht laufen können. Es war perfekt.

Katja grinste in sich hinein. *Sie* war perfekt. Und deswegen würden auch die nächsten Jahre perfekt sein. Dafür hatte sie heute gesorgt.

Das alles wäre ohne den toten Clemens Conradi nicht möglich gewesen. Sie sollte ihm wirklich dankbar sein. „Prost, Clemens", nuschelte sie und hob ihr Glas, „auf dich!" Eigentlich waren ihre Pläne mit ihm ja andere gewesen. Nur gut, dass sie sich erledigt hatten. Das, was jetzt war, war besser. Um Längen besser.

Katja kuschelte sich in eine weiche Decke und lauschte dem Wind, der um das Mietshaus strich, in dem sie eine kleine Wohnung angemietet hatte. Auch damit würde es bald vorbei sein. Immer schon hatte sie sich eine ihren Fähigkeiten und ihrer Ausstrahlung entsprechende Unterkunft gewünscht. Ein Loft wäre genau das Richtige für sie. Mindestens hundertfünfzig Quadratmeter sollte es haben, aus einem einzigen, riesigen Raum bestehen, wobei allenfalls die Toilette eine abschließbare Tür bekam. Ein absolutes Muss war natürlich eine Dachterrasse, von der aus sie einen grandiosen Rundumblick über die ganze Stadt haben würde.

Berlin. Oder Hamburg. Vielleicht auch München. Egal. Hauptsache groß, Hauptsache teuer. Hauptsache weit weg von dieser erbärmlichen ostfriesischen Provinz.

Katja stellte ihr Glas beiseite und griff nach ihrem Smartphone. Ein schönes Glas Wein war ja ganz nett, aber dem Anlass entsprechend würde sie sich nun noch etwas Gutes zu essen bestellen. Sie liebte die italienische Küche, gerne auch mal eine Pizza. Aber heute sollte es etwas ganz Besonderes sein. Sie wusste, bei ihrem Lieblingsitaliener gab es Speisen, die sie sich bis zum heutigen Tag nicht hatte leisten können oder wollen. Eine davon würde sie sich heute als Festmahl kredenzen.

Gerade schwang sie ihre ellenlangen Beine vom Sofa, um ihren Laptop zu holen, von dem aus sich die Essensbestellung einfacher gestalten würde, als es plötzlich an der Tür klingelte.

Sie schrak zusammen. Doch nicht, weil das Läuten sie überraschte; ihre Türklingel hörte sich ganz einfach furchtbar an. Schrill und blechern und laut. Auch das würde sich in ihrem Loft natürlich ändern. Ein Geräusch ähnlich dem tibetischer Klangschalen wäre für das exklusive Wohngefühl wohl genau das Richtige.

„Wer da?", fragte sie in die Gegensprechanlage. „Ach, Pit, du bist es. Komm rauf!" Sie drückte den Türöffner, und nur wenig später waren schwere Schritte auf der alten Holztreppe zu hören. Der Fahrstuhl war schon wieder defekt, aber Gott sei Dank wohnte sie nur im zweiten Stock.

„Ich dachte, der Fährverkehr nach Norderney ist eingestellt", stellte sie fest, als Pit schließlich dick vermummt vor ihr stand und sich aus seiner Daunenjacke schälte.

„Ist er auch. Ich habe einen Flieger genommen."

„Ups." Katja schob spöttisch die Unterlippe vor. „Nobel geht die Welt zugrunde oder was?"

„So teuer ist das ja nun auch wieder nicht", winkte Pit ab. „Hast du einen Grog? Mir ist saukalt." Zur Unterstreichung seiner Worte rieb er sich die steifen Finger. „Hab echt keinen Bock mehr auf diesen verdammten Winter."

„Grog? Nee. Ich kann dir einen Tee kochen." Katja deutete auf ihren Laptop und ließ sich zurück aufs Sofa fallen. „Setz dich! Ich wollte mir gerade was zu essen bestellen. Willst du auch?"

„Gerne. Was gibt's? Pizza?"

„Klar. Was sonst?" Katja warf ihre Pläne für ein exklusives Luxusmahl wieder über Bord. Schließlich sollte keiner wissen, dass sie den Jackpot geknackt hatte. Auch Pit nicht, obwohl sie ihn ausnehmend gut leiden konnte. Aber je weniger Leute zunächst von ihrem neuen Leben wussten, desto besser. Alles andere würde nur zu Fragen führen, auf die sie sich noch keine plausible Antwort überlegt hatte. Die Wahrheit aber würde Pit nicht akzeptieren. Dazu war er zu anständig.

„Okay. Dann nehme ich eine Diavolo mit viel Käse. Ich brauch jetzt echt Energie. Nach allem, was in den letzten Tagen so los war."

„Ist doch alles super gelaufen", entgegnete Katja und grinste still in sich hinein.

„Genau darüber wollte ich mit dir reden." Er fand keinen freien Garderobenhaken für seine Jacke, also schmiss er diese samt Schal und Mütze auf einen Korbsessel in der kleinen Diele. „Weder Merle noch ich sind der Meinung, dass alles so optimal gelaufen ist, wie du es anscheinend glaubst." Er folgte Katja in die kleine Küche, wo sie einen Wasserkocher in Gang setzte und zwei Becher aus dem Schrank holte. „Ingwertee?", fragte sie.

„Egal. Hauptsache heiß." Pit nahm einen Stapel Zeitungen vom Stuhl, legte ihn beiseite und setzte sich.

„Ich weiß gar nicht, was euer Problem ist. Conradi ist tot. Das habt ihr doch gewollt. Alles bestens also."

„Wenn's so wäre, ja. Aber irgendwie werde ich den Eindruck nicht los, dass du dich damit nicht zufrieden gibst." Er nickte ihr dankbar zu, als sie ihm nun eine dampfende Tasse reichte, in der ein Teebeutel schwamm und den intensiven Geruch von Ingwer verströmte.

Katja fuhr für einen kurzen Moment der Schreck in die Glieder. Hatte Pit herausgefunden, was sie vorhatte? Aber das war nicht möglich! Keiner außer ihr und dem Opfer wusste davon, und wenn ihr Opfer schlau war, dann würde es auch so bleiben. Wenn nicht – nun, dann mussten eben Konsequenzen gezogen werden. Sie sah Pit, der sie über den Rand seiner Tasse hinweg mit unergründlichem Gesichtsausdruck musterte, misstrauisch an. Was wusste er von ihren Plänen? Hatte er vor, ihr dazwischenzufunken? Zuzutrauen wäre es ihm. Er war so furchtbar spießig. Wenn er tatsächlich von ihren Plänen wusste, dann würde er sie nicht gutheißen. „Wo liegt dein Problem?", fragte sie in möglichst unbeteiligtem Tonfall. Sie ließ ihre Finger über die Tastatur ihres Laptops gleiten. Ihr Magen knurrte. Sie brauchte jetzt dringend etwas zu essen. „So. Pizza kommt in dreißig Minuten", verkündete sie wenig später.

„Wo das Problem liegt? Ich wollte dich lediglich bitten, jetzt Ruhe zu bewahren. Immerhin hat die Polizei deinen Namen und wird dich im Visier habennach deinem … hm …. sagen wir mal, nicht ganz zurückhaltenden Auftritt." Pit blies in seinen Tee, der zum Trinken noch zu heiß war. Aber immerhin tauten seine Finger langsam wieder auf. „Vielleicht hätten wir es gar nicht so weit kommen lassen dürfen", meinte er nach kurzem Zögern.

„Wieso *wir*?" Katja schlug lasziv die Beine übereinander und zwinkerte Pit zu. „Ich weiß wirklich nicht, was du willst, Pit. Schließlich kann euch keiner was. Wenn, dann bin ja wohl ich dran. Wer hat denn die Drecksarbeit gemacht? Ich doch wohl."

Pit war anzusehen, dass er genau das inzwischen nicht mehr für eine gute Idee hielt. „Ja, klar, aber trotzdem hängen wir mit drin. Und die Absprachen waren andere."

„Und um mir das zu sagen, bist du extra hergekommen? Im Flugzeug? Geht's noch?" Was war dieser Pit doch für ein Schisser! Das hätten er und seine Merle sich vorher überlegen müssen. Nun war es zu spät. Conradi war tot, ihr Auftrag damit erledigt. Was sie nun daraus machte, war alleine ihre Angelegenheit. „Apropos Absprachen: Hast du das Geld dabei?"

„Ja. Natürlich." Pit seufzte und fuhr sich durchs von der Mütze verwuschelte blonde Haar. „Aber zuerst will ich von dir hören, dass du die Füße ruhig hältst."

„Du bist wohl kaum in der Position, Forderungen zu stellen." Katja verzog spöttisch den Mund. „Ein Wort von mir zu den Bullen und ihr wandert für Jahre in den Knast."

Pit schnappte nach Luft. „Willst du mir drohen?"

„Nein. Aber du mir anscheinend. Ich hab meinen Teil der Absprachen eingehalten, okay? Jetzt seid ihr dran. Also rück das Geld raus! Sonst …"

„Sonst was?" Pit war nun aufgesprungen und funkelte sie aus blitzenden Augen an. „Wir hatten eine Übereinkunft, Katja, auch wenn ich das inzwischen sehr bedaure. Dein Teil ist erfüllt und du kriegst das Geld. Zehntausend von mir und zehntausend von Merle." Er ging in den Flur, kramte einen Umschlag aus der Jackentasche und hielt ihn Katja hin. „Da hast du es. Aber ich erwarte, dass die Sache damit erledigt ist.“

Katja nahm den Umschlag und warf einen Blick hinein. „Ich will das Doppelte“, sagte sie dann ohne jede Emotion in der Stimme. Sie schluckte überrascht. Das war keineswegs geplant gewesen, entsprang vielmehr einer spontanen Idee. Aber sie gefiel ihr.

„Was?“ Pit stand mit offenem Mund da und starrte sie fassungslos an.

„Ich will das Doppelte.“

„Das ist nicht dein Ernst.“ Katja bemerkte amüsiert, dass Pit seine Hände zu Fäusten ballte. Er wusste genau, dass er verloren hatte, und hatte keine Ahnung, wie er aus dem Ding wieder herauskommen sollte. Sie hatte ihn in der Hand, das wurde ihm spätestens jetzt siedendheiß klar. Sie genoss es, diese Macht über ihn zu haben. Die spontanen Einfälle waren doch immer die besten.

„Das ist nicht dein Ernst“, wiederholte Pit, als Katja nichts auf seinen fast verzweifelten Ausruf erwiderte, sondern ihn nur mit spöttisch hochgezogenen Mundwinkeln angrinste.

„Was Clemens kann, das kann ich auch. Oder hast du wirklich gedacht, ich begehe aus reiner Menschenfreundlichkeit einen Mord?“

„Du warst genauso empört wie wir, dass Clemens Conradi uns all die Jahre erpresst hat“, keuchte Pit. „Du warst diejenige, die gesagt hat, da müsse was geschehen! Du hast gesagt, dem müsse endlich ein Ende gesetzt werden …“

„Nun, und genau das habe ich getan, oder etwa nicht?“ Katja ließ sich nach wie vor keinerlei Emotionen anmerken, auch wenn ihre Nerven zum Zerreißen gespannt waren. Bevor Pit gekommen war,

116

hatte sie nicht einen Augenblick darüber nachgedacht, dass sie die Situation entsprechend ausnutzen könnte. Erst sein Herumgestammel und seine offensichtliche Angst, sie könne ihn und seine liebreizende Freundin Merle an die Bullen ausliefern, hatte sie auf die Idee gebracht, dass hier mehr zu holen war als die vereinbarten lausigen zwanzigtausend Euro. *Tja*, dachte sie amüsiert, als sie sah, dass Pits Gesichtsfarbe zwischen knallrot und leichenblass hin und her wechselte. *Man sollte sich immer vorher überlegen, auf wen man sich einlässt.* Und im Grunde war er ja selber schuld. Wäre er auf seiner blöden Insel geblieben und nicht einfach so hier aufgetaucht, um ihr ins nicht vorhandene Gewissen zu reden, dann wäre womöglich alles beim Alten geblieben. So aber hatte er ihr die Bälle geradezu in die Hand gespielt. Und sie sollte sie nicht auffangen und verwerten? Das konnte er ja wohl nicht allen Ernstes von ihr erwarten. „Das Doppelte", sagte sie, „oder ich gehe zu den Bullen."

„Das kannst du gar nicht. Du hängst viel tiefer drin als wir", erwiderte Pit, aber es klang ziemlich kläglich.

„Das lass mal meine Sorge sein. Also?"

Pit öffnete den Mund, als wollte er etwas erwidern, dann aber schnappte er hörbar nach Luft, griff nach seiner Jacke, und nur Sekunden später war das Zuschlagen der Wohnungstür zu hören.

„Geht doch", grinste Katja. Sie war in höchstem Maße mit sich zufrieden. Also griff sie nach ihrem Laptop, um ihre Bestellung abzuändern. Einem exklusiven Lunch stand nun nichts mehr im Wege.

13

„Sie hat was?" Merle verschluckte sich an ihrem Kaffee und bekam schreckgeweitete Augen. „Sag, dass das ein Scherz ist, Pit!"

„Leider nicht." Pit rieb sich über die juckenden, tränenden Augen. Er befürchtete, dass er sich in dem scharfen, eisigen Wind eine Bindehautentzündung zugezogen hatte. Es kostete ihn große Anstrengung, überhaupt auf den Bildschirm seines Laptops zu schauen. Aber er hatte Merle sofort via Skype über die neuesten Entwicklungen unterrichten wollen. Ohne ein Gespräch mit ihr würde er vermutlich gar nicht einschlafen können. Auch wenn er wusste, dass sie keine Lösung aus dem Ärmel schütteln würde, so tat es doch gut, aus seinem Gedankenkarussell ausbrechen und die Angelegenheit mit jemand Gleichgesinntem diskutieren zu können. Zu wem hätte er auch sonst gehen sollen, wenn nicht zu Merle? Immerhin war sie von dem ganzen Mist genauso betroffen wie er selbst.

Völlig ziellos war er nach dem Besuch bei Katja durch die Gegend gelaufen, hatte irgendwann nicht mehr gewusst, wo genau er sich eigentlich befand. Eine nie gekannte Panik hatte von ihm Besitz ergriffen. Er hätte es wissen müssen! Verdammt, niemals hätte er auf die Idee kommen dürfen, der Mord an einem Menschen könnte die Lösung seiner Probleme sein! Und doch hatte er es getan, hatte er sich auf Katja eingelassen. Mit dem Ergebnis, dass sich für ihn nichts geändert hatte. Allenfalls, dass jetzt alles noch viel, viel schlimmer war als jemals zuvor.

„Das kann sie nicht ernst meinen", hörte er Merle in seine verzweifelten Gedanken hinein sagen. „Sie will uns ärgern, Pit. So ist sie. Katja findet so was witzig. Aber ganz bestimmt meint sie es nicht ernst. Du wirst sehen: Wenn du sie das nächste Mal triffst, wird sie schallend über ihren geschmacklosen Witz lachen und alles ist gut."

„Das wird sie nicht. Diesmal nicht", entgegnete Pit und schüttelte resigniert den Kopf. „Auch ich war drauf und dran, mir genau das einzureden, aber …" Er stockte.

„Aber?", fragte Merle vorsichtig.

„Auch ich habe nach dem Gespräch mit ihr versucht mir einzureden, dass alles ein schlechter Scherz sei. Aber dann klingelte plötzlich mein Handy. Es war Katja."

„Was hat sie gesagt?", hauchte Merle, und es klang eher, als wollte sie die Antwort gar nicht hören. Sie hob die Hände, als würde sie sie sich im nächsten Moment auf die Ohren pressen.

„Was sie gesagt hat?" Pit lachte bitter auf. „Ich solle bloß nicht auf die Idee kommen, das alles sei ein blöder Scherz gewesen. Das hat sie gesagt. Und, Merle …" Er schaute auf; in seinem Blick stand die nackte Verzweiflung. „Sie klang dabei eiskalt. Sie erpresst uns, Merle. Verdammt, sie erpresst uns tatsächlich!"

Aus Merles Mund war zunächst ein undefinierbares Glucksen, Sekunden später dann ein hysterisches Lachen zu hören. „Das … das kann doch alles nicht wahr sein, Pit! Bitte sag, dass das alles nicht wahr ist! Nicht schon wieder. Bitte, bitte, nicht schon wieder!" Ihr Lachen ging in ein verzweifeltes Aufschluchzen über, und sie schlug die Hände vors Gesicht. „Worauf haben wir uns da nur eingelassen, Pit?", wimmerte sie.

„Sie … sie wird es nicht dabei belassen", meinte Pit kaum hörbar. Die Angst schnürte ihm die Kehle zu, als ihm plötzlich aufging, was sie von Katja womöglich noch zu erwarten hatten.

„Wie meinst du das?", hauchte Merle.

„Die Fotos. Die Videos."

„Oh mein Gott!" Merle hob erschrocken die Hand an den Mund. „Du meinst … sie wird es genauso machen wie Clemens? Du meinst, sie wird …?"

„Ich weiß nur, dass sie das Zeug hat. Und sie wird es einsetzen." Pit atmete tief durch. „Ja. Sie wird es für ihre Zwecke einsetzen. Genauso wie Clemens es eingesetzt hat. Sie wird das Andenken von Luis beschmutzen. Das können wir nicht zulassen. Genauso wenig, wie wir es bei Conradi zulassen konnten."

Für eine ganze Weile herrschte auf beiden Seiten der Skype-Konferenz unheilvolles Schweigen. Es war, als würde plötzlich die Welt stillstehen, als sei sie erstarrt vor Entsetzen.

Bilder formten sich in Pits Kopf. Bilder, die ihn seit Jahren folterten, die im Laufe der Jahre nie die Chance bekommen hatten zu verblassen. Bilder, die auch Luis zu Lebzeiten quälten, bis er keinen Ausweg mehr gesehen und seinem Leben ein jähes Ende gesetzt hatte. Und damit begann für Pit der echte Albtraum.

Dabei hatten Luis seine Welt, sein Erfolg, seine Liebe zu Clemens einst so glücklich gemacht. Wie oft hatte Luis ihm, Pit, erzählt, dass er Clemens für seine große Liebe halte. Alles sei gut gewesen bis zu dem Tag, an dem Clemens auf die Idee kam, diese verdammten Videos zu drehen.

Laut aufgelacht hatte Luis, als Pit ihn vor Conradi warnte. Einen eifersüchtigen Gockel hatte er ihn genannt.

Womit Luis richtig gelegen hatte, war doch Pit zu diesem Zeitpunkt längst in unsterblicher Liebe zu Luis entflammt gewesen. Die Warnung jedoch, dass Clemens mit den verhängnisvollen Aufnahmen etwas Böses plane, war keineswegs dem Gefühl der Eifersucht entsprungen. Vielmehr entstammte sie der Ahnung, dass Conradi es sich nicht gefallen lassen würde, wenn Luis irgendwann seinen eigenen, von Clemens unabhängigen Weg ginge. Und dass Luis sich täglich ein wenig mehr von Conradi emanzipierte, zeichnete sich damals bereits ab. Denn Luis lebte nicht nur das Leben eines weltweit gefragten Models, sondern war noch dazu drauf und dran, sich in einen anderen Mann zu verlieben, auch wenn es ihm damals vielleicht noch gar nicht bewusst gewesen war.

Gut möglich, dass Conradi ursprünglich nie vorgehabt hatte, Luis mit den delikaten Videoaufnahmen zu erpressen. Gut möglich auch, dass er den jungen, unerfahrenen und vielleicht ein wenig naiven Luis in seiner knabenhaften Art tatsächlich liebte.

Doch als sich Luis eines fatalen Tages tatsächlich für ein Leben an Pits Seite entschied und Clemens Conradi mit bereits gepackten Koffern vor vollendete Tatsachen stellte, sollte sich genau das bewahrheiten, was Pit bereits die ganze Zeit über geahnt hatte: Dass Conradi ein ebenso selbstverliebter wie gefährlicher Zeitgenosse war, der sich eine solche Zurücksetzung unmöglich gefallen lassen würde.

Doch dass es so schlimm kommen würde, wie es dann in den nächsten Jahren der Fall gewesen war, damit hätte Pit selbst in seinen schlimmsten Albträumen nicht gerechnet.

Mit Luis' Karriere ging es zu dieser Zeit steil bergauf. Clemens Conradi hatte ihn entdeckt, als der unschuldige, bildhübsche Junge in einem Café arbeitete, um sich den Lebensunterhalt für sein Studium zu verdienen. Das könne er schneller und einfacher haben, hatte ihm der damals in der Modefotografenszene bereits anerkannte Conradi prophezeit und recht behalten. Die Modemagazine rissen sich bereits nach den ersten Probeaufnahmen um Luis, entsprach sein stets etwas melancholischer Gesichtsausdruck doch einem gewissen Kindchenschema und appellierte damit an die Muttergefühle reiferer Frauen. Zugleich schlummerte in seinen teichgrünen Augen das gewisse Etwas, das junge Frauen um den Verstand brachte.

Selbst als sich das Gerücht bestätigte, Luis fühle sich ausschließlich zu Männern hingezogen, tat das seinem Ruhm keinen Abbruch. Vielmehr schienen die Frauen, die um seine Gunst buhlten, sich vor allem mit dem Gedanken zufrieden zu geben, dass, wenn sie ihn schon nicht selbst haben konnten, es wenigstens auch keine andere schaffen würde, seine Liebe zu erringen.

Schon nach kurzer Zeit zeigten sich Clemens und Luis als Paar in der Öffentlichkeit. Während Luis unverkennbar verliebt war, geriet Clemens schnell in den Verdacht, den Ruhm und die Beliebtheit des jungen Mannes für seine Zwecke auszunutzen. Mindestens ebenso viel Wirbel um seine Liebesbeziehungen hatte Conradi nämlich auch schon in den Jahren zuvor gemacht. Allerdings ging es da ausschließlich um junge, hübsche Frauen, die vermutlich weniger in ihn verliebt gewesen sein dürften, als in die Hoffnung, durch ihn eine glamouröse Modelkarriere hinlegen zu dürfen. Und in nicht wenigen Fällen gelang es ihnen auch.

Und dann plötzlich die Entdeckung der Homosexualität. Pit, der sich schon immer nur zu Männern hingezogen gefühlt hatte, äußerte von Anfang an seine Zweifel an der Ehrlichkeit Conradis. Als schließlich auch Luis begriff, dass er sich zum Spielball von Conradis Interessen hatte machen lassen, war es schon zu spät gewesen. Längst existierten kompromittierende Fotos und vor allem Videos von ihm, deren Veröffentlichung ihn unweigerlich seine Karriere gekostet hätte. Doch nicht nur das. Was Luis und Pit letztlich tatsächlich dazu bewog, auf Conradis unverhohlen vorgetragene exorbitante Geldforderungen einzugehen, war die Tatsache, dass sich auf den Videos auch Spracheinblendungen befanden, in denen sich Luis in derart abfälliger Weise über Menschen anderer Hautfarbe, vor allem aber auch über kranke und behinderte Menschen äußerte, dass er sich bei Bekanntwerden nur noch mit Tarnkappe in der Öffentlichkeit hätte blicken lassen können.

Nicht dass er die Dinge jemals in dieser Form von sich gegeben hätte. Nein, wenn Luis eines fremd gewesen war, dann Vorurteile oder gar Vorbehalte jedweder Art. Vielmehr war es Clemens gewesen, der einzelne Bausteine geführter Gespräche so geschickt zusammengeschnitten hatte, dass man tatsächlich den Eindruck gewinnen konnte, Luis sei vor allem eines: rassistisch und menschenverachtend.

Als Clemens ihnen die Aufnahmen eines Tages mit einem bösartigen Grinsen auf dem Gesicht vorspielte, hatte er sofort gewusst, dass jedes Dementi vergebens sein würde, sollten diese Ausschnitte jemals an die Öffentlichkeit gelangen. Luis wäre vernichtet gewesen, als Model und vor allem als Mensch. Und das war mehr, als dieser sensible Mann jemals hätte ertragen können.

Diesem Druck hatte Luis nicht lange standhalten können. Eines Nachts nahm er sich mit einer Überdosis Schlaftabletten das Leben.

„Ich habe Angst." Merles zittrige Stimme erreichte Pits Gehirn wie durch eine Wand aus Watte. „Ich habe Angst, Pit. Es kann doch nicht immer so weitergehen. Was sollen wir denn jetzt bloß tun? Wir können doch nicht riskieren, dass die Videos und Fotos an die Öffentlichkeit gelangen. Auf gar keinen Fall können wir zulassen, dass Luis, auch wenn er längst tot ist, so sehr besudelt wird. Ich könnte es nicht ertragen, Pit! Aber es geht doch auch nicht, dass wir uns für den Rest unseres Lebens erpressen lassen!"

Pit schmeckten die Worte bitter wie Galle in seinem Mund, als er antwortete: „Wir müssen Katja aufhalten. Und dafür sehe ich nur einen Weg."

14

Wo war sie? Merle versuchte, ihre Augen zu öffnen, doch ihre Lider waren zu schwer. Erst nach einigen Minuten erkannte sie etwas, ein paar verschwommene kahle Äste, die sich im Wind wiegten. Eine Straßenlaterne warf kühles Licht in einen Baumwipfel. Der Rest war in Dunkelheit gehüllt.

Ihr war kalt. Ganz erbärmlich kalt. Ihre Arme fühlten sich an wie mit bleischweren Gewichten behangen, und nur mit Mühe gelang es ihr, ihre unmittelbare Umgebung abzutasten. Sie spürte unter sich ein paar lackierte Latten, die durch Zwischenräume voneinander getrennt waren. Lag sie auf einer Parkbank? Ja, tatsächlich, nun erspürte sie auch die Lehne, die ebenfalls aus einzelnen Latten bestand.

Was machte sie hier? Wie war sie hierhergekommen? Und warum fühlte sich ihr Kopf an, als wäre er in einer Wäschetrommel durcheinandergewirbelt worden?

„Hallo? Brauchen Sie Hilfe?", hörte sie wie durch einen Nebel hindurch eine Stimme sagen, und im nächsten Moment spürte sie eine Hand, die sie an der Schulter berührte.

Brauchte sie Hilfe? Sie wusste es nicht. Vorsichtig versuchte sie, sich aufzusetzen und ihren Blick auf irgendetwas zu fokussieren. Prompt wurde sie von einer Welle der Übelkeit überschwemmt.

„Soll ich einen Arzt rufen?" Wieder diese Stimme.

„Wo ... wo bin ich?" Hatte sie Stacheldraht

verschluckt? Jedes Wort schmerzte wie die Hölle. Sie würgte, bekam ihren Magen jedoch durch tiefes Durchatmen in den Griff.

„In Greetsiel. Nicht weit vom Hafen. Können Sie sich denn nicht daran erinnern, wie Sie hierhergekommen sind?"

„N-nein. Nein. Ich habe keine Ahnung. Bitte … wie spät ist es?" Es war Merle gelungen, sich in eine sitzende Position zu bringen. Was machte sie in Greetsiel? Gerade noch war sie doch auf Norderney gewesen!

„Sieben Uhr am Morgen. Haben Sie zu viel getrunken?"

„Ich … nein. Ich glaube nicht." Hatte sie überhaupt was getrunken? Sie wusste es nicht. Sie wusste gar nichts. Panik stieg in ihr hoch, doch sie versuchte, sie zu unterdrücken. Aus irgendeinem Grund hatte sie das Gefühl, nicht auffallen zu dürfen. Also nicht mehr, als sie es gerade ohnehin schon tat.

„Ich könnte die Polizei rufen", schlug die Stimme, die Merle nun erstmals als die einer älteren Frau einordnete, mit besorgtem Unterton vor.

„Die Polizei? Warum? Aua!" Als Merle ihren Kopf in die Richtung der mit ihr sprechenden Person zu drehen versuchte, schoss ihr sogleich ein stechender Schmerz durch den Schädel.

„Sie sind verletzt", sagte die Frau nun. „Ihr Hinterkopf. Er ist ganz blutig."

„Blutig?" Merle tastete mit vor Kälte tauben Fingern an ihrem Kopf entlang. Als sie sich ihre Hand daraufhin vor die Augen hielt, war diese blutverschmiert. Sie konnte sich keinen Reim darauf machen. War sie gestürzt?

„Sie sollten sich wirklich helfen lassen."

Merle nickte, sagte jedoch: „Danke. Es geht schon." Irgendwie hatte sie jetzt das Gefühl, weder die Polizei noch einen Arzt konsultieren zu dürfen. Sie wusste nicht zu sagen warum, aber in ihr schrillten alleine beim Gedanken daran schon sämtliche Alarmglocken.

„Sind Sie sicher?"

„Ja. Ja. Danke. Es geht schon. Ich ... wohne hier gleich um die Ecke", log sie. „Nur ein paar Schritte. Kein Problem. Wirklich." Konnte diese Frau sie nicht endlich in Ruhe lassen?

„Na gut." Die Frau zögerte noch einen Moment, dann sagte sie: „Ich gehe dann mal. Alles Gute. Und Sie sind sicher, dass Sie es schaffen?"

„Ja. Danke. Es ist alles okay." Merle versuchte ein aufmunterndes Lächeln und schaute der dick vermummten Frau hinterher, die sich nun mit vorsichtigen Schritten durch den Schnee tastete und sich noch mehrere Male besorgt nach ihr umsah. Irgendwann blieb sie stehen und zog ihr Smartphone aus der Tasche.

Merle schluckte. Ob sie doch noch die Polizei rief? Sie musste hier weg. Mit wackeligen Beinen stand sie auf, was ihr Kopf ihr prompt sehr übel nahm. Alles drehte sich um sie, und irgendwer stocherte mit einem Messer in ihrem Gehirn herum. Aber es half nichts. Wenn sie hierblieb, würde man sie über kurz oder lang aufgreifen, ob sie es nun wollte oder nicht.

Doch wohin sollte sie gehen?

Miriam. Ihre ehemalige Mitbewohnerin fiel ihr ein. Sie lebte gar nicht weit vom Greetsieler Kutterhafen entfernt, war jedoch derzeit in Urlaub. Auf den Malediven oder den Seychellen oder so. Irgendwo, wo es warm war. Sie selbst hatte mal mit ihr in der

Wohnung zusammengelebt, bis Miriam ihren jetzigen Lebenspartner kennen lernte und der Merles Zimmer bekam. Sie wusste jedoch, wo Miriam ihren Wohnungsschlüssel versteckte, wenn sie nicht da war. Wenn sich an dem Versteck nichts geändert hatte, würde sie also schon in wenigen Minuten im Warmen sitzen.

Ein Blick zurück sagte ihr, dass die Frau nun ihrer Wege ging. Außer ihr war keine Menschenseele zu sehen, nur irgendwo in der Ferne bellte ein Hund. Sie orientierte sich kurz und kam zu dem Schluss, dass es zu Miriams Wohnung nur wenige Minuten zu Fuß sein konnten. Zunächst einmal aber war es wichtig, dass die Polizei sie nicht fand, falls die Frau diese wirklich alarmiert haben sollte. Sie blieb stehen und schlang ihren breiten Schal um den Kopf, um die Blutspuren zu verdecken. Dann ging sie über den mit Raureif bedeckten Schlafdeich direkt in Richtung mehrerer Häuser, die nur wenig entfernt lagen. Wenn sie sich erstmal zwischen Gebäuden verstecken konnte, dann war es unwahrscheinlich, dass die Beamten sie fanden.

Was machte sie hier in Greetsiel, mitten in der Pampa? Mit jedem Schritt zermarterte sie sich das Hirn, doch schienen alle Erinnerungen wie ausgelöscht. In ihrem von einem dumpfen Pochen malträtierten Kopf war nichts außer einem tiefen, schwarzen Loch.

Ein Seufzer der Erleichterung entfuhr ihr, als sie endlich vor Miriams Wohnung stand, ohne dass sie von irgendwem behelligt worden war. Zwar hatte sie der ein oder andere ob ihres schwankenden Gangs mit kritischem Blick gemustert, doch niemand hatte sie mehr auf ihren desolaten Zustand angesprochen.

Sie tastete an der Briefkastenanlage des Mehrfamilienhauses nach dem für unbedarfte Betrachter nicht zu sehenden Spalt, in dem Miriam seit Jahr und Tag ihren Wohnungsschlüssel hinterlegte. In Merles Fingern war kaum noch Gefühl, ihr ganzer Körper war wie in Eis gegossen. Wenn sie nicht endlich ins Warme kam, dann würde sie in nicht allzu langer Zeit umkippen wie ein Brett. Als sie den Schlüssel wenig später tatsächlich in Händen hielt, jubilierte sie innerlich. Auf manche Leute und ihre Gewohnheiten war Gott sei Dank Verlass.

Nur schwer gelang es ihr, den Schlüssel im Schlitz zu drehen, doch irgendwann hörte sie das beruhigende Klacken eines sich öffnenden Schlosses. Schnell trat sie ein, vergewisserte sich kurz, dass sie keiner gesehen hatte, und ließ sich schließlich auf der Wohnungsinnenseite gegen die Tür sinken. Geschafft!

In Miriams Wohnung war es nicht gerade warm, anscheinend hatte sie vor dem Urlaub die Heizkörper heruntergedreht. Merle kam es dennoch vor wie das Paradies, denn zwischen *nicht gerade warm* und der Eishölle da draußen lagen noch immer Welten. Sie stolperte durch die Räume und drehte überall die Thermostate auf die höchste Stufe. Noch bevor sie sich aus ihrem kurzen Wollmantel schälte, machte sie sich in der Küche am Wasserkocher zu schaffen und kramte eine Dose mit Tee aus dem Schrank. Ihr Blick fiel auf eine Flasche Rum, und sie goss sich einen ordentlichen Schluck davon in den größten Trinkbecher, den sie finden konnte. Nur wenig später waberte ihr der herrliche Duft eines heißen Ostfriesentees mit Schuss in die Nase.

Nachdem sie sich von Mantel und Schal befreit hatte, lief sie, den wärmenden Becher mit beiden

Händen umschlungen, ins Bad. Ein Blick in den Spiegel ließ sie zusammenzucken. Sie sah erbärmlich aus. Rasch griff sie nach einem Handspiegel und hielt ihn sich hinter den Kopf. Die Platzwunde sah alles andere als harmlos aus, sie schien nach wie vor zu nässen. Ihre langen Haare waren eine einzige klebrige Masse. Kurzentschlossen streifte sie ihre Klamotten ab und stellte sich unter die heiße Dusche. Danach würde sie entscheiden, ob sie einen Arzt benötigte oder nicht.

Das heiße Wasser, das nur wenig später über ihren Körper rann, war mit Sicherheit das Köstlichste, was sie jemals erlebt hatte. Teilweise schmerzhaft, teilweise kribbelnd kehrte das Blut und mit ihm das Leben in ihre Gliedmaßen zurück.

Gott sei Dank war der Schmerz, den das Wasser in der Wunde hinterließ, nicht allzu heftig, und auch das anschließende Kämmen gestaltete sich einfacher als gedacht. Sie zog sich Miriams flauschigen Bademantel über, ging mit ihrem immer noch heißen Tee in die Küche zurück, nahm sich einen Kühlakku aus dem Gefrierschrank und drückte ihn sich, in ein Geschirrtuch eingewickelt, an den Hinterkopf.

Sie suchte in den Schubladen nach Schmerztabletten und wurde schnell fündig. So versorgt fläzte sie sich aufs Sofa im Wohnzimmer, kuschelte sich in eine Wolldecke ein und schloss die Augen.

15

„Achtung! Männermordendes Monster!"

„Was?" Hauptkommissar Büttner befreite seinen Hund vom durchnässten Geschirr und sah seine Sekretärin irritiert an. „Alles in Ordnung, Frau Weniger?" Während Heinrich schwanzwedelnd auf die Sekretärin zulief, um sich ein paar Leckerlis abzuholen, klopfte Büttner seinen mit Schnee bedeckten Mantel aus und hängte ihn, wider seine Gewohnheit, an einen Garderobenhaken im Vorzimmer. Normalerweise nahm er seine Jacken und Mäntel mit ins Büro, aber irgendwie konnte er den Geruch von Schnee nicht mehr ertragen, nachdem er mit Heinrich nach dem Frühstück einen ausgiebigen Spaziergang über verschneite Feldwege gemacht hatte. Außerdem waren seine Füße schon wieder nass und steifgefroren.

„Herr Hasenkrug hat die Ehefrau von unserem Vergiftungsopfer vorgeladen", antwortete sie.

„Ja. Und?"

„Sie ist früher als geplant eingetroffen. Püppi Conradi. Ein Model, wie sie gleich im ersten Satz betont hat. Glauben Sie mir, so was haben sie hier noch nie gesehen."

„Sagten Sie Püppi?"

„Püppi. In den Akten steht, sie heißt Charlotte. Aber sie besteht auf Püppi."

„Na, da bin ich ja mal gespannt." Büttner runzelte die Stirn. Wenn er auf eines keine Lust hatte, dann auf irgendwelches affektiertes Getue verzogener Gören.

Er dachte noch heute mit Grausen an die Zeit zurück, als seine Tochter Jette im pubertierenden Alter ab und zu eine ganze Entourage vermeintlicher *Germany's Next Topmodels* mit nach Hause gebracht hatte. Gott sei Dank hatte diese Phase nicht lange angehalten, da Jette rasch beschloss, nicht mehr länger mit dressierten Pudeln gemeinsame Sache machen zu wollen. Aber es hatte gereicht, um einen Eindruck davon zu gewinnen, wie schnell junge Mädchen zu asozialen Wesen mutieren konnten, wenn man ihnen weismachte, sie hätten eine gute Chance, als die Schönste im ganzen Land gekürt zu werden.

„Ich bringe Ihnen gleich einen Kaffee", sagte Frau Weniger, als Büttner sich, gefolgt von Heinrich, anschickte, in sein Büro zu gehen.

„Danke. Sie sind ein Schatz. Vielleicht gibt es ja auch …" Das Wort Kekse ging in einem so schrillen Quieken unter, dass Büttner unwillkürlich den Kopf einzog. „Was ist denn das?", murmelte er erschrocken. „Haben wir Ferkel im Büro?"

Frau Weniger grinste nur.

„Keine Ferkel", stellte er wenig später treffend fest. Sein Blick verfinsterte sich schlagartig, als er die Ursache des animalischen Geräusches sah. Eine junge Frau von vielleicht zwanzig Jahren stand, immer noch quiekend und mit panischem Blick, im Raum, die Beine verschränkt, als müsse sie dringend zur Toilette, die Fäuste vor den Mund gepresst, die Augen vor Entsetzen weit aufgerissen. „Was ist denn das?", wimmerte sie und deutete zu Boden.

In der Erwartung, mindestens ein Rudel Ratten oder Schlimmeres am Boden vorzufinden, senkte nun auch Büttner neugierig seinen Blick, schnaubte dann jedoch abfällig und sagte: „Das ist ein Hund."

Heinrich seinerseits schien seine sonst so ausgeprägte Sensibilität abhandengekommen zu sein, denn anstatt seinen Fluchtinstinkt zu aktivieren, fand er anscheinend Gefallen an dem vermeintlich lustigen Spiel und lief freudig kläffend auf die Besucherin zu. Er liebte neue Bekanntschaften, und diese schien – aus welchem Grund auch immer – genau seine Preisklasse zu sein.

„Nehmen Sie das weg!", kreischte Püppi und schlug plötzlich wild mit den Armen um sich, als Heinrich sich schnüffelnd an ihren hochhackigen Stiefeln zu schaffen machte. Büttner fragte sich, warum man bei solch einem Wetter solches Schuhwerk trug. Da wunderte es ihn nicht mehr, dass die Ambulanzen in diesen Tagen überfüllt waren, wie man allenthalben im Radio hörte.

Als die Frau nun – anscheinend in der Absicht, Heinrich einen Tritt zu versetzen – den Fuß hob, zog Büttner seinen Hund schnell am Halsband zurück und kassierte dafür seinerseits einen schmerzhaften Tritt an den Oberarm.

Für ein paar Sekunden herrschte absolute Stille im Raum. Bis auf Heinrich, der nun zu seiner Decke trottete, als sei nichts gewesen, hielten alle die Luft an.

„Setzen!", blaffte Büttner schließlich so donnernd in den Raum, dass die junge Frau erschrocken zusammenfuhr und dann wieder dieses unerträgliche Wimmern von sich gab. „Und jetzt halten Sie schön die Klappe, bis Sie gefragt werden, ist das klar!? Ihr Zickengetue können Sie sich für Ihre glitzernde Scheinwelt aufheben, damit erreichen Sie hier gar nichts. Noch ein Wimmern oder auch nur ein Wort an der falschen Stelle, und Sie bekommen hier für mindestens achtundvierzig Stunden freie Kost und

Logis wegen eines tätlichen Angriffs auf einen Polizeibeamten. Ist das klar?" Zur Unterstreichung seiner Worte ließ Büttner die flache Hand auf seinen Schreibtisch klatschen. Er war sauer. Er war *richtig* sauer. Am liebsten hätte er diese gemeingefährliche Göre sofort weggesperrt, doch hatte er keine Lust auf die dann unweigerlich anstehende Auseinandersetzung mit ihrem sicherlich bissigen Anwalt.

„Frau Conradi, es ist wirklich besser, Sie tun, was der Hauptkommissar Ihnen sagt", mischte sich nun erstmals Sebastian Hasenkrug ins Geschehen ein, der bisher nur mit verschränkten Armen dagesessen und das Geschehen teils amüsiert, teils fassungslos beobachtet hatte.

„So lasse ich mich nicht behandeln", jammerte die Angesprochene. Doch als Büttner nun, die Hand auf seinen schmerzenden Oberarm gepresst, mit zornesrotem Gesicht auf sie zutrat, setzte sich Püppi Conradi doch lieber auf ihren Stuhl und senkte wie ein ertapptes Schulmädchen den Blick.

„Und Sie sind sich sicher, Hasenkrug, dass diese – *Dame* hier die Ehefrau eines erwachsenen und klardenkenden Mannes ist?", fragte Büttner provozierend. „Mir scheint sie über Kindergartenniveau nicht hinausgekommen zu sein. Erstaunlich, wer heutzutage alles heiraten darf."

„Und studieren", fügte Hasenkrug hinzu.

Büttner setzte sich an seinen Schreibtisch und streifte die Stiefel von den Füßen, nachdem Frau Weniger ihm den versprochenen Kaffee gebracht hatte. Gerne hätte er seine steifgefrorenen Zehen gegen den Heizkörper unter dem Fenster gepresst, aber das musste nun leider warten. Er hoffte, dass die Raumtemperatur ausreichen würde, um sie wieder

zum Leben zu erwecken. „Was studieren Sie denn?",
fragte er. „Tiermedizin wird es ja wohl kaum sein." Er
warf einen Blick auf Heinrich, der nun selig
schlummernd auf seiner Decke lag und nicht mal
ahnte, dass er nur knapp einem Anschlag entkommen
war.

„Modedesign." Noch immer hielt Püppi den Kopf
gesenkt.

„Warum wundert mich das jetzt nicht." Büttner
musterte die junge Frau aus zusammengekniffenen
Augen und fragte sich, wie irgendjemand sie auch nur
annähernd attraktiv finden konnte. Na gut, sie hatte
ein ganz hübsches Gesicht und auch ihre zu einer
kunstvollen Frisur aufgesteckten blonden Haare
waren okay. Aber ihre Figur glich eher einem Skelett
und ließ sämtliche weiblichen Rundungen vermissen.
Ihre dürren, in schwarzen Nylonstrümpfen
steckenden X-Beine erinnerten an einen Storch, und
auch bei ihren Armen dürfte es ein Leichtes sein, sie
mit Daumen und Zeigefinger zu umfassen.

„Wie alt sind Sie?", fragte Büttner.

„Zweiundzwanzig", piepste Püppi.

„Und wie lange waren Sie mit Herrn Conradi
verheiratet?"

„Vier Jahre."

„Bisschen jung zum Heiraten, finden Sie nicht?"

Wie aus heiterem Himmel brach Püppi nun in
Tränen aus und schlug theatralisch die Hände vors
Gesicht. „Gerade erst ist mein Mann auf so furchtbare
Weise gestorben, und ich muss mir hier so eine
Behandlung gefallen lassen", schluchzte sie. „Das
machen Sie nur, weil ich nun eine alleinstehende,
wehrlose Frau bin."

Büttner verzog das Gesicht, als hätte er

Zahnschmerzen. „Vielleicht hätten Sie dann besser Abstand davon genommen, ihn umzubringen", entfuhr es ihm, ohne dass er darüber nachgedacht hatte.

Hasenkrug hob überrascht die Brauen, sagte jedoch nichts, während Püppi zu heulen vergaß, Büttner aus weit aufgerissenen Augen entsetzt anstarrte und „Aber, aber, aber ..." stammelte.

„Wo waren Sie denn am Samstagabend?", ließ Büttner sich nicht beirren. „Oder hatte mein Kollege Sie schon nach Ihrem Alibi gefragt?"

„Ich, ich ..." Statt eine Antwort zu geben, entschied sich Püppi erneut dazu, in Tränen auszubrechen.

„Tatsächlich hat Frau Conradi kein Alibi", sagte stattdessen Sebastian Hasenkrug, nicht ohne eine gewisse Genugtuung in der Stimme.

„Kein Alibi? Das ist jetzt ja blöd für Sie, Frau Conradi", stellte Büttner fest.

Püppi hörte nicht auf zu weinen, doch spreizte sie immer mal wieder ihre vors Gesicht geschlagenen Finger, wohl um zu prüfen, welche Reaktion sie von den Polizisten zu erwarten hatte.

„Frau Conradi behauptet, sie habe gegen halb fünf am Samstagnachmittag eine SMS von ihrem Mann erhalten, der sie aufforderte, nach Ostfriesland zu kommen, um sich mit ihm zu treffen."

„Ach was." Büttner überlegte. Um halb fünf waren sie noch beim Boßeln gewesen. Er erinnerte sich, dass Clemens Conradi unablässig telefoniert und auch auf seinem Smartphone herumgetippt hatte. Mit wem er kommunizierte, das wusste Büttner natürlich nicht. Aber das würde sich ja überprüfen lassen.

„Überprüfung der Handydaten läuft", sagte

Hasenkrug, als hätte er Büttners Gedanken gelesen.

„Gut. Und was sollte der Grund für dieses Treffen sein?"

Von Püppi war nur ein Schluchzen zu hören.

„Hallo? Frau Conradi? Könnten Sie jetzt bitte mal aufhören zu flennen und sich am Gespräch beteiligen?"

„Ich habe Clemens nicht umgebracht", jammerte sie und zog wenig ladylike die Nase hoch. „Warum sollte ich das denn tun?"

„Wegen des Erbes?", wagte Büttner einen Schuss ins Blaue.

„Erbe?" Püppi hob ihren Kopf und sah Büttner erstmals direkt in die Augen. Ihre Tränen schien sie auf ein verträgliches Maß reduziert zu haben, denn ihr sorgsam geschminktes Gesicht zeigte keinerlei Verwischungen. Daran erkannte man wohl den Profi. „Welches Erbe denn?" Sie schnaubte abfällig. Von einem Moment auf den anderen schien die Trauer vergessen. Und auch ihre Stimme wechselte von naiv-piepsig zu energisch-robust. „Da gibt es nichts zu erben. Clemens ist total verschuldet. Deshalb hat er sich doch an diese reiche Tusse herangeschmissen."

„Welche reiche Tusse?"

„Na, diese Karolin. *Sie holt mich aus der Scheiße*, hat er immer gesagt."

„Wollte er sich deswegen von Ihnen scheiden lassen?"

„Quatsch!" Püppi schüttelte energisch den Kopf. „Ich hab gesagt, dass ich gehe. Was soll ich mit so einem alten Kerl ohne Geld? Beschissen hat er mich. Hat gesagt, er wäre reich. Und was war? Nichts. Er hat alles verzockt. An mich hat er gar nicht gedacht. Also bin ich gegangen." Sie zog einen Schmollmund.

„Und warum hat er sich nun am Samstagabend mit Ihnen treffen wollen?"

„Er hat keinen Grund genannt."

Büttner blickte erstaunt auf. „Sie fahren einfach so von Düsseldorf nach Ostfriesland, ohne zu wissen, was der Grund für das Treffen ist?"

„Ist das verboten?"

„Nein. Nur ungewöhnlich. Und wenig glaubhaft. Ein stichhaltiges Alibi sieht anders aus."

„Wo genau wollte sich Ihr Mann denn mit Ihnen treffen?", fragte nun Hasenkrug.

„Irgendeine Gaststätte in irgendeinem Kaff."

„Gaststätte Feldkamp in Hinte?"

„Glaub schon." Püppi hauchte auf einen ihrer künstlichen, knallrot lackierten Fingernägel und polierte ihn dann mit dem Ärmel ihrer Bluse.

„Und wann sind Sie dort angekommen?"

„Ich bin da nicht angekommen. Hab's mir anders überlegt."

„Ach. Warum?"

„Weiß nicht. Hatte einfach keinen Bock mehr auf Clemens. Bin dann umgedreht und wieder nach Hause gefahren. Der soll mir nicht immer sagen, was ich tun soll. Schließlich sind wir ja bald geschieden. Da hat er mir gar nichts mehr zu sagen."

„Nun, das mit der Scheidung hat sich ja nun erübrigt", stellte Büttner fest.

Püppi brauchte eine Weile, bis sie den Sinn seiner Worte begriffen hatte, dann jedoch nickte sie verstehend. Der Gedanke schien sie alles andere als unglücklich zu stimmen.

„Bis wohin waren Sie denn auf dem Weg nach Hinte gekommen?", kam Büttner auf sein eigentliches Anliegen zurück.

„Keine Ahnung. Die Käffer an der Strecke heißen doch alle gleich. Außerdem war es dunkel."

„Wie lange waren Sie denn schon unterwegs, als Sie beschlossen haben zurückzufahren?"

„Weiß nicht. Gute Stunde vielleicht. Hab nicht so drauf geachtet. Hatte geile Musik auf den Kopfhörern."

„Ein bisschen genauer wäre schon schön", bemerkte Büttner. „Sie scheinen den Ernst der Lage zu verkennen, Frau Conradi. Immerhin sind Sie Verdächtige in einem Mordfall. Ich würde das nicht allzu lax handhaben, wenn ich Sie wäre."

„Ich war's nicht."

„Dann beweisen Sie's uns."

„Muss ich nicht."

„Wie bitte?"

„Muss ich nicht. Wenn überhaupt, dann müssen Sie mir beweisen, dass ich es war. So funktioniert das hier in Deutschland."

Büttner schnaubte ungehalten. „Sparen Sie sich Ihre Spitzfindigkeiten, Frau Conradi. Wenn Sie etwas mit dem Mord an Ihrem Mann zu tun haben, dann werden wir es herausbekommen."

„Ich war's nicht", wiederholte Püppi.

„Und wer könnte es Ihrer Meinung nach gewesen sein?"

Püppi strich sich mit einer offensichtlich einstudierten Geste eine Haarsträhne aus der Stirn. „Viele. Clemens war ein Arschloch. Irgendwem war seine Bosheit wohl zu viel."

„Das müssten Sie mir mal näher …" Büttner stutzte, als nun Hasenkrugs Telefon klingelte. Er wartete, bis der den Hörer wieder auflegte, doch gerade, als er weitersprechen wollte, sagte sein

Assistent: „Ein Notfall. Wir müssen sofort los."

Büttner sprang auf. „Sie halten sich zu unserer Verfügung!", rief er Püppi über die Schulter zu, bevor er die Tür hinter sich schloss. „Was gibt's denn so Dringendes?", fragte er seinen Assistenten, der schnellen Schrittes in Richtung Parkplatz eilte.

„Eine Leiche", war die knappe Antwort.

16

Susanne Büttner wusste nicht, ob es richtig war, was sie hier tat. Nein, korrigierte sie sich rasch, natürlich wusste sie, dass es nicht richtig war, was sie hier tat. Aber zum einen, so beruhigte sie sich, tat sie nichts wirklich Verbotenes, und zum anderen würde sie schon dafür sorgen, dass David über kurz oder lang von diesem Treffen erfuhr.

Zwar hatte Karolin ihr am Telefon gesagt, dass es ihr ausdrücklicher Wunsch sei, dass die Polizei zunächst außen vor blieb. Doch hatte auch sie dann einsehen müssen, dass es Susanne unmöglich war, das zu versprechen.

Auf ihre Frage, wo sie denn die ganze Zeit gewesen sei, hatte Karolin nur geantwortet, sie habe ihre Ruhe gebraucht.

Nun, das war verständlich. Susanne selbst wäre es in einer solchen Situation gewiss nicht anders ergangen. Solch ein Schock wollte verarbeitet werden. Wenig verwunderlich, wenn man dazu dem ganzen Rummel möglichst weitläufig aus dem Weg ging.

Susanne ließ, genau wie ihr Mann am Morgen zuvor, ihren Blick über die Fassade der Stadtvilla schweifen, in der Karolin offensichtlich lebte. Sie war noch nie hier gewesen, hatte immer nur gerüchteweise gehört, dass sich die Kollegin ein Anwesen leistete, das man eher einem Großindustriellen zugeschrieben hätte als einer Lehrerin. Es stimmte. Dieses Haus entsprach ganz und gar nicht dem Einfamilienhaus eines Durchschnittspädagogen. Doch wo Susanne diese Tatsache allenfalls zur Kenntnis nahm, troffen die gehässigen Bemerkungen anderer geradezu vor Neid und Missgunst. Was sie natürlich nie zugegeben hätten. Darauf angesprochen, bezeichneten sie es als *kritisches Begleiten.*

Susanne stieg vorsichtig die verschneiten Treppenstufen hinauf; geräumt hatte auf dem Grundstück und auch auf dem Gehweg vorm Haus niemand. Im Haus nebenan nahm sie die Bewegung einer Gardine wahr, und bereits im nächsten Moment zeigte sich das feiste Gesicht einer älteren Frau am Fenster. Es dauerte nur wenige Sekunden, bis die Frau rief: „Die ist nich da. Was wollen Sie denn von der? Und nu sagen Sie mal nich, dass Sie von der Polizei sind. Da war gestern Morgen nämlich schon einer von da. Hat bei mir Tee und Plätzchen gekriecht. Man muss sich immer gut stellen mit der Obrigkeit, sach ich immer."

Trotz der Aufdringlichkeit der Nachbarin umspielte ein Schmunzeln Susannes Mundwinkel. Offensichtlich war auch David in die Fänge dieser Dame geraten. Natürlich würde er sich ihr gegenüber nicht dazu äußern, aber sie konnte sich seine Reaktion auf das Klatschweib auch so lebhaft vorstellen. Zu den Plätzchen allerdings dürfte er nicht Nein gesagt haben.

Sie ignorierte die Frau und drückte den Klingelknopf. Nur wenig später erschien Karolins Gesicht an einer Scheibe. Sie nickte kaum merklich. Anscheinend wollte sie sichergehen, dass sie die Tür für niemand Falsches öffnete. Das Klacken des Türschlosses erfolgte genau in dem Moment, als die Nachbarin keifte: „Hej, ich sach doch, dass die nich … Oh, die is ja doch … Egon! Egon? Hast du gewusst, dass die da is? Und wieso schippt die dann keinen Schnee?"

„Ein Wachhund ist hier wohl überflüssig", bemerkte Susanne, als Karolin sie nun ins Haus ließ.

„Die Alte ist schlimmer als ein ganzes Rudel Wachhunde", bemerkte Karolin säuerlich und schloss die Tür. Sie winkte Susanne, ihr zu folgen.

„Wie geht es dir?", wollte Susanne wissen, obwohl ein Blick in das bleiche und tränenverschmierte Gesicht ihrer Kollegin schon Auskunft genug war.

„Beschissen. Setz dich!" Karolin deutete mit einer fahrigen Bewegung auf ein luxuriös aussehendes Sofa in dunklem Rot. Kaum dass sie dieser Aufforderung nachgekommen war, ließ Susanne ihren Blick durch den Raum oder vielmehr den Salon gleiten. Alles hier war riesig, geschmackvoll eingerichtet und offensichtlich kostbar.

„Du wunderst dich vermutlich über das alles hier", stellte Karolin emotionslos fest.

„Du wohnst schön hier. Alles andere geht mich nichts an", winkte Susanne ab, obwohl sie zugegebenermaßen schon ein wenig neugierig war, woher dieser Reichtum kam.

„Es ist alles, was mir von meiner Familie geblieben ist", sagte Karolin unerwartet. „Andersherum wäre es mir lieber."

„Oh. Das … tut mir leid." Susanne hatte zwar keine Ahnung, was genau diese Aussage zu bedeuten hatte, aber es hörte sich nicht gut an. Zu ihrem Bedauern schien Karolin auch nicht mehr dazu sagen zu wollen, denn sie fragte nun: „Magst du einen Tee?"

„Sehr gerne."

„Wir können uns auch in die Küche setzen. Hier ist es irgendwie so …" Sie machte eine unbestimmte

Geste mit den Armen und biss sich auf die Lippen. „Na ja, die Küche ist gemütlicher."

„Warst du die ganze Zeit hier im Haus?", fragte Susanne, nachdem sie sich auf einem der Stühle niedergelassen hatte. Die Küche war deutlich kleiner, als die Ausmaße des Wohnzimmers hätten vermuten lassen. Und sie war sehr gemütlich im Landhausstil eingerichtet. Ja, hier fühlte man sich tatsächlich wohler als in dem protzigen Salon.

„Nein." Karolin nahm einen Teekessel zur Hand, füllte ihn mit Wasser und stellte ihn auf den Herd. „Ich brauchte frische Luft. Ich hab ein kleines Ferienhaus oben an der Küste. Bei Bensersiel. Nichts Großes, aber ich … na ja, Clemens war nie mit mir dort. Ich konnte also frei atmen. Wenn du verstehst, was ich meine."

„Natürlich. Du hättest dir noch etwas mehr Zeit nehmen sollen. Dich noch länger krankschreiben lassen und wieder zu dir kommen. Jeder hätte dafür Verständnis."

Karolin winkte ab. „Nee, nee. Je schneller der Alltag wieder eingekehrt, desto besser. Mir fällt nur die Decke auf den Kopf, wenn ich alleine bin. Und …" Sie holte tief Luft. „Und das bin ich jetzt ja wieder."

„Es tut mir so leid." Susanne stand auf und nahm ihre junge Kollegin, die nun angefangen hatte, bitterlich zu weinen, in den Arm. Tröstend strich sie ihr über den Rücken. Als der Wasserkessel ein unüberhörbares Pfeifen von sich gab, entzog sich Karolin abrupt ihrer Umarmung und wandte sich dem Herd zu. „Sorry", murmelte sie und wischte sich mit dem Ärmel ihres viel zu großen Sweatshirts über die Augen. „Es überkommt mich einfach manchmal."

„Es ist erst drei Tage her, Karolin." Susanne setzte sich wieder, während Karolin den Tee aufgoss. „Gib dir die Zeit zu trauern und sei nicht so streng mit dir."

„Hat dein Mann schon irgendetwas herausgefunden?"

„Was?"

„David. Er ermittelt doch noch, oder?" Karolin stellte zwei Tassen auf den Tisch und füllte Spekulatius in eine Porzellanschale.

„Ja. Ja, sicher." Susanne war für einen Moment irritiert. „Aber ich habe keine Ahnung, ob es schon Ermittlungsergebnisse gibt", sagte sie schnell. „Darüber spricht er nicht mit mir."

„Natürlich nicht. Entschuldige. Ich …" Sie fuhr sich mit einer fahrigen Bewegung durchs Haar. „Ich kann diese Ungewissheit kaum ertragen, verstehst du? Nicht zu wissen, wer an Clemens' Tod schuld ist, macht mich wahnsinnig."

Susanne biss von einem Spekulatius ab, obwohl sie gar keine Lust darauf hatte. „David wird den Mörder finden. Bisher hat er noch jeden Mörder gefunden."

„Ich glaube, ich weiß, wer es war." Karolin tat Kluntjes in die Tassen und goss den heißen Tee darauf. Das dadurch entstehende Knistern ging in einem überraschten Ausruf Susannes unter: „Was? Du weißt, wer es war?"

„Nein. Aber ich glaube, es zu wissen. Es war Püppi."

„Wer ist Püppi?"

„Clemens' Exfrau."

„Püppi? Sie heißt nicht allen Ernstes *Püppi*, oder?"

„Charlotte. Aber aus irgendeinem Grund findet sie Püppi gut."

„Hm. Sachen gibt's!" Susanne schüttelte

verwundert den Kopf. Wie nur kam eine erwachsene Frau darauf, sich solch einen albernen Namen zu geben!? „War sie denn beim Grünkohlessendabei?", fragte sie dann.

„Ich habe sie gesehen. Sie hat sich vor der Gaststätte herumgetrieben."

„Warum hast du David nichts davon gesagt?", wunderte sich Susanne.

„Ich kann es nicht beweisen. Es war dunkel. Aber ich bin mir ziemlich sicher, dass sie es gewesen ist."

„Du solltest es auf jeden Fall sagen." Susanne nippte an ihrem Tee und überlegte, ob sie Karolin auf die junge Frau ansprechen sollte, mit der sich Clemens auf der Toilette amüsiert hatte. War es möglich, dass ausgerechnet sie als Einzige nichts von diesem Zwischenfall mitbekommen hatte? Sie versuchte es auf dem diplomatischen Weg. „Ich erinnere mich an eine junge Frau im Saal. Man behauptet, sie sehe der Ex von Clemens ziemlich ähnlich. Vielleicht war es die, die du vor der Gaststätte gesehen hast?"

„Du meinst die mit den Beinen bis zum Hals?" Karolin verzog abfällig den Mund. „Dieses Flittchen konnte man wohl kaum übersehen. Aber die meine ich nicht."

„Und du meinst, sie ist extra nach Hinte gekommen, um Clemens umzubringen? Wäre das nicht ein wenig auffällig? Ich meine, das könnte sie unauffälliger haben, oder?"

Karolin rührte unmotiviert in ihrem Tee, dann sagte sie: „Vielleicht war genau das ihr Plan. Ein Saal voller Leute, jeder kann's gewesen sein, ihr ist nichts nachzuweisen."

„Du solltest auf jeden Fall mit David drüber sprechen."

Karolin warf ihr einen langen Blick zu, dann sagte sie: „Ja. Du hast recht. Es war ein Fehler, es nicht gleich zu tun."

„Was ist mit Wolfgang?", brachte Susanne nach einer kurzen Pause das Gespräch auf ihren älteren Kollegen.

Karolins Blick bekam etwas Trotziges. „Was soll mit ihm sein?"

„Er scheint dich immer noch zu lieben."

„Es ist vorbei. Und es war ein Fehler."

„Ein Fehler? Ich dachte, ihr hattet eine gute Zeit?"

„Ja. Und die ist vorbei." Karolin lachte schrill auf. „Wo lebst du denn, Susanne? Er ist mehr als dreißig Jahre älter als ich. Uns trennen Welten."

„Aber ich wollte doch nur …"

Ehe Susanne ihren Satz beenden konnte, sprang Karolin von ihrem Stuhl auf und funkelte sie böse an. „Gerade erst habe ich Clemens verloren, und du kommst mir mit Wolfgang! Was soll das, Susanne? Ich bin einsam, ja, aber deswegen muss ich doch nicht alles nehmen, was von irgendwo dahergelaufen kommt!"

„Nun werde aber nicht unfair, Karolin!" Auch Susannes Stimme hatte an Schärfe gewonnen. „Erstens war es keineswegs meine Absicht, dich mit irgendwem zu verkuppeln. Und zweitens gibt es keinen Grund, Wolfgang als Dahergelaufenen zu bezeichnen, denn das ist er ganz bestimmt nicht. Auch wenn dein Kummer noch so groß ist, ist er doch noch lange kein Anlass, um beleidigend zu werden!"

„Und was soll dann das blöde Wolfgang-Gequatsche? Nachher war er es, der Clemens umgebracht hat. Und was dann? Ist er dann immer noch dein Held?"

Susanne sah sie fassungslos an. „Wolfgang soll Clemens vergiftet haben? Was soll denn das jetzt? Gerade warst du doch noch davon überzeugt, dass es seine Ex war. Diese Püppi."

„Wolfgang war total eifersüchtig, als Clemens bei mir einzog."

„Natürlich war er das. Aber deswegen bringt er ihn doch nicht gleich um."

„Irgendwer muss es gewesen sein."

„Ja. Das ist aber kein Grund, haltlose Verdächtigungen in den Raum zu stellen." Susanne stand nun ebenfalls auf. Sie bemühte sich, einen ruhigen Ton anzuschlagen, was ihr nur halbwegs gelang. Zu sehr hatte sie Karolins Tirade gegen den so gutmütigen Wolfgang aufgeregt. „Tut mir leid, Karolin, eigentlich hatte ich gedacht, du bräuchtest jemanden zum Reden. Aber anscheinend willst du nur deine Wut und deinen Frust ablassen, wobei es dir ganz egal zu sein scheint, wen du dabei verletzt. Das führt zu nichts. Bitte geh morgen zu David ins Kommissariat und besprich das alles mit ihm. Ich fühle mich damit gerade ein klein wenig überfordert."

Wieder draußen vor dem Haus sog Susanne tief die eisige Luft in ihre Lungen. Karolin hatte auf ihre kleine Ansprache hin kein Wort erwidert, sondern ihr nur stumm und mit einem unergründlichen Gesichtsausdruck hinterhergeschaut. Sie bedauerte nun, diesem Treffen zugestimmt zu haben. Natürlich tat Karolin ihr leid, aber sie war nicht diejenige, die ihr helfen konnte.

Von nun an würde sie den Fall wieder ganz ihrem Mann überlassen. Der würde sich auch über ein paar Spekulatius freuen.

Sie griff zum Smartphone, um ihm mitzuteilen,

dass Karolin wieder aufgetaucht war.

17

„Aua! Nun hören Sie aber mal auf!"

„Hat dir deine Mutter nicht beigebracht, dass man älteren Menschen Platz macht, wenn sie vorbeiwollen?"

„Aber Sie dürfen hier nicht vorbei, das ist ein Tatort! Aua! Nun nehmen Sie doch endlich den Stock weg, sonst …"

„Papperlapapp, Tatort! Das ist der Weg, den ich jeden Tag zum Einkaufen nehme. Und ganz bestimmt werde ich heute nicht damit aufhören, nur weil hier … hm … Tatort sachtest du?" Die alte Frau, die rhythmisch und nicht eben sanft mit ihrem Gehstock auf den verschneiten Weg klopfte, versuchte, neugierig um den jungen Polizisten in Uniform herumzuschielen. „Gibt's schon wieder 'ne Leiche, oder was? Sie da, junger Mann!"

„Herr Hauptkommissar, ich glaube, diese Dame meint Sie. Wenn Sie vielleicht mal … sie ist ziemlich renitent."

Hauptkommissar David Büttner schob sein Handy in die Manteltasche zurück und drehte sich mit abweisender Miene zu seinem jungen Kollegen um. „Sie werden doch wohl noch mit einer netten alten Dame fertig werden …" Als er jedoch sah, um wen es sich bei besagter Dame handelte, stieß er einen tiefen Seufzer aus. Auch sein Assistent Sebastian Hasenkrug hatte sie offensichtlich erkannt, denn er wurde plötzlich ganz bleich und murmelte schwach: „Oh nein! Uroma Wübkea! Bitte nicht die schon wieder!"

„Frau Beekmann, wie geht es Ihnen?" Büttner marschierte auf die Dame zu und streckte ihr zur Begrüßung die Hand entgegen, die diese jedoch ignorierte.

„Ich kenn Sie nicht." Sie musterte ihn misstrauisch von oben bis unten.

„Doch sicher, wir haben doch damals die Leiche auf Ihrem Hof ... Sie erinnern sich? Und dann war da doch auch noch der Fall mit ihrer Großnichte ..."

„Nu mach mal halblang, mien Jung!" Sie fuchtelte ihm mit dem knöchernen Finger warnend vor der Nase herum. „Du tust ja gerade so, als würd bei uns nur gemordet werden."

„Nein, nein, Frau Beekmann, keineswegs!" Büttner schluckte. Irgendwie brachte diese Frau ihn stets dazu, sich wie ein kleiner dummer Schuljunge zu fühlen. „Nein, ich wollte Ihnen nur erklären, dass wir uns sehr wohl schon mal begegnet sind, weil ..."

Plötzlich schlich sich Erkennen auf Uroma Wübkeas Gesicht. „Sie sind der dicke Polizist", nickte sie zufrieden. „Hab ich gleich gewusst. Hm. Und der Jung? Isser schon groß?"

„Ähm, ich weiß jetzt nicht ..."

„Da steht er doch!" Hasenkrug zuckte sichtlich zusammen, als Uroma Wübkea ihren Gehstock nun in seine Richtung durch die Luft stach. „Bist ja immer noch so blass und spillerich[5]. Kriegst wohl nix zu essen, oder was?", rief sie zu ihm rüber. „Solltest mal ordentlich fetten Speck essen! Guck dir mal deinen Chef an, dann ..."

„Ja, ja, ist gut", unterbrach Büttner sie schnell, als er die feixenden Gesichter der um sie herum

---

[5] dürr

151

stehenden Kollegen bemerkte. „Ich müsste mich dann mal wieder um die Leiche kümmern, Frau Beekmann. Ach, gucken Sie mal! Da kommt ja auch Ihre Freundin! Vielleicht haben Sie Lust, mit ihr eine Tasse Kaffee trinken zu gehen – irgendwo anders …"

Das war ein Fehler. Eigentlich hätte er sich daran erinnern müssen, dass Wübkea Beekmann und die ebenfalls fast hundertjährige Greta Jakobs, die sich ihnen nun näherte, alles andere als befreundet, sondern ganz im Gegenteil die allerbesten Feindinnen waren. Leider war ihm dieses Detail für einen Moment entfallen.

„Freundin?", keifte Uroma Wübkea nun auch wie auf Kommando. „Nun werd mal nicht frech, mien Jung!" Wieder kam der Gehstock zum Einsatz, doch Gott sei Dank sah sie davon ab, ihn irgendwem über die Rübe zu ziehen. Sie hielt ihn nun lediglich drohend ihrer Erzrivalin entgegen, die sich mit ebenso neugierigem wie kampfeslustigem Gesichtsausdruck näherte. „Hier gibt's wohl was Interessantes", stellte sie mit krächzender Stimme fest.

„Nix, was dich was anginge", gab Uroma Wübkea Kontra. „Sieh zu, dass du nach Hause kommst, ist viel zu kalt für deine morschen Gräten! Warst doch immer schon so empfindlich."

„Na, das sacht aber nu mal die Richtige!", kam es postwendend zurück. „Nur weil du es immer sofort mit der Blase hast, wenn du dich verkühlst. Aber ist ja auch kein Wunder. Liecht nämlich gar nich am Wetter, liecht an deiner inneren Kälte, dass das so is. Weiß doch jeder, dass du kein Herz …"

Büttner hob beschwichtigend die Hände. „Meine Damen, ich gebe Ihnen wirklich gerne einen Kaffee mit einem Stück Sahnetorte aus, wenn …"

„Sahnetorte!? Sind Sie verrückt? Bei meiner Galle? Soll ich vielleicht wieder tagelang mit Koliken …!"

„Sach ich doch, dass die es nicht mehr lange macht", nickte Uroma Wübkea zufrieden. „Wenn es nach mir geht, dann ess ich auch drei Stück Torte." Sie musterte Büttners Bauchumfang, der in dem Wintermantel aus grobem Wollstoff nicht eben zierlich wirkte. „Sie sind ja auch ziemlich dick, Herr Kommissar", stellte sie dann fest, auch wenn nicht ganz klar war, was sie eigentlich damit ausdrücken wollte, denn sie selbst war nur noch ein kleines, abgemagertes Häuflein Mensch, das ihm gerade bis zur Schulter reichte.

„Hasenkrug, würden Sie die beiden Damen bitte an einen Ort ihrer Wahl geleiten", wandte sich Büttner an seinen Assistenten, während die beiden betagten Frauen weiterhin verbal auf sich eindroschen.

„Aber ich … nee, eigentlich nicht." Hasenkrug verzog das Gesicht wie nach dem Biss in eine Zitrone. Nur zu gut erinnerte er sich noch daran, wie Uroma Wübkea ihn eines Tages zum Stalldienst bei ihren Kühen abkommandiert hatte. Auf gar keinen Fall wollte er riskieren, dass sie sich nun von ihm nach Hause auf den Bauernhof fahren ließ und das ganze Theater womöglich wieder von vorne anfing. „Geben Sie mir noch drei schreiende Babys mehr, aber bitte nicht diese zwei alten Schach… ähm … Damen." Er deutete auf die Gerichtsmedizinerin Dr. Anja Wilkens, die belustigt zu ihnen herüberschaute. „Außerdem sind wir hier noch nicht fertig. Viele ungelöste Fragen."

„Mein Kollege würde Sie jetzt nach Hause fahren, wenn Sie möchten", ignorierte Büttner ihn und wandte sich an die beiden Frauen.

„Warum das denn?" Uroma Wübkea unterbrach ihre Tirade gegen ihre Widersacherin und sah ihn empört an. „Hab ja noch nicht mal eingekauft."

„Nun gut. Aber es wäre wirklich besser, Sie würden sich jetzt vom Tatort entfernen und uns in Ruhe unsere Arbeit machen lassen."

„Was gibt es denn eigentlich heute für eine Leiche?", fragte Greta Jakobs und versuchte, einen Blick auf die Szenerie rund um die Gerichtsmedizinerin zu erhaschen.

„Ich hatte Sie soeben gebeten zu gehen." Büttner hörte sich nun schon nicht mehr ganz so geduldig an. „Entweder lassen Sie sich jetzt von uns irgendwohin fahren oder Sie gehen einfach Ihrer Wege. Hier bleiben können Sie aber auf keinen Fall."

„Gut, dann geh ich jetzt mal einkaufen. Gibt Hühnersuppe heute Mittach." Greta Jakobs warf ihr Gesicht in tiefe Falten. „War doch Hühnersuppe, oder?"

„Schon wieder? Du hattest gestern Hühnersuppe. Verträchst wohl nix anderes mehr oder was?"

„Geht dich nix an, was ich ess. Heute gibt's Spinat."

„Wat denn nu? Bei uns gibt's Grünkohl. Aber Hafergrütze ist aus. Muss ich besorgen. Ohne Hafergrütze ess ich das nich." Uroma Wübkea sah Büttner so vorwurfsvoll an, als mache sie ihn persönlich für den Hafergrützenmangel im Hause Beekmann verantwortlich.

Apropos Grünkohl. Dieses Stichwort erinnerte Büttner schlagartig daran, warum er sich eigentlich hier in Greetsiel am tief vereisten Hafen herumtrieb, wo die Krabbenkutterflotte so starr und regungslos im Eis lag, als habe man sie dort eingeschweißt. Zwar

154

konnte er noch nicht mit Gewissheit sagen, ob seine neue Leiche, die in unnatürlich verrenkter Haltung direkt an der Hafenmauer lag, in einem Zusammenhang mit der alten stand, doch ging er zunächst einmal davon aus. Eine Leiche kam in seinen Mordfällen selten allein.

Ein Blick zum Himmel sagte ihm, dass die nächste Ladung Schnee nicht weit war. Sie mussten zusehen, dass sie hier fertig wurden, wollten sie nicht riskieren, dass der Leichenwagen nachher auf dem Weg zur Gerichtsmedizin irgendwo in den Schneewehen steckenblieb.

„Also, meine Damen, es war mir eine Ehre." Büttner deutete den betagten Frauen gegenüber eine Verbeugung an und verschwand rasch wieder hinter dem weiß-roten Flatterband, das die Kollegen um den Tatort gezogen hatten. Auch Hasenkrug ignorierte die beiden Frauen nun stoisch und hoffte, dass sein Chef von der fixen Idee, er müsse sie nach Hause begleiten, abgekommen war. Ein vorsichtiger Blick über die Schulter sagte ihm, dass Wübkea Beekmann und Greta Jakobs ihren Plan, sich die Leiche einmal genauer anzusehen, offensichtlich aufgegeben hatten. Tatsächlich trotteten sie nun in Richtung Einkaufsmarkt davon, wobei sie sich, aus welchem Grund auch immer, schon wieder ankeiften. Erleichtert stieß er die angestaute Luft aus.

„So, Hasenkrug, nun können Sie Ihren mordlüsternen Blick wieder einpacken und mir sagen, was Sie zwischenzeitlich über unsere Leiche herausgefunden haben." Büttner zog eine Wollmütze aus der Manteltasche und zog sie über den Kopf, denn wie prophezeit begann es jetzt wieder zu schneien.

„Es handelt sich bei der Toten um Katja Lürssen", antwortete Hasenkrug.

„Hab ich den Namen nicht schon mal irgendwo gehört?"

„Es ist die junge Frau, die sich beim Grünkohlessen mit Clemens Conradi auf der Damentoilette vergnügt hat."

„Ach, tatsächlich?" Büttner beugte sich zur steifgefrorenen und mit Eiskristallen überzogenen Leiche hinab und kniff die Augen zusammen. „Die hatte ich ganz anders in Erinnerung. Bis auf den Minirock vielleicht."

„Sie trug an besagtem Abend anscheinend eine Perücke", klärte Hasenkrug ihn auf. „Zumindest können wir davon ausgehen. Ihr Naturhaar ist das, was wir hier sehen. Mittelblond und raspelkurz."

„Hatte sie einen Grund für die Maskerade beim Grünkohlessen?"

„Das müssten wir herausfinden."

„Ist sie erfroren? Ich meine, bei dem Outfit …"

„Todesursächlich dürfte diese Wunde am Hinterkopf gewesen sein", antwortete Dr. Wilkens und hob den Kopf des Leichnams an. Sie deutete auf eine blutverschmierte Platzwunde im unteren Schädelbereich.

„Man hat sie niedergeschlagen?"

„Möglich. Kann aber auch einem Sturz geschuldet sein."

„Sie ist ausgerutscht? Das wundert mich nicht, bei dieser Glätte."

„Wir können davon ausgehen, dass Fundort nicht gleich Tatort ist", widersprach die Gerichtsmedizinerin. „Zu wenig Blut."

„Das heißt, jemand hat sie hierhergetragen."

Büttner hob den Blick und sah sich im Hafenbereich um, als erwarte er, dass dieser Jemand sich immer noch hier herumtrieb. „Es scheint so, als wäre es dem Täter egal gewesen, dass man sie hier sofort findet", stellte er dann fest. „So offen an der Hafenmauer musste man ja geradezu über sie stolpern."

„Das ist richtig. Die Leiche sollte gefunden werden, daran gibt es keinen Zweifel", nickte Dr. Wilkens. „Außerdem gehe ich davon aus, dass der Täter keine Lust hatte, sie über eine längere Strecke durch die Kälte zu schleppen."

„Sie glauben, dass es ein Mann war?", fragte Hasenkrug.

„Nein. Das war nur so dahergesagt. Um diese zierliche Leiche zu bewegen, braucht man nicht allzu viel Kraft. Könnte also durchaus auch eine Frau gewesen sein."

„Schade. Das verdoppelt den Kreis der Verdächtigen."

„Wenn es Ihnen recht ist, dann würde ich den Leichnam jetzt gerne abtransportieren lassen." Die Ärztin warf einen besorgten Blick zum Himmel hinauf. „Alles Gute kommt von oben, und das dürfte in den nächsten Stunden noch eine ganze Menge sein."

„Kein Problem", erwiderte Büttner und rieb sich die steifgefrorenen Finger. „Ich fahre dann auch wieder ins Kommissariat und warte bei einer heißen Tasse Kaffee ab, was Sie mir nach der Obduktion zu berichten haben."

„Gibt es eigentlich was Neues von Karolin Hermann?", fragte Hasenkrug, als sie mit im Schnee quietschenden Schritten zum Auto zurückstapften. „Oder soll ich sie suchen lassen?"

„Nein. Sie ist wieder da. Meine Frau hat mich vorhin angerufen. Ich wollte es Ihnen längst sagen, aber dann kamen unsere beiden abgängigen Freundinnen dazwischen."

„Dass die beiden überhaupt noch leben", bemerkte Hasenkrug kopfschüttelnd. „Ich meine, sie sind alt. Uralt sogar. Irgendwann muss es doch auch sie erwischen."

„Vermutlich haben sie eine Wette abgeschlossen, wer von ihnen länger durchhält", entgegnete Büttner. „Zuzutrauen wäre es ihnen. Und nun weigern sie sich stoisch, den Löffel abzugeben, solange die jeweils andere noch in der Lage ist, sich über das vermeintlich frühzeitige Ableben der Erzfeindin das Maul zu zerreißen. Es gibt viele Gründe, warum das Sterben gerade keine Option sein kann." Sie waren am Auto angekommen und stiegen ein, nachdem Hasenkrug es vom Schnee befreit hatte.

„Wenn Sie nichts dagegen haben, würde ich gerne mal kurz zu Hause vorbeischauen, ob alles in Ordnung ist", sagte Hasenkrug, als sie wenig später Richtung Emden fuhren.

„Da komme ich mit."

„Wie bitte?", fragte Hasenkrug verdutzt.

„Den Kaffee können wir auch bei Ihnen trinken. Außerdem würde ich die Lütte gerne mal wiedersehen. Sie wachsen so schnell. Ruckzuck sind die Kinder aus dem Haus, und man wundert sich, was man in der Zwischenzeit alles verpasst hat." Aus Büttners Worten klang eine Portion Wehmut, auch wenn er das natürlich nie zugegeben hätte.

„Manchmal überraschen Sie mich, Chef."

„Nur manchmal? Hm. Daran sollten wir arbeiten."

18

Die kleine Mara mochte den Chef ihres Vaters auf Anhieb, und umgekehrt. Hauptkommissar David Büttner konnte sich kaum daran erinnern, wann er zum letzten Mal ein so kleines Baby auf dem Arm gehalten hatte, aber er bemerkte mit Erstaunen, wie viel Spaß es ihm machte, in das kleine, lachende Gesichtchen zu schauen. Das scheinbar unmotivierte Glucksen der Kleinen hatte nicht nur etwas Erheiterndes, sondern vor allem auch etwas Entspannendes, wie er fand. Bei all dem Elend, das er praktisch täglich zu sehen bekam, ließ ihn so ein winziges Wesen wie Hasenkrugs Tochter wieder Hoffnung schöpfen. Vielleicht würde es ja irgendeiner Generation tatsächlich gelingen, die Welt zu einem besseren Ort zu machen. Vielleicht würde es die Generation von Mara sein, die ihren Eltern und Großeltern den Stinkefinger zeigte und endlich das in Ordnung brachte, was ihre Vorfahren so grandios und sehenden Auges vor die Wand gefahren hatten.

Aber war das nicht seit Menschengedenken die Hoffnung einer jeden Generation gewesen?

Mit Schaudern dachte Büttner an die Leiche der jungen Frau, die leblos und starr an der Greetsieler Hafenmauer gelegen und sie aus leeren Augen beinahe vorwurfsvoll angestiert hatte. Ganz sicher waren auch ihre Eltern ähnlich hoffnungsfroh gewesen, was die Zukunft ihrer Tochter anging. Und nun? Er hatte seinen Kollegen den Auftrag erteilt, nach Angehörigen der jungen Frau zu recherchieren und sie vom gewaltsamen Tod des Mädchens in Kenntnis zu setzen. Ganz sicher würde auch für diese Angehörigen eine Welt zusammenbrechen, nichts würde in ihrem Leben jemals wieder so sein wie zuvor. Sie würden alle Hoffnung in die Ermittlungsbehörden setzen und von ihnen erwarten, dass sie ihnen sagen würden, wer so grausam gewesen war, ihnen ihr geliebtes Kind zu nehmen. Dann jedoch würden sie feststellen, dass es nichts am Tod des geliebten Menschen änderte, wenn sie den Täter kannten. Ganz egal, was auch passierte, so würde diese junge Frau doch nie wieder in ihr Leben zurückkehren, würde nie wieder mit ihnen lachen, mit ihnen weinen oder auch streiten.

Es gab nichts Endgültigeres als den Tod. Da spielte es keine Rolle, wodurch er verursacht wurde. Irgendwer würde ihnen vielleicht irgendwann die Frage nach dem Warum beantworten können. Niemals aber würde das den Tod rückgängig machen. Niemals. Und dafür, dass es so war, ging so mancher viel zu lax mit dem Geschenk des Lebens um. Ob mit dem eigenen oder dem der anderen. Aber auch das gehörte anscheinend zur Natur des Menschen. Unwahrscheinlich, dass sich das jemals änderte. Dazu dauerte es einfach schon zu lange.

„Sie schauen die Lütte so kritisch an", stellte Sophie Reimers fest. „Irgendwas nicht richtig mit ihr? Also ich für meinen Teil finde sie perfekt." Mit einem Lächeln griff die Leeraner Kollegin von Büttner und Hasenkrug nach den winzigen Fingern des Babys. „Guckt mal, wie fest sie greift. Bei so viel Vertrauen möchte man echt heulen vor Glück."

„Tu dir keinen Zwang an", lächelte Hasenkrugs Lebensgefährtin Tonja. „Mich überkommt es sowieso ständig. Müssen die Hormone sein."

160

Die beiden Frauen hatten sich angefreundet. Insofern war es kein Zufall, dass Büttner und Hasenkrug sie hier antrafen, denn Sophie Reimers hielt sich seit Maras Geburt recht häufig hier auf. Mit einem wehmütigen Gesichtsausdruck beugte sie sich dann über die Wiege und fragte sich – so hatte sie ihren Kollegen in einem Anfall von Redseligkeit gestanden – ob ihr wohl jemals selbst solch ein Wunder beschieden sein würde. Nach einem heftigen Streit hatte sie sich erst wenige Wochen zuvor endgültig von ihrem langjährigen Freund Simon getrennt und hörte ihre biologische Uhr seither umso lauter ticken. Mit Mitte dreißig war ihre Zeit begrenzt, es blieben nicht mehr allzu viele Jahre, um mit Mutterfreuden gesegnet zu werden. Sie hoffte sehr, dass es noch nicht zu spät war und sie bald den passenden Partner finden würde. Am liebsten einen, der so verrückt nach seinem Kind sein würde wie Sebastian Hasenkrug, dem das pure Glück aus den Augen strahlte, wenn er seine Tochter und deren Mutter nur ansah. Aber leider konnte man ja vorher nicht wissen, ob man mit seinem Partner solch ein Exemplar erwischt hatte oder womöglich einem unerwarteten Albtraum entgegenging.

„Ich hörte, ihr habt Clemens Conradi auf dem Tisch liegen", kam Sophie Reimers auf den neuesten Fall der Kollegen zu sprechen. „Schon irgendwelche Hinweise, wer was gegen ihn gehabt haben könnte?"

„Falsche Frage, Sophie", erwiderte stattdessen Tonja und stellte jeweils eine dampfende Tasse Cappuccino vor ihren Gästen auf den Tisch. „So wie ich den Kerl kenne, hat der jede Menge Feinde. Fast grenzt es an ein Wunder, dass er erst jetzt ermordet wurde."

Büttner hob erstaunt die Brauen. „Sie kannten ihn?"

„Nicht persönlich." Tonja setzte sich neben Büttner und nahm ihm das Kind ab, um es an die Brust zu legen. „Gott sei Dank. Auf solch eine Art Bekannten lege ich keinen großen Wert. Was man von Conradi gehört und über ihn gelesen hat, reicht schon aus, um ihn, gelinde gesagt, unsympathisch zu finden."

Büttner räusperte sich und warf seinem Assistenten einen fragenden Blick zu. „Ich denke, dass es keineswegs schaden kann, wenn wir hier ein wenig über unsere Leichen plaudern, was meinen Sie? Ich meine, wir könnten es als Zeugenaussage werten."

„Durchaus", nickte Hasenkrug. „Solange wir nichts über unsere Ermittlungsergebnisse sagen, kann in meinem Haus geplaudert werden, was will." Er zwinkerte den Anwesenden zu. „Immer vorausgesetzt natürlich, es bringt uns in irgendeiner Form weiter."

„Ich könnte euch ein paar Klatschzeitschriften zur Verfügung stellen", grinste Tonja. „Vor allem die Schlammschlacht wegen Conradis Exkurs in die Homosexualität ist ganz großes Kino. Wenn auch schon ein bisschen her."

„Conradi war schwul?", fragte Büttner erstaunt und nippte an seinem Cappuccino. „Da hatte ich bisher allerdings einen ganz anderen Eindruck. Als ich ihn das letzte Mal gesund und munter erlebte, trieb er es gerade mit einer jungen Frau auf der Damentoilette einer Gaststätte." Nach kurzem Überlegen verschwieg er, dass ebendiese junge Frau jetzt auch tot war.

„Conradi war das, was ihm gerade passend erschien", klärte Tonja ihn auf, während ihre Tochter selig an ihrer Brust nuckelte. „Er und Luis Gandler waren damals das Traumpaar schlechthin. Die ganze Modelszene stand Kopf, von der Boulevardpresse mal ganz abgesehen. Wenn man sich das schleimige Grinsen Conradis damals allerdings mal genauer ansah, dann kam man nicht umhin festzustellen, dass er seinen Lover musterte wie eine erfolgreich erlegte Jagdbeute. Immer hatte er seinen Arm besitzergreifend um den jungen Mann gelegt, ganz egal, zu welchem Anlass sie sich ablichten ließen. Er führte Luis spazieren wie eine Handtasche. Seine ganze Show, die er veranstaltete, war genauso unecht wie widerlich."

„Anscheinend hat sich Conradi dann wieder umorientiert", stellte Hasenkrug fest. „Geschlechtermäßig, meine ich."

„Luis hat sich von ihm getrennt. Er hatte eine neue Liebe. Pit Wessels. Der hat viel besser zu ihm gepasst. Sie waren ein wirklich schönes Paar."

„Waren? Also auch nichts von Dauer?"

„Luis hat sich das Leben genommen."

„Autsch!" Büttner verzog schmerzhaft das Gesicht. „Dann kann doch nicht alles so perfekt gewesen sein."

Sophie Reimers zuckte die Schultern, bevor auch sie sich nun ins Gespräch einmischte. „Keiner weiß, was der tatsächliche Grund für den Selbstmord war. Auf jeden Fall war das Entsetzen groß. Natürlich wurde Pit Wessels von den Hyänen umlagert wie nichts Gutes. Keinen Schritt konnte der arme Kerl mehr gehen, ohne vom Blitzlichtgewitter nahezu erschlagen zu werden. Aber er hat sich nie öffentlich zum Tod seines Lebensgefährten geäußert. Kein Wort. Er hat stumm gelitten und sich aus der Welt, die nie seine war, zurückgezogen."

„Die nie seine war? Er selbst stand also nie im

Rampenlicht?"

„Nein", antwortete Tonja. „Er ist Architekt, soviel ich weiß. Die beiden sind sich per Zufall über den Weg gelaufen. Aber was heißt schon Zufall. Es schien jedenfalls für beide ein großer Glücksgriff zu sein. Bis zu Luis' tragischem Ende."

„Und Conradi hat sich das einfach so gefallen lassen?", fragte Hasenkrug und reichte zu Büttners Freude einen Teller mit fantastisch duftenden Weihnachtsplätzchen herum.

„Der hat sich rasch getröstet, soweit ich mich erinnere", meinte Tonja, und Sophie Reimers nickte. „Hat irgendein blutjunges Model geehelicht, weiblich, von dem er aber auch gerade wieder in Scheidung lebt. Also, lebte."

„Püppi", stellten Büttner und Hasenkrug wie aus einem Munde fest. „Wir hatten schon das Vergnügen", ergänzte Letzterer. „Ein höchst zweifelhaftes …"

„Sie hat erreicht, was sie wollte", zuckte Sophie die Schultern.

„Und das wäre?"

„Sie ist über den Weg als Model zur Schauspielerei gekommen", sagte Tonja. „Derzeit sind es noch drittklassige Rollen in irgendwelchen Vorabend-Schmonzetten. Zu mehr reicht es vermutlich auch nicht. Wenn ihr mich fragt, ist sie völlig talentfrei. Aber sie ist im Fernsehen. Nun braucht sie Conradi nicht mehr. Der Mohr hat seine Schuldigkeit getan und kann gehen."

„Klingt nicht so, als hätte sie zwingend einen Mord begehen müssen, um ihn loszuwerden", stellte Hasenkrug fest. Er nahm seine nun satte Tochter auf den Arm. „Ich gehe mal nach nebenan zum Wickeln", verkündete er.

„Dass sie ihn ermordet hat, erscheint mir auch eher unwahrscheinlich", meinte Sophie Reimers. „Sie ist doch jetzt da, wo sie hinwollte. Warum sollte sie sich das kaputtmachen? Nee, sie wäre auch nicht meine Hauptverdächtige."

Büttner knabberte nachdenklich an einem Plätzchen. „Ich sehe bei allen, die wir hier durchgehechelt haben, kein echtes Motiv für einen Mord", konstatierte er dann. „Dennoch sollten wir die Beziehungen aller Beteiligten untereinander mal beleuchten. Bei einem solch bewegten Leben, wie Conradi es geführt hat, hat man schnell etwas übersehen. Irgendetwas an dem, was hier gesagt wurde, stört mich. Aber ich kann es nicht greifen."

„Man hört, er sei seit Neuestem mit einer Lehrerin liiert gewesen", sagte Tonja. „Wenn ich Sie wäre, würde ich dort mal nachhaken. Da passt was nicht zusammen."

Büttner horchte auf. „Inwiefern?"

„Zu normal. Überlegen Sie mal. Ein Clemens Conradi interessiert sich zeitlebens für alles, was irgendwie nach Glamour aussieht. Er schmeißt sogar seine sexuelle Orientierung über Bord, als es ihm opportun erscheint. Nie – und ich betone nie! – hat er sich für jemanden interessiert, der so normal war wie du und ich. Nein, immer musste es etwas Besonderes sein, etwas, das ihn nach Möglichkeit in hellstem Licht erstrahlen ließ. Und dann bändelt er plötzlich mit einer *Lehrerin* an?" Tonja zog eine Grimasse. „Sorry, aber da passt was ganz und gar nicht zusammen."

„Und was könnte er Ihrer Meinung nach für einen Grund haben, sich umzuorientieren?", hakte Büttner nach.

„Keine Ahnung. Ich würde auf Geld tippen. Oder ähnlich Mächtiges."

„Liebe?"

„Kaum anzunehmen, dass ein Mensch wie Conradi eine Beziehung aus Liebe eingeht. Das wäre ihm zu profan."

Büttner nickte. Er dachte an Karolin, die er bisher als besonnene und vernunftgeleitete Frau kennen gelernt hatte. Was trieb sie dazu, sich zu einer so schillernden Figur wie diesem offensichtlich mit allen Wassern gewaschenen Fotografen hingezogen zu fühlen? Litt sie tatsächlich so unter ihrer Einsamkeit, dass sie nicht mehr so genau hinschaute, wer ihren Weg kreuzte? Oder wollte auch sie nur ganz einfach mal im Rampenlicht stehen, nachdem ihr Leben bisher alles andere als spektakulär verlaufen war?

Büttner grunzte kaum hörbar, als ihm aufging, dass er eigentlich gar keine Ahnung hatte, was für ein Leben die junge Kollegin seiner Frau bisher geführt hatte. Er hatte lediglich angenommen, dass es dort nichts zu finden gab außer dem ganz normalen Wahnsinn. Aber was, wenn das gar nicht stimmte?

Zum Beispiel wäre es doch möglich, dass auch Karolin eigentlich von einem ganz anderen Leben träumte. Sie war hübsch, schlank, eloquent. Womöglich gehörte ja auch sie trotz ihrer eher unauffälligen Art eigentlich zu denen, die sich eine Karriere im Showbiz oder auf dem Laufsteg erträumten. Hatte sie sich deshalb auf einen Hallodri wie Clemens Conradi eingelassen? Um wenigstens einmal den Geruch des Ruhms zu schnuppern, und wenn es nur an seiner Seite war?

„Geld", murmelte Büttner, einem plötzlichen Einfall folgend.

„Was?" Tonja und Sophie sahen ihn fragend an.

„Sie sagten, Conradi habe stets nach Geld und Macht gestrebt?", vergewisserte er sich bei Tonja.

„Ja. Da dürften sich alle einig sein. Zumindest hat er nie etwas dafür getan, diesen Eindruck zu entkräften."

„Okay." Büttner nickte und stand auf, als sein Assistent mit einem fröhlich glucksenden Kind auf dem Arm wieder ins Zimmer trat. „Wir sollten uns wieder auf den Weg machen, Hasenkrug", verkündete er mit einem Blick auf die Uhr. „Mir scheint, es gilt da so einiges herauszufinden."

19

Merle hatte mehrere Stunden geschlafen. Als sie aufwachte, wusste sie zunächst nicht, wo sie war. Dann jedoch fiel ihr alles wieder ein. Sie befand sich in Miriams Wohnung, weil sie aus unerfindlichen Gründen auf einer Parkbank aufgewacht war!

Sie tastete nach der Wunde an ihrem Hinterkopf. Anscheinend blutete sie nicht mehr, denn ihre Finger blieben sauber. Sie lehnte sich zurück und dachte über das Geschehene nach. Schritt für Schritt versuchte sie zu rekapitulieren, was in den vergangenen Tagen und Stunden geschehen war. Das Letzte, an das sie sich erinnerte, war, dass sie mit Pit geskypt hatte. Katja! Er hatte ihr von Katja erzählt, und dass diese versuchte, ihn zu erpressen. Genauso wie es Conradi zuvor jahrelang gemacht hatte.

Vor Empörung fing Merle am ganzen Körper an zu zittern. Es konnte, es durfte doch nicht sein, dass jetzt alles so weiterging wie bisher! Und das, obwohl sie dafür gesorgt hatten, dass Conradi endlich das bekam, was er verdiente.

Doch warum war sie in Greetsiel? Warum hatte sie bei Eiseskälte früh am Morgen verletzt und mit einem Blackout auf einer Parkbank gelegen?

So sehr sie sich auch anstrengte, die Geschehnisse des letzten Tages und der letzten Nacht zu rekapitulieren, es wollte ihr nicht gelingen. Es war, als habe man ihr einen Vergessenstrank gegeben und all ihre Erinnerungen an die jüngsten Ereignisse ausgelöscht.

Das Internet! Das Internet vergaß nichts! Merle sprang auf – und stieß einen erstickten Schrei aus, als sich der ganze Raum plötzlich um sie drehte. Verzweifelt tastete sie nach der Lehne eines Sessels, an der sie sich festhalten konnte. Ihre Knie gaben unter ihr nach, und es gelang ihr gerade noch, sich ohne größere Blessuren auf den Teppich sinken zu lassen. *Langsam*, beschwor sie sich, *du musst dich langsamer bewegen!*

Erst als der Schwindel in ihrem Kopf soweit nachgelassen hatte, dass sie ihre Umgebung wieder klarsehen konnte, erlaubte sie sich, erneut aufzustehen. Diesmal jedoch glichen ihre Bewegungen eher einem Film im Zeitlupentempo, was ihr Körper ihr damit dankte, dass er nicht schlappmachte.

Sie beschloss, als erstes Pit anzurufen. Ob er sich immer noch auf dem Festland aufhielt? Oder war er längst nach Norderney zurückgekehrt? Seine zwei Hunde! Sie erinnerte sich, dass sie die beiden bei einer Freundin abgegeben hatte. Doch warum? Was hatte sie vorgehabt?

Gott sei Dank zeigte der Akku ihres Smartphones noch genügend Ladung, als sie es aus der Manteltasche fischte. Schnell tippte sie auf Pits Nummer, doch schaltete sich sofort dessen Mailbox ein. Sie versuchte es ein zweites und ein drittes Mal, doch immer mit dem gleichen, unbefriedigenden Ergebnis.

Sie schickte ihm eine WhatsApp-Nachricht. Sein Account vermeldete, dass er vor mehreren Stunden zum letzten Mal online gewesen war. Merle biss sich verzweifelt auf die Lippen. Was war da los? Das passte nicht zu ihm. Das passte überhaupt nicht zu ihm!

Vielleicht Facebook? Nein. Auch hier hatte er sich

vor ebenso langer Zeit ausgeloggt. Gerade überlegte Merle, ob sie ihm eine Privatnachricht schicken sollte, als ihr Blick auf die neuesten Nachrichten fiel. Ihre Augen weiteten sich vor Entsetzen.

Das konnte doch nicht sein! Das war doch … Sie rieb sich die Augen, glaubte an eine Halluzination. Doch ganz egal, wie sehr sie auch versuchte, das entstandene Bild abzuschütteln, so tauchte es doch bei jedem Hinsehen wieder auf.

Katja war tot?

Merle ließ sich zurück aufs Sofa sinken und scrollte hektisch ihre Timeline rauf und runter, aktualisierte sie mehrere Male, doch immer wieder tauchte dieses eine Foto auf, das es anscheinend in hunderte, wenn nicht gar tausende Profile geschafft hatte. Es zeigte die fröhlich in die Kamera lachende Katja, über einer Ecke aber war ein Trauerflor abgebildet. Ergänzt wurde dieser Trauerflor durch eine brennende Kerze, und daneben stand: *Warum?*, nebst ihrem Todesdatum. Gestern.

Merle japste erschrocken. Das konnte doch alles nicht wahr sein! Sie zwang sich zur Ruhe und überlegte. Wo konnte sie mehr erfahren? Sie klickte sich in das Profil der *Ostfriesen-Zeitung. Junge Frau tot in Greetsiel aufgefunden.* Wieder ein Bild von Katja. Das Gleiche, das im Netz kursierte.

„Aber …“ Merle stockte der Atem. Und plötzlich, von einem Moment auf den anderen, war alles wieder da.

Natürlich! Wegen Katja war sie nach Greetsiel gekommen! Genauso wie schon zuvor Pit hatte sie einen Flieger genommen und sich aufs Festland fliegen lassen.

Ihr Herzschlag setzte für einen Moment aus, als sie

sich daran erinnerte, dass Pit zu Katja hatte gehen wollen, um sie zur Rede zu stellen. Voller Wut war er gewesen, hatte sich nicht beruhigen können, als sie ihn bat, einen kühlen Kopf zu bewahren. Sie hatte ihn gebeten, eine Nacht darüber zu schlafen, nichts zu übereilen, sich vor allem nicht von diesem Luder provozieren zu lassen.

Doch ganz egal, was sie auch gesagt hatte, es war nicht bei ihm angekommen. Noch nie hatte sie ihn in einer solch aufbrausenden und zugleich verzweifelten Stimmung erlebt. Nicht mal damals, als er Luis tot in seinem Bett fand, hatte er dermaßen überreagiert.

Also hatte sie beschlossen, sich um ihn zu kümmern, bevor er Dummheiten machte. Kaum dass sie auf dem Festland angekommen war, hatte sie seine WhatsApp-Nachricht erreicht, dass er vor Katjas Wohnung stehe. Voller Panik, dass er Katja etwas antun könne, hatte Merle sich mit einem Taxi nach Greetsiel bringen lassen. Trotz der winterlichen Verhältnisse hatten sie nicht außergewöhnlich lange gebraucht.

Die Haustür des Mehrfamilienhauses hatte offen gestanden, sie war die Stufen hochgehechtet. Als sie ankam, war der Streit zwischen einer männlichen und einer weiblichen Person bereits im Treppenhaus zu hören gewesen. Sie drückte die nicht verschlossene Wohnungstür auf.

Und dann? Nichts. Von diesem Moment an, als sie über die Schwelle von Katjas Wohnung getreten war, herrschte Finsternis.

Merle griff sich an die Kehle, die ihr plötzlich zu eng zum Atmen schien. Was war geschehen? Warum war Katja tot? Und wo war Pit?

20

Als David Büttner und Sebastian Hasenkrug ihr Büro betraten, lagen die Obduktionsergebnisse der Gerichtsmedizin bereits vor. Anscheinend lag der Fall nicht allzu kompliziert, denn Dr. Wilkens hatte ihren Bericht auf wenige Sätze beschränkt.

„Katja Lürssen ist anscheinend mit dem Hinterkopf auf einem harten Gegenstand aufgeschlagen", stellte Hasenkrug nach kurzer Analyse des Berichts fest. „Dr. Wilkens vermutet, dass es eine Tischkante oder Ähnliches war."

„Also kein Schlag mit einer wie auch immer gearteten Waffe?", fragte Büttner und rieb sich die kalten Hände. In diesen Tagen reichte es schon aus, vom Parkplatz ins Kommissariat zu laufen, um an einem nicht bedeckten Körperteil Erfrierungen zu erleiden. Er fragte sich, wie das Wetter erst in den nächsten Monaten würde, wenn es bereits Ende November so frostig war. Vielleicht sollte er Susanne für die Weihnachtsferien einen Urlaub auf den Kanaren schmackhaft machen. Dann ließ sich der Rest des Winters gewiss leichter ertragen.

„Nein. Keine Waffe. Das schließt sie aus."

„Wurde sie gestoßen oder war es ein Unfall?"

„Da sie an dem Leichnam frische Hämatome im Brustbereich gefunden hat, geht sie davon aus, dass sie gestoßen wurde."

„Dann müssen wir nur noch herausfinden, wo."

„Ich hab die Spurensicherung in ihre Wohnung geschickt. Vielleicht haben wir ja Glück und sie finden dort etwas."

„Wo hat die junge Dame gelebt?" Büttner nahm sich einen Schokoriegel aus der Schublade seines Schreibtisches und biss herzhaft hinein.

„In Greetsiel."

„Und warum hat man sie dann nicht in ihrer Wohnung gelassen, sondern den Leichnam an den Hafen geschafft?"

„Das steht hier nicht."

„Schade. Ich wünschte, Dr. Wilkens würde mir irgendwann mal die Lösung eines Falls auf den Tisch legen, anstatt nur Bruchstücke zu liefern. Aber darauf können wir wohl lange warten."

Hasenkrug grinste und nahm einen Anruf auf seinem Smartphone entgegen. „Okay", war alles, was er sagte, und er sah seinen Chef nach dem Auflegen bedeutungsvoll an. „Die Kollegen der Spusi haben in der Wohnung unseres Opfers Blutspuren gefunden. Auf dem Teppich und an der Kante des Wohnzimmertisches. Damit dürfte die Sache klar sein."

„Bleibt immer noch die Frage, warum die Leiche an den Hafen geschafft wurde."

„Sollen wir uns die Wohnung mal ansehen?"

Büttner überlegte, dann schüttelte er den Kopf. „Später. Zunächst einmal möchte ich wissen, was dieser Clemens Conradi für ein Typ war. Und warum er ausgerechnet mit Karolin Hermann angebandelt hat. Tamara hat schon recht."

„Wer ist Tamara?"

„Ihre Lebensgefährtin?"

„Ach *die* Tamara, die *Tonja* heißt, meinen Sie!" Hasenkrug verzog spöttisch den Mund.

„Richtig. Wenn Conradi tatsächlich so eine

schillernde Persönlichkeit war, dann passt eine Lehrerin ganz und gar nicht ins Bild. Außerdem wüsste ich so langsam gerne mal über seine Vermögensverhältnisse Bescheid. Haben die Banken nun endlich mal Auskunft erteilt oder verlegt man sich dort wieder auf Wichtigtuerei?"

„Kein Vermögen", antwortete Hasenkrug knapp, nachdem er für eine Weile auf seinen Bildschirm gestarrt hatte. „Die Auskünfte der Banken sind gerade hereingekommen. Es ist so, wie seine Exfrau gesagt hat. Er ist pleite. Zwar gehen jeden Monat nicht unerhebliche Beträge ein, so wie es aussieht Honorarzahlungen, doch scheinen sie genauso schnell wieder vom Konto zu verschwinden."

„Wohin denn?"

„Barabhebungen. Nicht nachvollziehbar also, wo das Geld blieb. Allerdings haben die Kollegen inzwischen herausgefunden, dass er ganz gerne mal ins Casino ging."

„Vielleicht hatte er auch einen staatlich geschützten Briefkasten in Panama", mutmaßte Büttner.

„Briefkasten vielleicht. Aber staatlich geschützt? Eigentlich war er dafür nicht wichtig genug."

„Wofür?"

„Dafür dass führende Politiker sich vor ihn stellen und verkünden, sie müssten beizeiten mal darüber nachdenken, ob sie darüber nachdenken, mal über Sanktionen gegen reiche Steuersünder nachzudenken."

Büttner seufzte. „Wie dem auch sei. Er hatte anscheinend einen ausschweifenden Lebensstil, den es zu finanzieren galt. So hat mir zum Beispiel die Nachbarin von Karolin Hermann erzählt, dass in deren Haus regelmäßig Partys stattfanden, seit

Conradi dort wohnte. Noch so 'n Ding, was nicht zu Karolin passen will. Sie ist eher der Typ, der sich abends mit einem guten Buch und einem Glas Wein aufs Sofa setzt."

„Ich hab mal die Partneragentur checken lassen, über die die beiden sich kennen gelernt haben. Auch die waren alles andere als begeistert darüber, Informationen über ihre Nutzer herauszugeben. Aber letztlich hab ich sie überzeugen können, dass das der richtige Weg ist."

„Und?"

„Es ist ein monatelanger Chat-Verkehr. War nicht ganz einfach, das Wesentliche herauszufiltern."

„Nun lassen Sie sich nicht so feiern, Hasenkrug", brummte Büttner. „Unser Job ist nie einfach. Also?"

„Zusammenfassend würde ich sagen, dass Karolin Hermann die treibende Kraft war. Sie hat nicht lockergelassen, auch als Clemens Conradi sich zwischenzeitlich anderen kontaktfreudigen Damen zuwandte."

„Und womit hat sie ihn schließlich überzeugt?" Büttner sah seinen Assistenten lauernd an. Er meinte die Antwort zu kennen.

„Mit ihrem Geld."

Bingo! „Dachte ich mir."

„Ja. Von ihrem Vermögen ist allerdings ganz lange nicht die Rede. Aber plötzlich, als er sich aus der Kommunikation mit ihr zurückzieht, da kommt sie mit ihrem Reichtum um die Ecke."

„Und er beißt an."

„Ja."

Büttner zog nachdenklich die Stirn in Falten. „Es muss einen Grund geben, warum sie es ausgerechnet auf ihn abgesehen hat. Oder gab es keine anderen

Männer, die an ihr interessiert waren, und sie hat sich aus reiner Verzweiflung heraus auf das Geldargument gestürzt?"

„Es gab jede Menge Interessenten. Gleich nachdem sie ihr Profil online gestellt hatte, hagelte es nur so Zuschriften. Auch gar keine abwegigen. Die meisten von ganz normalen Männern in ihrem Alter. Was ja nicht unbedingt verwunderlich ist. Schließlich ist sie eine attraktive Frau."

„Eben." Büttner nickte. „Und genau das macht mich stutzig. Warum versteift sie sich so sehr auf Conradi, der umgekehrt nicht mal ein besonderes Interesse an ihr zu zeigen scheint, bis sie von ihrem Vermögen spricht?"

Hasenkrug zuckte die Schultern. „Versteh einer die Frauen."

„Das sowieso. Aber davon mal abgesehen. Sie kann es nicht ohne Grund gemacht haben."

„Wir könnten sie fragen", schlug Hasenkrug vor. „Immerhin lebt sie ja noch und ist auch wieder aufgetaucht."

„Mein Gefühl sagt mir, dass sie uns nicht die Wahrheit sagen würde."

„Auch das gehört zu unserem Job", konterte Hasenkrug. „Aber wenigstens hätten wir es versucht."

„Hm." Büttner war noch nicht überzeugt. „Ich frage mich ja, warum Conradi überhaupt via Internet nach einer Frau gesucht hat. Zum einen war er noch verheiratet. Zum anderen schien er mir der Typ zu sein, dem eine bestimmte Art Frauen scharenweise hinterherläuft."

„Vielleicht wollte er mal eine andere Art Frau als sonst, sprich etwas nicht so Affektiertes wie Püppi. So was hat man ja auch irgendwann mal über."

„An diese Art von Erleuchtung glaube ich nicht. Schließlich lag er nicht auf dem Sterbebett und schwor sich, auf den letzten Metern noch ein besserer Mensch zu werden. Ganz im Gegenteil stand er in der Blüte seines Lebens." Büttner hob den Zeigefinger. „Und vergessen Sie unser jüngstes Opfer nicht, Hasenkrug, mit dem Conradi ein schnelles Abenteuer auf der Toilette suchte. Geläutert sieht anders aus, wenn Sie mich fragen. Nein, irgendetwas ist da faul."

„Was wissen wir denn über Karolin Hermann, außer dass sie die Kollegin Ihrer Frau ist und offensichtlich Geld hat?", fragte Hasenkrug nach kurzem Zögern. „Wie sind zum Beispiel ihre persönlichen Verhältnisse? Hat sie Eltern, Geschwister, Freunde?"

Büttner dachte nach, während er nach einem weiteren Schokoriegel griff. „Meines Wissens sind ihre Eltern schon vor längerer Zeit gestorben. Ich meine, dass Susanne mal irgendetwas von Schicksalsschlägen gemurmelt hat. Und in diesem Zusammenhang erwähnte sie auch, dass sie keine Eltern mehr habe", sagte er dann. „Vermutlich kommt daher auch das Vermögen. Wir könnten das genauer überprüfen."

„Ich kümmere mich drum", nickte Hasenkrug. Er warf einen Blick auf die Uhr. „Gleich kommt aber erstmal die Frau, die behauptet, von Conradi ein Kind zu haben."

„Hoffentlich nicht wieder so ein überkandideltes junges Ding."

„Lina Hofer. Sie ist ebenfalls Model. Und auch nicht viel älter als Püppi."

Büttner verzog das Gesicht. „Hasenkrug, wir haben wirklich nicht das große Los gezogen."

Kaum dass er diese Worte ausgesprochen hatte,

klopfte es an der Tür, und nur Sekunden später schob Frau Weniger eine junge, recht große und spindeldürre Frau in den Raum. „Frau Hofer wäre jetzt da. Haben Sie schon Zeit für sie?"

„Ja", antwortete Büttner und deutete auf einen Stuhl. „Bitte setzen Sie sich, Frau Hofer. Kaffee?"

„Gerne." Die junge Frau schlang die Arme um ihren Körper, als Frau Weniger zustimmend nickte und wieder ins Vorzimmer ging. „Ist ziemlich kalt draußen. So viel kann man gar nicht anziehen, dass man nicht friert, finden Sie nicht?"

„Mangels natürlicher Wärmedämmung wenig verwunderlich", erwiderte Büttner trocken. Er musterte die Frau genauer, während sie sich nun aus unerfindlichen Gründen zu Sebastian Hasenkrug drehte und ihn anlächelte, was diesen prompt erröten ließ. Sie war mindestens einen Meter achtzig groß und machte selbst in ihren dicken Winterklamotten den Eindruck, als müsse sie jeden Moment entzweibrechen. Ihre Haare sah man nicht, die hatte sie unter einer mit Katzenohren besetzten Wollmütze versteckt. Wenn ihr Gesicht nicht so ausgemergelt wäre, dann könnte sie mit Sicherheit ganz hübsch sein. So aber sah sie mit ihren unnatürlich groß erscheinenden Augen eher aus wie einem Plakat irgendeiner Hilfsorganisation entsprungen.

„Möchten Sie auch einen Schokoriegel zum Kaffee?", bot Büttner an, als Frau Weniger nun mit drei Tassen Kaffee auf dem Tablett zurückkam und sie verteilte.

„Nein, danke. Ich ... vertrag derzeit nicht ... so viel."

„Ist ein anstrengender Job, dieses Modeln", stellte Büttner mit spöttischem Unterton fest.

178

„Ja. Das auch." Lina Hofer senkte den Blick und presste die Lippen aufeinander. „Clemens ist also tot", kam sie dann übergangslos auf den Grund ihres Besuches zu sprechen.

„Ja. Und wir fragen uns, warum er hat sterben müssen."

„Das frage ich mich auch", seufzte sie. „Es ist ein denkbar schlechter Zeitpunkt. Aber das passt zu ihm. Er hatte es noch nie so mit dem richtigen Timing."

„Aha." Diese Bemerkung war nicht das, was Büttner erwartet hatte. Betroffenheit hörte sich anders an. „Wie man hört, hat er sich geweigert, Ihrem Kind Unterhalt zu bezahlen."

„Ja. Robin ist jetzt vier Jahre alt, und ich habe noch keinen Cent von Clemens gesehen." Ihr Mund verformte sich zu einem schmalen Strich.

„Sie klagen seit vier Jahren auf Unterhalt? Da müsste doch längst was passiert sein", meinte Hasenkrug. Er tippte auf den Bildschirm. „Wir haben seine Einkommenssituation gecheckt. Es gab für ihn keinen Grund, von Unterhaltszahlungen befreit zu werden, so wie ich das sehe."

„Nein. Ich habe nie geklagt, ihn nie damit behelligt", erwiderte Lina Hofer zu Büttners Überraschung. „Er hat immer gesagt, dass er das Kind nicht will. Ich hab mich trotzdem für Robin entschieden und habe auch für ihn gesorgt. Ich brauchte Clemens' Geld nicht."

„Aha. Und jetzt können Sie nicht mehr für ihn sorgen?", fragte Büttner. „Sind Sie arbeitslos? Nicht mehr attraktiv genug für den Job? Oder was sonst ist der Grund, warum Sie es sich anders überlegt haben? Haben Sie plötzlich nicht mehr akzeptieren wollen, dass Conradi sich einfach aus seiner Verantwortung stiehlt? Waren Sie womöglich so sauer auf ihn, dass Sie ihn kurzerhand …"

Lina Hofer hob abwehrend die Hand und sah Büttner aus wässrigen Augen an. „Ich bin krank", sagte sie mit dünner Stimme. „Vermutlich werde ich nicht mehr lange leben. Ich wollte Robin versorgt wissen."

„Oh." Büttner fühlte sich, als hätte ihm jemand mit einer Keule vor den Kopf geschlagen. „Das … das tut mir leid", stammelte er und schluckte schwer. Nun sah er auch, dass die junge Frau ihre Haare nicht etwa unter der Mütze versteckte, sondern gar keine mehr hatte. Chemotherapie. Er schämte sich zutiefst für seine Bemerkungen und den Fauxpas mit dem Schokoriegel.

„Mir tut es auch leid", verkündete Hasenkrug hörbar betroffen. Auch er schien ein schlechtes Gewissen zu haben, obwohl er sich nichts hatte zuschulden kommen lassen. Nicht mal eine unpassende Bemerkung.

„Glauben Sie mir, ich hätte keinen Grund gehabt, ihn umzubringen", brachte Lina Hofer es auf den Punkt. „Ich lasse gerade prüfen, ob Robin wenigstens eine Halbwaisenrente bekommt. Doch ich fürchte, dass es schlecht aussieht. Meines Wissens hat Clemens nie in die gesetzliche Rentenversicherung einbezahlt." Sie machte eine fahrige Bewegung, bevor sie hinzufügte: „Ich im Übrigen auch nicht. Robin wird völlig mittellos dastehen, wenn ich tot bin. Sie werden ihn in ein Heim stecken." Sie schluchzte auf, versuchte jedoch sofort, sich wieder in den Griff zu bekommen. „Entschuldigen Sie bitte", murmelte sie.

„Kein Grund sich zu entschuldigen", erwiderte Büttner rasch. Er räusperte sich, bevor er sagte:

„Vielen Dank, dass Sie trotz allem gekommen sind. Ich hätte da noch ein paar Fragen, aber wenn Sie sich nicht in der Lage sehen ...“

Wieder hob sie die Hand. „Kein Problem. Deswegen bin ich ja hier.“

„Vielen Dank.“ Büttner räusperte sich erneut. Schon lange hatte er sich nicht mehr dermaßen unwohl in seiner Haut gefühlt. „Haben Sie eventuell einen Verdacht, wer ein Interesse daran gehabt haben könnte, Clemens Conradi zu töten?“, fragte er und bemühte sich um einen festen Klang.

„Wie viel Zeit haben Sie?“ Lina Hofer grinste schief.

„Dass er kein ganz einfacher Zeitgenosse war, haben wir schon mitbekommen“, meinte Hasenkrug. „Aber hat er jemanden womöglich so zur Weißglut getrieben, dass der sich schließlich nicht anders zu helfen wusste, als einen Giftmord zu begehen?“

„Ich hatte in den letzten Jahren nicht viel Kontakt zu ihm“, antwortete Lina Hofer. „Auch habe ich versucht, alles zu ignorieren, was über ihn geschrieben oder erzählt wurde. Ich fand ihn ... ja, unerträglich. Eigentlich wurde er mit jedem Tag unerträglicher.“

„Immerhin müssen Sie sich einmal zu ihm hingezogen gefühlt haben“, meinte Hasenkrug.

„Ja. Es war eine meiner größeren Dummheiten im Leben. Leider habe ich es zu spät bemerkt.“

„Hat er außer Ihnen noch mehr Frauen so heftig vor den Kopf gestoßen?“, wollte Büttner wissen.

„Es war sein Hobby, Frauen vor den Kopf zu stoßen“, behauptete Lina Hofer. „Er nannte sie seine Trophäensammlung.“

„Reizend. War irgendeine Frau dabei, von der Sie behaupten würden, ihr habe er ganz besonders übel mitgespielt? Seine Ehefrau vielleicht?"

Lina Hofer lachte auf. „Püppi? Nee. Die ist nur blond und blöd. Die wäre nicht mal in der Lage, eine Boshaftigkeit zu erkennen, wenn man sie darin ersäufen würde. Sie wollte Karriere machen, mehr nicht. Wenn sie dafür Quasimodo hätte heiraten müssen, hätte sie das auch getan."

„Wissen Sie irgendetwas über die Beziehung Conradis zu einem gewissen …" Hasenkrug kramte in seinen Unterlagen, „zu einem gewissen Luis Gandler?"

Das Gesicht der jungen Frau umwölkte sich. „Ich habe Luis gut gekannt. Er war ein ganz fantastischer Kollege. Ganz anders als die anderen in der Szene. Er war zu jedem nett, hatte nichts Zickiges. Und als er Pit kennen lernte …" Lina lächelte. „Er strahlte vor Glück. Sie waren wie füreinander geschaffen."

„Den Grund für seinen Selbstmord kennen Sie aber auch nicht."

„Nein. Ich könnte wetten, dass Clemens etwas damit zu tun hatte, aber ich kann es nicht beweisen."

„Was genau sollte er Ihrer Meinung nach damit zu tun haben?"

„Er war ein Schwein. Irgendetwas wird ihm schon eingefallen sein, um den beiden das Leben schwerzumachen."

„Wenn er etwas damit zu tun hatte, das heißt, wenn er den beiden das Leben schwergemacht hat, dann wäre es ein prima Mordmotiv für diesen Pit. Rache", konstatierte Hasenkrug.

„Pit bringt niemanden um", behauptete Lina Hofer. „Ganz sicher nicht. Dazu ist er viel zu … gut."

„Dennoch sollten wir es überprüfen", meinte Büttner an Hasenkrugs Adresse, und der nickte. „Gab es sonst irgendwelche Vorfälle, von denen Sie sagen würden, dass Conradi damit den Hass eines seiner Mitmenschen auf sich gezogen hat?", wandte er sich dann wieder an das Model.

„Wie gesagt, ich habe ihn und sein Leben seit Jahren nicht mehr verfolgt. Da kann ich Ihnen leider nicht helfen. Tut mir leid. Auch wenn ich mir sicher bin, dass er ganz bestimmt einiges auf dem Kerbholz hatte. Auf dem zwischenmenschlichen Kerbholz, wenn Sie verstehen, was ich meine." Sie schnaubte verhalten, bevor sie kopfschüttelnd sagte: „Wenn vielleicht auch nicht so heftig wie damals die Sache mit …" Sie verstummte und biss sich auf die Lippen.

„Die Sache mit? Wovon reden Sie?"

Lina Hofer ließ einen tiefen Seufzer vernehmen. „Es ist lange her." Sie zählte etwas an ihren Fingern ab. „Sechs Jahre ungefähr. Damals fiel ein Model ins Koma. Ann-Kathrin."

„Sie fiel ins Koma? Aus welchem Grund?"

„Irgendwelche Drogen. Synthetische Drogen. Es war mitten auf dem Laufsteg. Auf einmal kippte sie um."

„Und was wurde aus ihr?"

„Ann-Kathrin liegt heute noch im Wachkoma. Sie ist in einem Heim. Ab und zu fahre ich sie besuchen. Aber da gibt es wohl nicht viel Hoffnung. Na ja. Vielleicht sehen wir uns ja bald im Himmel, sie und ich. Das wäre lustig. Wir haben uns immer gut verstanden." Lina zeigte ein trauriges Lächeln, das Büttner direkt ins Herz traf. Und auch Hasenkrug schluckte jetzt schwer. „Auf jeden Fall würde ich ihr wünschen, dass es bald vorbei ist. Keiner sollte so lange leiden müssen, meinen Sie nicht?"

„Was hatte Conradi damit zu tun?", trat Büttner

die Flucht nach vorne an.

„Es heißt, er habe Ann-Kathrin mit dem Zeug vollgestopft. Aber man konnte ihm nichts nachweisen."

„Kam es zu einem Prozess?"

„Nein. Nicht mal das."

Büttner nickte Hasenkrug zu als Zeichen, dass er auch das überprüfen sollte. „Gibt es sonst noch etwas, was Ihnen zu Conradi einfällt, Frau Hofer?", fragte er dann.

„Ich glaube nicht."

„Kannten Sie Katja Lürssen? Auch eine Kollegin von Ihnen", wollte Hasenkrug wissen.

Lina Hofer sah ihn aus schmalen Augen von unten herauf an. „Kannten? Wieso kannten? Ist sie … tot?"

„Sie wissen es noch nicht? Wie man hört, hat sich die Nachricht wie ein Lauffeuer in den sozialen Medien verbreitet. Aber Ihrer Reaktion entnehme ich, dass Sie sie kannten?"

„Ist sie auch ermordet worden?"

„Ja. Wissen Sie, in welchem Verhältnis sie zu Clemens Conradi stand?"

„Wie ich hörte, ist sie ständig um ihn herumgeschlichen. Katja war berechnend. Sie wollte unbedingt Karriere machen. Aber sie war dafür nicht geeignet. Völlig talentfrei."

Büttner runzelte die Stirn. „Die beiden kannten sich schon länger? Sind Sie sicher?"

„Das meiste, was ich über sie weiß, haben mir Kolleginnen gesteckt. Und die sagten mir, dass sie Clemens seit Monaten stalkt."

„Stalkt?"

Lina Hofer winkte ab. „Na ja, im Sinne von hinterherlaufen eben. Wie man hört, hatten sie auch eine sexuelle Beziehung. Alles andere hätte mich auch gewundert. Ohne Bettgeschichte macht man über Clemens keine Karriere."

„Und Sie sind sich sicher, dass es schon seit längerer Zeit eine derartige … Beziehung zwischen den beiden gab?", vergewisserte sich Hasenkrug.

„Ja. Natürlich. Katja ist ständig Gesprächsthema in der Szene. Sie ist mit allen Wassern gewaschen. Und ihr ist jedes Mittel recht, um an ihr Ziel zu kommen. Also … ihr *war* jedes Mittel recht."

„Auch ein Mord?"

„Was würde ihr ein toter Clemens Conradi nützen?", parierte die junge Frau.

„Stimmt. Aber trotzdem wundere ich mich …" Hasenkrug brachte seinen Satz nicht zu Ende, sondern sah nun seinen Chef bedeutungsvoll an.

„Wann haben Sie Katja Lürssen zum letzten Mal persönlich gesehen?", fragte nun Büttner.

Lina Hofer öffnete den Mund, um etwas zu sagen, dann jedoch stöhnte sie auf und griff sich an die Stirn. Sie war plötzlich kalkweiß. „Bitte, mir ist … gerade nicht gut. Könnten wir das hier vielleicht … kurz unterbrechen?", keuchte sie.

„Natürlich. Natürlich. Gar kein Problem." Büttner sprang auf und lief zu ihr, und auch Hasenkrug eilte zu Hilfe. „Brauchen Sie einen Krankenwagen? Sollen wir einen Arzt rufen? Ein Glas Wasser vielleicht?"

„Danke … ich … haben Sie vielleicht einen Raum, wo ich mich für einen Moment hinlegen kann? Dann wird es schon wieder. Es ist nur … es kommt manchmal einfach so. Ein Schwächeanfall."

Büttner hetzte zur Tür hinaus und bat Frau Weniger, sofort dafür zu sorgen, dass Lina Hofer auf die Liege im Notfallraum kam. „Lassen Sie Kollegen mit einer Trage kommen! Die junge Frau kann unmöglich laufen. Aber schnell!"

Hasenkrug telefonierte derweil mit dem Rettungsdienst. Auf gar keinen Fall sollte hier irgendetwas versäumt werden.

„Puh", stöhnte Büttner auf, als er rund eine halbe Stunde später mit seinem Assistenten im Büro saß und Lina Hofer ärztlich versorgt und ins Krankenhaus gebracht worden war. „Das hätte nicht passieren dürfen. Man kann keine schwerkranke Frau von Düsseldorf hierherfahren lassen, nur damit sie eine Aussage macht. Nein. Das hätte auf gar keinen Fall passieren dürfen."

„Sie hat niemandem gesagt, dass sie schwerkrank ist", verteidigte Hasenkrug die Aktion. „Selbstverständlich hätten wir auf eine Vorladung verzichtet, wenn wir es gewusst hätten."

„Schöner Mist. Hoffentlich hat es keine schlimmen Folgen für sie. Das würde ich mir nie verzeihen."

„Sie können nichts dafür, Chef", versuchte Hasenkrug ihn zu beruhigen. „Keiner kann etwas dafür."

„Ich weiß. Und dennoch fühlt man sich schuldig", seufzte Büttner und quälte sich stöhnend aus seinem Stuhl hoch. „Bitte lassen Sie regelmäßig im Krankenhaus nachfragen, wie es ihr geht. Und wenn sie einen Shuttle nach Hause braucht, dann organisieren Sie ihr einen. Auf gar keinen Fall fährt sie alleine nach Düsseldorf zurück, Hasenkrug, haben Sie das verstanden! Und wenn ich sie persönlich hinbringe oder es privat bezahle."

„Geht klar, Chef", nickte der.

„Gut. Dann fahre ich jetzt kurz nach Hause. Informieren Sie mich bitte sofort, wenn es etwas

186

Wichtiges gibt. Ansonsten bin ich in spätestens zwei Stunden wieder hier."

„Geht klar, Chef", wiederholte Hasenkrug und ließ sich mit einem tiefen Seufzer in seinen Stuhl zurücksinken, während Büttner zur Tür hinaus verschwand.

21

Ein Speckpfannkuchen war eigentlich genau das, was David Büttner über Krisensituationen hinweghalf. Gerade wenn er beruflichen Stress hatte, dann konnte ihn beim Nachhausekommen nichts glücklicher machen, als die Duftmischung aus frisch gebackenem Teig und gebratenem Speck. Seine Frau Susanne wusste das, und so konnte er sich gemeinhin schon beim Auffinden einer neuen Leiche darauf freuen, dass sie seine Lieblingsspeise in den Menüplan integrierte.

So auch an diesem Abend, doch war ihm das Schicksal der noch so jungen Lina Hofer dermaßen auf den Magen geschlagen, dass er nur lustlos in seinem Essen herumstocherte. Was Susanne natürlich nicht verborgen blieb.

„Irgendwas nicht in Ordnung, David?", fragte sie, während sie selbst mit Appetit auf ihrem Apfelpfannkuchen herumkaute.

„Manchmal hasse ich meinen Job", antwortete er mit einem tiefen Seufzer und legte die Gabel neben seinen Teller. „Wir hatten eine junge Zeugin vorgeladen. Sie ist extra aus Düsseldorf angereist."

„Und? Wo ist das Problem?"

„Sie ist schwerkrank. Krebs. Sie wird bald sterben. Und ich habe sie schäbig behandelt. Sie erlitt einen Schwächeanfall."

„Oh."

Büttner stand auf, um sich einen Kaffee aufzubrühen. „Ja. Natürlich wusste ich nicht, dass sie krank ist. Aber trotzdem fühle ich mich beschissen. Sie hat einen kleinen Sohn, der bald alleine auf der Welt sein wird. Sein Vater war Clemens Conradi."

Nun legte auch Susanne ihr Besteck beiseite und sah ihren Mann betreten an. „Ist sie verdächtig?"

„Ja und nein. So verdächtig, wie alle anderen auch. Wir tappen noch ziemlich im Dunkeln. Ich hoffe nur, dass ich ihr weiteren Stress ersparen kann."

„Warst du schon bei Karolin?"

„Nein. Aber ich werde morgen mal bei ihr vorbeifahren. Ich habe da noch ein paar Fragen an sie." Er strich sich müde übers Gesicht. Am liebsten wäre er jetzt direkt ins Bett gegangen und hätte sich die Decke über den Kopf gezogen. Ein paar Sachen aber hatte er noch zu erledigen. Sie mussten endlich vorankommen. Er hoffte, dass Lina Hofers Hinweise sie irgendwie weiterbrachten. Vor allem fragte er sich, warum Katja Lürssen ihnen verschwiegen hatte, dass sie und Conradi sich bereits seit Längerem kannten. Hatte sie doch etwas mit seinem Tod zu tun? Aber warum war dann auch sie ermordet worden?

Er nahm eine Tasse aus dem Schrank und drehte sich zu seiner Frau um. „Möchtest du auch einen Kaffee?"

„Ja, gerne. Danke. Übrigens war ich heute bei Karolin."

„Ach ja? Und was hat sie gesagt?"

„Sie verdächtigt Conradis Frau, ihren Mann umgebracht zu haben."

Büttner sah sie aus schmalen Augen an. „Püppi? Hat Karolin auch einen Grund genannt?"

„Sie meint, sie habe Püppi am Abend des Grünkohlessens in Hinte gesehen."

Büttner seufzte. Hasenkrug hatte die Telefon- und

Nachrichtenkontakte zwischen Clemens Conradi und Püppi inzwischen auf dem Tisch liegen. Demnach war es richtig, dass sie während des Boßelns miteinander telefoniert hatten und sich auch die Adresse der Gaststätte im SMS-Eingang von Püppis Smartphone befand. Ob sie aber tatsächlich in Hinte gewesen oder, wie sie behauptete, vorher wieder umgedreht war, wussten sie nicht. Sie würden Karolin diesbezüglich also befragen müssen.

„Sagtest du nicht mal, dass Karolins Eltern schon seit längerer Zeit tot sind?", wechselte er das Thema.

„Ja." Susanne nickte. „Sie starben wohl bei einem Unfall. Karolin und ihre Schwester blieben alleine zurück."

„Sie hat eine Schwester?" Büttner hob verdutzt die Brauen. „Ich dachte, sie hat keine Angehörigen."

„Sie *hatte* eine Schwester. Auch die lebt wohl nicht mehr."

„Oh." Büttner stellte die beiden gefüllten Tassen auf den Tisch und setzte sich wieder. „Das klingt wirklich nach Schicksalsschlägen."

„Ja, manche Leute trifft es dicke."

Büttner rührte für eine Weile gedankenverloren in seinem Kaffee herum, dann sagte er: „Was wusstest du eigentlich vom Verhältnis zwischen Karolin und Wolfgang?"

Susanne schien über diese Frage keineswegs überrascht, sondern antwortete ohne zu zögern: „Das war nur von kurzer Dauer. Schade eigentlich. Er hat ihr Halt gegeben. Ihr schien es in dieser Zeit besser zu gehen."

„Trotzdem nicht verwunderlich, dass es nicht gehalten hat, oder? Bei dem Altersunterschied. Eigentlich sucht sie doch etwas anderes."

„Dennoch tat Wolfgang ihr gut." Susanne nippte an ihrem Kaffee. „Aber du hast recht. Eigentlich konnte es nicht gutgehen."

„Karolin muss trotz der Beziehung zu Wolfgang die ganze Zeit über im Internet nach einem neuen Partner gesucht haben, bis sie sich schließlich auf Conradi einließ. Wie man hört, war sie es, die ihn letztlich mit ihrem Vermögen gelockt hat, obwohl er diverse andere Eisen im Feuer hatte. Weißt du was davon? Hat sie es vielleicht mal erwähnt?"

„Was ist das hier? Ein Verhör?"

Büttner seufzte. „Nein. Natürlich nicht. Entschuldige. Nur gibt es so viele Ungereimtheiten, dass ich für ein wenig mehr Klarheit dankbar wäre. Ich habe nicht eben das Gefühl, dass es in diesem vertrackten Fall alle mit der Wahrheit so genau nehmen." Auch Karolin nicht, fügte er in Gedanken hinzu, vermied aber, es laut auszusprechen.

„Hm. Ich weiß natürlich nicht, was genau da gelaufen ist. Aber ich denke schon, dass Karolin wegen Wolfgang zumindest keine lange Pause in Sachen Partnersuche eingelegt hat."

„Was hat sie an Conradi gereizt? Seine Berühmtheit? Sein Charme? Eigentlich hätte sie einen weiten Bogen um ihn machen müssen. Schließlich war allenthalben bekannt, dass Conradi ein Hallodri war und es mit der Treue nicht so genau nahm. Auch das Treffen von ihm und der Langbeinigen beim Grünkohlessen war anscheinend kein Zufall. Sie kannten sich schon vorher. Und anscheinend nicht nur platonisch."

„Na, da guck an. Sie kannten sich?" Susanne schüttelte verständnislos den Kopf. „Ich hab Karolin gleich gesagt, dass sie die Finger von dem Kerl lassen

191

soll."

„Eben. Alle haben es ihr gesagt. Und dennoch hat sie ihn geradezu gelockt. Warum? Sie ist doch keine von diesen naiven Mäuschen, die er anzog wie Licht die Motten. Sie ist ein rational denkender Mensch. Also was zum Henker wollte sie von einem wie ihm? Eine Karriere als Model kann sie sich doch wohl kaum von ihm versprochen haben." Büttner schnaubte ungehalten und schlug kopfschüttelnd mit der Hand auf den Tisch, wenn auch nicht allzu fest. „Ich verstehe es einfach nicht."

„Du solltest sie fragen, David."

„Sie wird nicht darauf antworten."

„Warum nicht? Vielleicht ist die Begründung eine ganz einfache. Und nun, da er tot ist, ist es doch sowieso egal. Sie muss zumindest keine Angst mehr haben, ihn zu verlieren, wenn sie etwas Falsches sagt. Also: Warum sollte sie dich anlügen?"

„Vielleicht hast du recht." Büttner erhob sich schwerfällig von seinem Stuhl und drückte seiner Frau einen Kuss auf die Stirn. „Ich mache mich dann mal wieder auf den Weg ins Kommissariat. Ein paar Dinge sind noch zu erledigen. Wir sehen uns später. Aber warte nicht auf mich."

Susanne lächelte. „Lass dich nicht unterkriegen."

Büttners Kehle entwich ein unartikulierter Laut. „Was steht noch gleich auf der Tasse, die unsere Tochter mir mal geschenkt hat? Ach ja: *Augen auf bei der Berufswahl!* Hm. Sie ist ein so kluges Kind." Er zwinkerte und warf Susanne im Hinausgehen eine Kusshand zu.

22

Ans Schneeräumen schien Karolin Hermann immer noch keinen Gedanken zu verschwenden. Beim Anblick der bestimmt dreißig Zentimeter hohen Schneedecke hoffte David Büttner, dass er nicht wieder gezwungen sein würde, sich einen Weg zur Terrassentür zu bahnen. Zumal nicht damit zu rechnen war, dass ihn die Nachbarin Ebeline Nannen erneut hereinbitten und ein paar ihrer wunderbaren Plätzchen anbieten würde. Oder?

Büttner schielte unauffällig zu dem ärmlichen Haus hinüber, doch tat sich dort nichts. Nicht einmal eine Gardine wackelte. Es war also davon auszugehen, dass Ebeline Nannen gar nicht da war. Na ja, dann würde sie sich auch nicht zu irgendwelchen Keifereien hinreißen lassen. Dafür stand Karolins Auto vor der Tür und es war, im Gegensatz zu den Wegen, freigeräumt.

Er stapfte die Stufen hoch und klingelte. Für einen langen Moment passierte gar nichts, dann jedoch waren im Haus schlurfende Schritte zu hören. „Moin, David", sagte Karolin, noch bevor sie die Tür ganz geöffnet hatte.

„Moin. Kannst du hellsehen?" Büttner folgte ihrer stummen Aufforderung einzutreten. Im Kommissariat war es am Abend zuvor spät geworden, sodass er sich am Morgen Zeit gelassen hatte und der nun Vormittag nun bereits ein ganzes Stück fortgeschritten war.

„Nein. Ich hatte aus dem Fenster gelugt. Lass momentan nicht jeden rein. Hab keine Lust auf diesen elenden Voyeurismus. Und noch viel weniger Lust auf die Presse."

Büttner folgte ihr ins Wohnzimmer. Es gelang ihm nicht, sein Erstaunen über den Luxus, der hier herrschte, zu verbergen. „Hast du geerbt?", beschloss er, mit der Tür ins Haus zu fallen, und machte eine raumgreifende Bewegung.

„So was Ähnliches", antwortete Karolin ausweichend.

„Was meinst du damit?", fragte Büttner lauernd.

„Es gehörte meiner Familie."

„Also doch geerbt."

„Ja. Ja, geerbt. Möchtest du einen Tee?" Sie schlug fröstelnd die Arme um ihren Körper, der in einer lässigen Jogginghose und einem viel zu großen Sweatshirt steckte. An den Füßen trug sie Wollsocken. Einen Kamm schien sie schon länger nicht mehr benutzt zu haben, denn ihre Haare sahen reichlich zerzaust aus. Ihr Gesicht war aschfahl, die Augen lagen tief in den Höhlen. Kurzum: Ihre Erscheinung war das reinste Trauerspiel.

„Nein, danke", winkte Büttner ab, „keinen Tee. Ich komme gerade von zu Hause und hab mit Susanne einen Kaffee getrunken."

„Ich habe euch immer um eure tolle Beziehung beneidet", nickte Karolin und sah ihn aus unendlich traurigen Augen an.

Büttner schwieg. Jede weitere Bemerkung aus seinem Privatleben wäre schon zu viel. Natürlich kannte er Karolin schon länger, doch durfte das seinen Blick auf die Ermittlungen nicht verstellen. Also würde er sich jetzt rein aufs Berufliche konzentrieren.

„Ich bin gekommen, weil ich noch ein paar Fragen

an dich habe", kam er dann auch gleich zur Sache, nachdem er auf einem der wirklich bequemen Sessel Platz genommen hatte.

„Nur zu. Ich bin derzeit sowieso zu nichts anderem zu gebrauchen."

Büttner verstand nicht, was genau sie mit dieser Bemerkung ausdrücken wollte, aber er fragte auch nicht nach. Ihm war nicht nach irgendwelchen psychologischen Spitzfindigkeiten, auch wenn Karolin ihm in ihrem erbärmlichen Zustand ehrlich leid tat.

„Ich weiß nicht, ob du inzwischen mitbekommen hast, dass auch Katja Lürssen ermordet wurde?", fragte er, ohne sich lange mit Vorreden aufzuhalten.

„Wer ist Katja Lürssen?", stellte Karolin die Gegenfrage. Büttner entging nicht, dass sich ihre Hände verkrampft hatten.

„Die junge Frau, die Clemens beim Grünkohlessen so offen ... ähm ... den Hof gemacht hat", drückte Büttner es diplomatisch aus.

„Ach *die* Katja. Sorry. Ich kannte nur ihren Vornamen."

„Ihr Tod scheint dich nicht sonderlich zu erstaunen."

Karolin lachte freudlos auf. „Vor allem berührt er mich nicht sonderlich. Genau genommen bin ich ganz froh, dass ich ihr nun nie wieder begegnen muss. Katja hat sich Clemens gegenüber stets verhalten wie eine läufige Hündin. Manchmal glaubte ich, selbst durchs Telefon ihr Winseln und Sabbern zu hören."

„Du weißt also, dass sie Clemens nachgestellt hat?"

„Das war kaum zu übersehen. Und ja, bevor du mich fragst, ich weiß auch, dass er mit ihr gevögelt hat, und das nicht nur einmal. So zum Beispiel beim Grünkohlessen. Ich bin weder blind noch taub. Und ganz sicher war sie auch nicht die Einzige, die er in den letzten Wochen und Monaten vernascht hat."

„Du nimmst das erstaunlich locker."

Karolin hob ihren Blick und sah ihn aus müden Augen an. „Nein. Aber was sollte ich denn tun? Clemens war nicht für die Monogamie geschaffen. Das wusste ich von Anfang an, daraus hat er auch keinen Hehl gemacht."

„Und trotzdem hast du dich auf ihn eingelassen?"

„Ich habe ihn geliebt."

„Und genau das glaube ich dir nicht."

„Bitte?" Karolin schien nun ehrlich verdutzt.

„Wir haben eure Chats im Partner-Portal überprüft. Es war offensichtlich, dass er erst Interesse an dir hatte, als du ihm von deinem Vermögen erzählt hast."

Karolin zuckte die Schultern. „Ja, und? Es war der einzige Weg, ihn zu bekommen."

„Du hast immer nach der großen Liebe gesucht, Karolin", sagte Büttner betont ruhig. „Du willst mir doch jetzt nicht weißmachen, dass es dir nur darum ging, Eingang in die glitzernde Welt der Catwalks zu bekommen, oder? Denn die große Liebe passt zu Conradi so gut wie ein Fisch zum Terrarium."

Aus irgendeinem Grund zuckte Karolin bei diesen Worten zusammen. Sie sprang erstaunlich behände auf, lief zum Fenster und starrte für eine ganze Weile in den fallenden Schnee hinaus. Doch plötzlich deutete sie nach draußen und rief aufgeregt: „Da! Da ist er! Oh, mein Gott!" Sie schlug erschrocken die Hände vor den Mund.

„Da ist wer?" Alarmiert sprang nun auch Büttner aus seinem Sessel hoch und folgte mit dem Blick ihrem Finger, als sie wieder auf die Straße deutete.

Gerade noch sah er eine dunkel gekleidete Gestalt um die nächste Straßenecke verschwinden. „Wer war das?", wollte er wissen.

Karolin wandte ihm ihr Gesicht zu, das nun von Aufregung gezeichnet war. „Der Mann, der Clemens umgebracht hat. Und vermutlich auch Katja. Ja, bestimmt dann auch Katja."

Büttner sah sie zweifelnd an. „Wie ich hörte, hast du Püppi, also Conradis Frau, in Verdacht, ihn getötet zu haben. Und nun soll es plötzlich jemand anderer gewesen sein?"

Karolin zögerte einen Moment, dann sagte sie: „Ach was, das war nur so dahingesagt. Ich bin mir inzwischen aber ziemlich sicher, dass es dieser Mann war."

Büttner sah sie an wie eine Erscheinung. „Du hast einen konkreten Verdacht, wer der Mörder sein könnte? Seit wann?"

„Seit gestern. Er ist ein paarmal hier vorbeigelaufen und hat mein Haus auf seltsame Art gemustert."

„Aha. Und darf ich mal erfahren, warum du uns das nicht längst gesagt hast?" Er fingerte in seiner Hosentasche nach seinem Handy und wählte Hasenkrugs Nummer. Nach ein paar erläuternden Sätzen drückte er Karolin das Telefon in die Hand. „Mein Assistent. Gib ihm bitte eine genaue Personenbeschreibung, damit wir die Fahndung einleiten können."

Karolin machte eine abwehrende Geste. „Fahndung? Aber so war es doch gar nicht gemeint. Ich weiß doch gar nicht so genau … Es ist doch nur … nachher ist da gar nichts dran. Ich will doch nicht den Falschen beschuldigen."

„Gerade sagtest du, du seist dir ziemlich sicher."

Büttner machte sich nicht die Mühe, seine aufsteigende Ungeduld zu verhehlen und hielt ihr das Handy mit Nachdruck entgegen. „Hier. Bitte. Je länger wir warten, desto größer ist die Wahrscheinlichkeit, dass wir ihn nicht mehr finden."

Karolin zögerte noch einen längeren Moment, dann sagte sie: „Er heißt Pit. Pit Wessels."

„Du kennst seinen Namen?" Büttner hielt ihr nach wie vor das Handy unter die Nase, während er überlegte, wo er den Namen schon mal gehört hatte. „Sag es meinem Assistenten. Alles, was du weißt. Mit Namen wird es nicht schwierig sein, ihn zu finden."

Karolin nickte ergeben und war in den nächsten Minuten damit beschäftigt, Hasenkrug möglichst konkrete Angaben zu machen. Als sie fertig war, gab sie Büttner mit einem kurzen Nicken das Handy zurück. „Woher kennen wir diesen Namen, Hasenkrug?", fragte der einen Moment später.

„Pit Wessels war der Lebensgefährte von diesem Model Luis Gandler, den Lina Hofer erwähnte. Sie war der Meinung, dass Conradi irgendetwas mit dem Selbstmord Gandlers zu tun hatte, konnte dafür jedoch keine konkreten Gründe oder gar Beweise nennen."

„Richtig." Nun erinnerte Büttner sich wieder. „Dann sehen Sie zu, dass Sie diesen Mann finden."

„Schon dabei, Chef." Hasenkrug legte auf.

„War dieser Pit Wessels schon öfter hier? Also bevor er hier herumschlich?", fragte Büttner, nachdem er sich wieder gesetzt hatte.

„Ja. Als Clemens noch lebte."

„Und was hatten die beiden miteinander zu tun?"

„Pit hat Clemens bedroht."

„Bedroht?" Büttners Blick verfinsterte sich

schlagartig. „Pit Wessels hat Clemens Conradi bedroht und wenig später wird Conradi ermordet? Noch mal: Warum hast du uns bisher nichts davon gesagt?"

„Ich wollte es ja, aber …"

„Aber?", fragte Büttner lauernd.

„Ich wollte niemanden unnötig in Schwierigkeiten bringen."

„Das ist nicht dein Ernst." Büttner klang nun ernsthaft verärgert. „Weißt du, wie man das nennt, Karolin? Behinderung polizeilicher Ermittlungen. Und sollte sich herausstellen, dass zum Beispiel der Mord an Katja Lürssen hätte verhindert werden können, wenn du uns früher über deinen Verdacht unterrichtet hättest, dann kann es sehr, sehr unangenehm für dich werden."

Karolin riss entsetzt die Augen auf. „Aber ich sag doch, ich war mir nicht sicher! Was, wenn er gar nichts damit zu tun hat!?"

„Dann hätten wir es herausgefunden", sagte Büttner frostig. „Außerdem schienst du dir gerade alles andere als unsicher zu sein. Oder warum hat dich sein Erscheinen vor deinem Haus in so helle Aufregung versetzt?"

„Doch nur, weil …"

„Weil?"

Karolin schlug die Hände vors Gesicht und fing an zu schluchzen. „Bitte, David, es ist einfach alles zu viel. Ich weiß nicht mehr ein noch aus. Und womöglich bringe ich jetzt auch noch jemanden grundlos in Schwierigkeiten." Sie hob flehend den Blick. „Bitte, David, ich möchte jetzt gerne alleine sein. Ich schaff das einfach noch nicht, diese ganze Fragerei."

„Du willst doch auch, dass wir Clemens' Mörder

finden, oder?", erwiderte Büttner mitleidlos. Er ärgerte sich maßlos, dass er nicht viel früher hier gewesen war. Es war ein Versäumnis, das, so wie die Dinge jetzt lagen, fatale Konsequenzen haben konnte. Es war in seinem Job einfach nicht gut, wenn Ermittler, Tatverdächtige, Opfer und auch Zeugen persönlich miteinander bekannt waren. Ruckzuck hatte man die Ermittlungsroutine aus den Augen verloren. Er hoffte nur, dass dieses Versäumnis wiedergutzumachen war.

„Bitte, David, ich hab dir den Namen doch nun genannt", wisperte Karolin erschöpft.

„Und sonst fällt dir niemand ein, der mit Clemens noch eine Rechnung offen hatte?", fragte Büttner säuerlich. „Ich möchte nämlich ungern noch mehr Überraschungen erleben."

Karolin blickte mit tränenverhangenen Augen auf. „Clemens war ein schwieriger Mensch", schniefte sie und griff nach einem Papiertaschentuch. „Er hat sich mit vielen angelegt. Aber nein, mir fällt wirklich niemand ein. Ich zermartere mir ja selbst ständig den Kopf. Aber alles, was ich spüre, ist eine totale Leere."

Büttner atmete tief durch. Das, was er hier über diesen Pit Wessels hörte, gefiel ihm überhaupt nicht. Was, wenn auch Karolin in Gefahr war? Es musste schließlich einen Grund geben, warum der Typ hier immer noch herumlungerte. Ob er Polizeischutz anforderte? Er stand auf und ging ans Fenster zurück. Weit und breit war niemand zu sehen. Gerade fuhr ein Streifenwagen vorbei. Die Suche nach Wessels lief also an. Er trat wieder ins Zimmer zurück und sagte: „Willst du heute noch mal das Haus verlassen?"

„Nein. Nein, ganz sicher nicht. Warum fragst du?"

„Ich würde gerne sichergehen, dass wir Pit Wessels

festgesetzt haben, bevor du dich wieder in der Öffentlichkeit sehen lässt."

Karolin schreckte auf. „Du glaubst, ich bin in Gefahr?"

„Ich kann es zumindest nicht ausschließen. Ich könnte Polizeischutz für dich beantragen."

„Nein!", rief sie wie aus der Pistole geschossen und schüttelte heftig den Kopf. „Nein, das ist bestimmt nicht nötig! Ich ... er hat mich doch nie bedroht. Nur Clemens."

„Nun, ich werde darüber nachdenken. Ich sag dir Bescheid, falls ich Kollegen zu deinem Schutz abstelle."

„Ja. Ja, tu das, wenn du es für richtig hältst. Ist ja eigentlich auch egal", nickte Karolin resigniert. „Ist ja alles egal."

„Okay, dann geh ich jetzt mal wieder. Bitte lass niemanden rein."

„Nein. Natürlich nicht. Bei dir war ich doch auch vorsichtig."

„Gut. Dann ..." Büttners Handy klingelte. „Ja, Hasenkrug? ... Was sagen Sie da? ... Okay, ich bin sofort da ... Ja. Bis gleich."

„Ist was passiert?" Karolin sah ihn aus großen Augen an.

„Melde dich, sobald irgendwas ist", wich Büttner einer Antwort aus. „Versprichst du mir das?"

„Ja. Versprochen."

„Okay. Dann bis später. Und ruh dich ein wenig aus, damit du wieder zu Kräften kommst." Er tätschelte Karolin aufmunternd die Schulter, dann machte er sich auf den Weg.

23

„Oh, Sie duften aber gut nach Winter", freute sich Frau Weniger und hob schnuppernd die Nase, als ihr Chef nun seinen Mantel ausklopfte und an die Garderobe hängte. Tatsächlich waberte eine Welle frischer, eisiger Luft durch den Raum, aber dafür hatte David Büttner momentan keinen Sinn. Er überging die Bemerkung und sagte: „Das ging jetzt aber schnell mit der Fahndung. Nicht mal eine Stunde und der Kerl ist geschnappt."

Frau Weniger zog erstaunt ihre Stirn in Falten: „Hat Herr Hasenkrug es Ihnen am Telefon nicht gesagt?"

„Was hat er mir nicht gesagt?"

„Herr Wessels ist nicht aufgrund der Fahndung hier."

„Nicht? Wie das?" Nun war es an Büttner, verwundert zu gucken.

„Er kam hier einfach hereinspaziert. Als er seinen Namen nannte und meinte, er müsse mit Ihnen sprechen, war ich natürlich verwundert. Auf die Fahndung angesprochen, war er sichtlich irritiert und meinte, dass er davon nichts wisse. Er wolle einfach nur eine Aussage zum Mordfall Conradi machen. Ich habe ihn dann direkt zu Herrn Hasenkrug reingeschickt."

„Sachen gibt's", Büttner schüttelte den Kopf. Er hatte es nicht allzu oft erlebt, dass sich ein dringend Mordverdächtiger freiwillig bei der Polizei meldete, ohne eine Ahnung davon zu haben, dass man ihn suchte. Er war also gespannt, was dieser Pit Wessels zu den gegen ihn erhobenen Vorwürfen zu sagen hatte. Oder machte er ihnen womöglich etwas vor und war nur hier, weil er sehr wohl mitbekommen hatte, dass nach ihm gefahndet wurde? Man konnte es nie wissen. Umso gespannter war Büttner nun, mit wem er es zu tun hatte.

„Ich hab schon mal eine Thermoskanne mit Kaffee und Tassen reingebracht", sagte Frau Weniger. „Ich dachte mir, Sie mögen vielleicht etwas Warmes, wenn Sie aus der Eiseskälte kommen."

„Sehr aufmerksam. Danke schön." Büttner schenkte ihr ein Lächeln und verschwand kurz darauf in seinem Büro.

Das Erste, was er hörte, war Gelächter. Anscheinend verstanden sich Hasenkrug und Wessels ganz prächtig. „Darf man mitlachen?", fragte er, nickte Pit Wessels zur Begrüßung zu und stellte sich vor. Wessels war jünger, als er gedacht hatte. Er schätzte den schlanken, blonden Mann auf maximal Mitte dreißig. Aus irgendeinem Grund hatte er angenommen, auf einen deutlich älteren Herrn zu treffen.

Sebastian Hasenkrug sah Büttner ertappt an, erholte sich jedoch rasch wieder und sagte mit einem unterdrückten Lachen: „Herr Wessels hat mir einen Witz erzählt. Der war wirklich gut. Wollen Sie ihn hören?"

„Nein." Büttner setzte sich auf seinen Schreibtischstuhl und griff nach der Thermoskanne, die Frau Weniger dort platziert hatte. Hasenkrug und Wessels hatten sich bereits bedient und nippten sichtlich gut gelaunt an ihrem Kaffee. „Da wir nun ja schon mal alle hier beisammensitzen, würde ich gerne erfahren, was Sie zu uns führt, Herr Wessels."

Nun verschwand das Grinsen von Pit Wessels Gesicht. „Dürfte ich zunächst erfahren, aus welchem Grund Sie eine Fahndung nach mir eingeleitet haben?"

„Nein. Die Fragen überlassen Sie bitte uns. Und Sie geben die Antworten. Wenn wir uns darauf einigen könnten, wäre ich Ihnen sehr verbunden. Also, warum sind Sie hier?"

„Ich habe vom Tod Katja Lürssens erfahren", kam Wessels ohne Umschweife zur Sache. „Ich habe sie gekannt."

Büttner beugte sich überrascht vor. „Sie haben sie gekannt?"

„Ja. Aber darum geht es mir nicht." Wessels holte tief Luft und sagte dann: „Ich weiß, dass sie Clemens Conradi vergiftet hat."

„Sie wissen …!?" Büttner war platt, und auch Hasenkrug saß jetzt mit ungläubigem Gesichtsausdruck da.

„Ja. Ich bin mir ganz sicher."

„Und woher wissen Sie das so genau? Waren Sie dabei?", fragte Büttner, als er sich von der Überraschung erholt hatte. Gerade noch hatte er erfahren, dass angeblich Pit Wessels selbst der Mörder sei, und nun kam der mit seiner eigenen Mörderin um die Ecke. Irgendwie unbefriedigend. Ein Geständnis wäre ihm lieber gewesen.

„Sie hat es mir selbst gesagt."

„Sie hat es Ihnen … Das wird ja immer doller. Und warum haben Sie uns nicht darüber informiert, als Sie davon erfahren haben?"

„Weil sie es mir erst unmittelbar vor ihrem Tod gesagt hat."

Büttner ließ sich in die Lehne seines Stuhls zurücksinken und verschränkte die Arme. Er musterte Pit Wessels mit gekräuselten Lippen und sagte für eine ganze Weile kein Wort. Auch Hasenkrug schien nicht so recht zu wissen, was er von der ganzen Sache halten sollte, denn auch er verlegte sich aufs Schweigen.

„Wo und wann haben Sie Katja Lürssen denn unmittelbar vor ihrem Tod gesehen?"

„Ich war in ihrer Wohnung."

„In Greetsiel also."

„Genau."

„Und Sie leben in …?"

„Ich lebe auf Norderney."

Büttner legte den Kopf schief und schwieg wiederum einen längeren Augenblick. Er warf Hasenkrug einen auffordernden Blick zu, der aber zuckte nur mit den Schultern.

„Dann jetzt mal der Reihe nach", fuhr Büttner also mit der Befragung fort. „Sie leben auf Norderney, waren jedoch vorgestern Abend in Greetsiel. Dazu hätte ich schon mal eine Frage: Wie genau sind Sie aufs Festland gekommen? Der Fährverkehr ist meines Wissens seit Tagen eingestellt."

„Ich bin geflogen. Die Flugzeuge starten und landen weitgehend wie gewohnt."

„Aha. Und wann war das?"

„Vorgestern. Ich kann Ihnen das Ticket zeigen." Pit Wessels stand auf und ging zur Garderobe. Dort kramte er aus seiner Jackentasche einen Zettel hervor und reichte ihn Hasenkrug, der ihm am nächsten saß.

„Ticket von Norderney aufs Festland", nickte der nach einem kurzen Blick auf den Ausdruck.

„Okay." Büttner räusperte sich. „Und wann genau

205

waren Sie dann bei Frau Lürssen in der Wohnung?"

„So gegen neun Uhr am Abend."

„Gab es dafür einen bestimmten Grund?"

„Ja. Wir kennen uns schon länger und sie hatte mich gebeten vorbeizukommen, weil sie mir etwas zu sagen habe."

„Sie hat Sie auf der Insel angerufen?"

„Wir haben geskypt. Daraufhin bin ich aufs Festland geflogen."

„Es muss ja sehr wichtig gewesen sein, wenn Sie dafür sogar einen Flug in Kauf nahmen. Die sind ja nicht ganz billig."

„Geld ist nicht mein Problem", erwiderte Pit Wessels lapidar.

„Wie schön für Sie. Trotzdem würde ich es als eher ungewöhnlich bezeichnen. Haben Sie denn keinen Job, dass Sie so einfach mir nichts, dir nichts zu einem Date mit einer Freundin eilen, zumal diese nicht unbedingt um die Ecke wohnt?"

„Ich bin selbstständiger Architekt. Ich teile mir meine Zeit frei ein. Und da kann ich mir den Luxus erlauben, auch mal einen Tag blauzumachen und einer Freundin beizustehen, ja."

„Und was brauchte diese Freundin für Beistand?", beteiligte sich nun auch Hasenkrug wieder am Gespräch, wofür sein Chef sehr dankbar war.

Wessels schloss schnaufend die Augen, legte den Kopf in den Nacken und fuhr sich mit den Händen über das Gesicht. Er wirkte plötzlich sehr angespannt. „Es … ist nicht leicht", sagte er mit zittriger Stimme. „Aber … na ja, es ist ja nun mal so, wie es ist, nicht wahr?"

„Und wie ist es?", fragte Büttner.

„Katja brauchte jemanden zum Reden, das war

206

klar. Aber was mich dann in ihrer Wohnung erwartete …" Erneut warf Pit den Kopf in den Nacken, diesmal aber starrte er an die Decke und sagte: „Puh, glauben Sie mir, das ist harter Tobak, wenn Ihnen eine langjährige Freundin plötzlich gesteht, sie habe einen Menschen umgebracht."

„Einen Menschen, den auch Sie gekannt haben", stellte Büttner fest.

Für einen Moment schien Pit Wessels überrumpelt. Er stierte Büttner mit offenem Mund an, seine Augenlider flatterten. „Woher wissen Sie das?", fragte er hörbar irritiert.

Büttner verzog spöttisch den Mund. „Wir sind die Polizei. Wir wissen so was."

Hasenkrug seinerseits meinte: „Wir ermitteln in zwei Mordfällen. Da kommt so einiges an persönlichen Beziehungen ans Licht. Das ist unser Job."

„Verstehe." Wessels blickte aufmerksam von einem zum anderen, bevor er sagte: „Haben Sie mich deswegen zur Fahndung ausgeschrieben?" Als weder Büttner noch Hasenkrug darauf eine Antwort gaben, meinte er: „Na ja, ist ja auch egal. War ja klar, dass Sie das wissen und diese Verbindungen herstellen. Aber es spielt auch keine Rolle, weil, wie gesagt, Katja mir gestanden hat, Clemens Conradi vergiftet zu haben."

„Was sollte sie dafür für ein Motiv gehabt haben?"

„Rache."

„Wofür?"

„Er hat sie verar… ähm … zum Narren gehalten. Er hat ihr die tollste internationale Modelkarriere versprochen, worauf Katja schon immer scharf war. Aber wie sich herausstellte, wollte er nur mit ihr ins Bett. Wochenlang, ach, was sage ich, monatelang hat er sie hingehalten, aber es hat nicht ein Shooting stattgefunden. Da ist sie ausgerastet."

„Ausgerastet." Büttner stieß hörbar die Luft aus. „Sie hat ihn vergiftet. Das setzt eine gewisse Planung voraus. Ausraster sehen für mich anders aus."

Pit Wessels wiegte den Kopf hin und her. „Na ja", meinte er dann, „in übertragenem Sinne. Sie ist ausgerastet, hat ihn beschimpft, ihn zum Teufel gewünscht und dann ihren Plan geschmiedet. So zumindest hat sie es mir erzählt."

„Beim Grünkohlessen machte das alles einen ganz anderen Eindruck", stellte Büttner argwöhnisch fest. „Die beiden schienen sich an diesem Abend noch ganz gut miteinander zu amüsieren."

„Sagen das die Zeugen?"

„Das sage ich. Ich war dabei."

„Oh." Damit hatte der junge Architekt anscheinend nicht gerechnet. Er rutschte nun unruhig auf seinem Stuhl hin und her. „Nun, wenn Sie das sagen. Bei Katja klang das ein klein wenig anders. Aber ich war ja nicht dabei, kann es also weder bestätigen noch dementieren. Ich kann Ihnen lediglich das sagen, was mir Katja im Nachhinein erzählt hat. Und das klang so, als sei sie nur kurz dagewesen, habe ihm das Gift ins Essen gemischt und sei dann wieder gegangen."

„So hat sie es gesagt?", wunderte sich Büttner.

„Ja. Genauso lautete ihre Version der Geschehnisse."

„Und das alles hat sie Ihnen kurz vor ihrem Tod mitgeteilt?"

„Ja." Wessels legte Daumen und Zeigefinger an die Nasenwurzel und senkte den Kopf. „Sie glauben gar nicht, wie schockiert ich war, als ich am nächsten

Morgen im Internet las, sie sei ermordet worden. Es war … furchtbar."

„Sie haben sich ziemlich viel Zeit gelassen, um uns über diese nicht ganz unwesentlichen Details zu informieren", stellte Hasenkrug fest.

„Ich war … völlig durcheinander, Herr Hasenpflug. Ich …"

„Krug. Mein Name ist Hasenkrug."

„Ja. Wie auch immer. Ich musste mich erstmal sortieren. Schließlich passiert einem das nicht jeden Tag."

„Sie selber waren auch nicht besonders gut auf Clemens Conradi zu sprechen, wie man hört."

„Er war ein Schwein."

„Uns wurde angedeutet, er habe beim Tod Ihres Lebensgefährten … Hasenkrug?"

„Luis Gandler."

„Er habe beim Tod von Luis Gandler die Finger im Spiel gehabt." Büttner bemerkte, dass Pit Wessels bei der Nennung des Namens zusammenzuckte.

„Wer behauptet so was?", krächzte Wessels. Ihm schien plötzlich die Stimme zu versagen.

„Zeugenaussage", erwiderte Büttner knapp.

„Luis hat Selbstmord begangen."

„Ja. Das wissen wir. Aber auch dafür muss es einen Grund gegeben haben."

„Das tut hier nichts zur Sache", entgegnete Pit Wessels barsch. „Und ich möchte auch nicht, dass Luis' Name da mit reingezogen wird."

„Ist er schon", meinte Hasenkrug. „Insofern können Sie nichts mehr daran ändern. Wir müssen allen Hinweisen nachgehen, das verstehen Sie ja sicherlich."

„Ja, natürlich. Aber ich frage mich, warum sein

Name überhaupt gefallen ist. Ich sehe den Zusammenhang nicht."

„Schade", sagte Büttner, während Pit Wessels nun nervös die Hände knetete, „dann müssen wir an der Stelle leider noch weiter ermitteln. Was mich noch interessieren würde: War außer Ihnen noch jemand bei Katja Lürssen, als Sie in ihrer Wohnung waren?"

„Nein. Ich war alleine mit ihr."

„Hat sie in irgendeiner Weise anklingen lassen, dass sie sich bedroht oder verfolgt fühlt?"

„Nein. Gar nicht. Sie wollte sich nur die Sache mit Conradi von der Seele reden. Sie wusste nicht, was sie jetzt tun sollte. Sie hatte Angst, dass man ihr auf die Schliche kommt. Ich hab ihr geraten, zur Polizei zu gehen und sich zu stellen, aber da ist sie total ausgeflippt. Ich habe eine ganze Weile gebraucht, um sie wieder zu beruhigen. Irgendwas hat sie dann von auswandern und ganz von vorne anfangen gefaselt. Sie war ziemlich durch den Wind."

„Wann sind Sie gegangen?"

„Ungefähr gegen Mitternacht."

„Und ist Ihnen da jemand begegnet? Im Treppenhaus oder draußen auf der Straße?"

„Nein." Pit Wessels stutzte und legte für einen Augenblick die Finger seiner rechten Hand an die Stirn. „Doch, da war jemand. Eine Frau." Er lachte rau auf. „Ts. Wie konnte ich das nur vergessen! Klar, ich bin ja sogar mit ihr zusammengeprallt! Sie wollte zur Tür rein und ich raus. Rechnet ja keiner damit, dass einem jemand zu so später Stunde an der Haustür begegnet. Zumal in Greetsiel, wo im Winter um acht Uhr die Bürgersteige hochgeklappt werden."

„Wie sah diese Frau aus?"

„Keine Ahnung. In diesen Tagen sind ja alle so

dick verhüllt, dass man seine eigene Mutter nicht auf der Straße erkennen würde."

„Sie haben ihr Gesicht nicht gesehen?"

„Nur kurz. Hm. Sie war auf keinen Fall alt. Höchstens Mitte dreißig, würde ich sagen. Aber mehr weiß ich nicht. Tut mir leid. Ich konnte ja nicht ahnen, dass sie vorhatte, Katja zu ermorden."

„Hat sie ja vielleicht auch gar nicht", gab Hasenkrug zu bedenken. „Oder hatte sie ein Hackebeil oder Ähnliches in der Hand, das Sie darauf schließen lässt?"

„Katja wurde mit einem Beil erschlagen?" Pit Wessels riss die Augen auf und schüttelte sich vor Entsetzen.

„Es war nur ein Beispiel", beruhigte ihn Büttner. „Darüber, wie sie ums Leben kam, können wir hier keine Auskunft erteilen. Auch das verstehen Sie sicher. Ist Ihnen an diesem Abend in Greetsiel sonst noch etwas aufgefallen?"

„Nein. Wie gesagt. Da war alles tot." Als er seinen Fauxpas bemerkte, schlug er sich erschrocken die Hand vor den Mund. „Oh, sorry, das ist mir so rausgerutscht."

„Kein Ding", winkte Büttner mit einer Handbewegung ab. „Aber dennoch wüsste ich jetzt gerne mal, warum Sie seit dem Tod von Clemens Conradi ständig um das Haus seiner Lebensgefährtin herumschleichen."

„Hä?" Pit Wessels stierte ihn perplex an. „Warum sollte ich so was tun?"

„Das wollte ich eigentlich von Ihnen wissen."

„Ich weiß ja nicht mal, wo die wohnt."

„Wo waren Sie denn heute gegen elf Uhr?"

Pit Wessels zog die Stirn in Falten. „Auf dem Weg

hierher."

„Von wo aus?"

„Ich kam aus Norddeich. Da habe ich eine kleine Wohnung."

„Kann das jemand bezeugen?", fragte Hasenkrug.

„Der Taxifahrer. Er war nicht unglücklich über die weite Fahrt. Wir sind gegen halb elf aus Norddeich weg und dann direkt hierher. Davon habe ich auch eine Quittung, wenn Sie sie sehen möchten. Außerdem hatte ich das Taxi über eine App bestellt. Sie können meine Angaben also jederzeit überprüfen."

Büttner war überrascht, ließ es sich aber nicht anmerken. Noch wusste er nicht, was er mit den Infos von Pit Wessels anfangen sollte. Irgendetwas an all dem hier Vorgetragenen ließ in ihm die Alarmglocken schrillen. Er glaubte dem Mann nicht, konnte dafür jedoch keinen konkreten Grund benennen. Zunächst einmal würde er sich und die Fülle an Informationen sortieren müssen, um dann noch ein weiteres Gespräch mit Wessels zu führen und ihn seinerseits mit den gegen ihn erhobenen Mordvorwürfen zu konfrontieren. „Noch Fragen an unseren Zeugen, Hasenkrug?", wandte er sich an seinen Assistenten. Doch der verneinte. Vermutlich schwirrte auch ihm nun der Kopf.

„Gut, wir werden aus all dem gerade Gesagten ein Protokoll anfertigen. Auch müssen wir Sie erkennungsdienstlich erfassen. Ein Kollege wird sich gleich darum kümmern. Sie müssten dann noch mal kommen, um das Protokoll zu unterzeichnen, Herr Wessels. Und ansonsten halten Sie sich bitte zu unserer Verfügung. Denn auch von Ihnen behauptet jemand, Sie seien der Mörder von Clemens Conradi und womöglich auch von Katja Lürssen."

„Was?" Pit Wessels hielt abrupt in seiner Bewegung inne und erstarrte. „Wer behauptet so was?", fragte er heiser. „Das kann doch wohl nicht … mit welcher Begründung denn?" Er war von einem Moment auf den anderen kreidebleich.

„Zeugenaussage", sagte nun Büttner knapp. „Aber ich möchte Sie bitten, sich morgen Nachmittag noch einmal hier einzufinden. Ansonsten müsste ich erneut nach Ihnen fahnden lassen, und das würde ich mir und Ihnen gerne ersparen."

„Okay. Ja. Kein Problem. Kann ich jetzt gehen?" Pit Wessels war sichtlich verstört.

„Wie lange sind Sie noch auf dem Festland?"

„Eigentlich wollte ich heute wieder zurück auf die Insel."

„Das müssten Sie dann noch mal verschieben. Wie gesagt, wir brauchen Sie hier noch mal."

„Okay. Dann tschüss." Wessels schlich mit gesenktem Kopf zur Tür hinaus.

„Wenn Sie mich fragen, dann ist an dem irgendetwas faul", bestätigte Hasenkrug das Gefühl seines Chefs, nachdem Pit Wessels gegangen war. „Wir sollten ihn unbedingt im Auge behalten. Aber wer hat denn eigentlich den Verdacht gegen ihn geäußert?"

„Karolin Hermann."

„Echt? Mit welcher Begründung? Und warum erst jetzt?"

„Gute Fragen, Hasenkrug. Die stelle auch ich mir schon die ganze Zeit. Auch Karolin werden wir also im Auge behalten."

„Ein komischer Fall", stellte Hasenkrug mit einem Kopfschütteln fest.

„Da sind wir uns ausnahmsweise mal einig. Ich

habe das Gefühl, hier gibt es an allen Ecken noch reichlich Klärungsbedarf und deutlich mehr Fragen als Antworten. Wir werden jetzt mal der Reihe nach versuchen, Licht ins Dunkel zu bringen."

„Jetzt gleich?" Hasenkrug schaute auf die Uhr und schien wenig begeistert.

„Ja. Noch Kaffee?"

Hasenkrugs tiefer Seufzer war Büttner Antwort genug.

24

„Pit? Pit, bist du es wirklich? Geht's dir gut? Oh, mein Gott, wo hast du denn bloß gesteckt?" Merles Stimme überschlug sich mehrfach, als sie das Gespräch am Smartphone entgegennahm. „Ich dachte schon, dir ist was passiert! So wie Katja. Hast du von Katja gehört? Sie ist tot, Pit! Sie ist tot!"

„Ja, ich weiß. Nun beruhige dich, Merle", sagte Pit mit müder Stimme. „Kein Grund, hysterisch zu werden."

„Kein Grund, hysterisch zu werden?", rief Merle schrill aus. „Katja ist tot! Ist das etwa kein Grund?"

„Ja. Nun beruhige dich doch erstmal." Pit hörte, wie Merle ein paarmal tief durchatmete.

„Aber wo warst du denn nur? Ich habe ständig versucht, dich zu erreichen!" Merles Stimme klang keinen Deut besänftigt. Vielmehr schien sie kurz vor einem Nervenzusammenbruch zu stehen. Sie fing an zu schluchzen.

Pit war direkt vom Kommissariat aus in die verschneiten Felder hinausgelaufen. Er hatte das Gefühl, dringend frische Luft schnappen und sich mit einem langen Marsch abreagieren zu müssen. Er wünschte, er hätte seine Hunde dabei, denn in ihrer Gegenwart fühlte er sich stets entspannter. Verdammt! Wütend und enttäuscht trat er gegen einen Holzpfosten, der aus dem Schnee herausragte. Nichts im Polizeirevier war so gelaufen, wie er es geplant hatte. Die Polizisten hatten ihm kein Wort von dem, was er gesagt hatte, geglaubt, da machte er sich nichts vor. Dabei hatte er doch nur von sich selbst ablenken und die Sache ein für alle Mal beenden wollen. Und nun? Sie würden jetzt ein Auge auf ihn haben, ihn genau beobachten. Sie hatten Fingerabdrücke genommen. Sie hielten ihn statt Katja für den Mörder. Er hatte keine Ahnung, was er jetzt tun sollte.

„Pit? Bist du noch dran?"

„Ja. Ich komme gerade von der Polizei."

„Von der … Polizei?" Auf einmal war Merles Stimme nur noch ein Flüstern. „Warum? Was hast du da gemacht?"

„Es war ein Scheißplan."

Merle schwieg für einen langen Moment. „Was war ein Scheißplan? Was ist passiert, Pit? Doch nicht schon wieder eine Katastrophe? Ich will nichts mehr von Katastrophen hören, ehrlich."

„Ich weiß es nicht. Ich … mein Gott, ich kann es einfach nicht einschätzen." Pit sog tief die Luft ein. Sie war so kalt, dass er das Gefühl hatte, seine Lungen würden verbrennen. Die erhoffte Befreiung brachte der tiefe Atemzug jedoch nicht. „Sie werfen mir vor, Conradi und Katja ermordet zu haben."

„Was?", hauchte Merle nach einem langen Moment des Schweigens. „Was redest du da, Pit? Das … warum denn nur? Du hast doch nicht …" Sie schluckte hörbar. „Du hast es doch nicht wirklich getan? Du hast Katja doch nicht wirklich …?"

„Natürlich nicht. Ich war bei ihr, ja. Ich hab sie zur Rede gestellt, ja. Aber ich hab sie doch nicht … wieso sollte ich so etwas tun?"

„Du warst sauer auf sie. Als ich nichts von dir hörte, dachte ich auch …"

„Dass ich sie ermordet habe?"

„Quatsch! Nein, natürlich nicht!" Merles Stimme

klang alles andere als überzeugt. „Ich meine ja nur. Schließlich konnte Katja einen schnell zur Weißglut treiben. Und dann der Scheiß mit der Erpressung und so …"

„Ich war es nicht, okay? Ich habe mit Katjas Tod nichts zu tun. Ich habe sie zur Rede gestellt, ja. Wir wurden ziemlich laut, ja. Aber als ich wieder gegangen bin, da lebte sie noch. Ich habe keine Ahnung, was danach passiert ist, okay?" Pit griff sich mit der behandschuhten Hand an die Stirn. Sein Kopf dröhnte wie unter Hammerschlägen, vor seinen Augen flimmerte es verdächtig. Bestimmt würde sich der Kopfschmerz zu einer handfesten Migräne auswachsen. Er hoffte, dass der Gang an frischer Luft sie verhindern oder zumindest abmildern würde.

„Ich habe euch streiten gehört."

„Du hast uns … das verstehe ich jetzt nicht, Merle. Wie soll das gehen?"

„Ich war da. Ich war bei Katja."

„Gestern? Du warst bei … aber warum?" Pit hielt verdutzt im Gehen inne.

„Wegen dir. Als du angekündigt hast, du würdest jetzt zu Katja gehen, hab ich es mit der Angst zu tun bekommen. Du warst so … Ich habe dich noch nie so … so … aggressiv erlebt. Ich dachte, ich müsse dich davon abhalten, eine Dummheit zu begehen. Und außerdem hatte auch ich das Gefühl, etwas unternehmen zu müssen, um Katja wieder zur Vernunft zu bringen. Ich bin auf der Insel fast verrückt geworden."

„Wo sind die Hunde?" Komischerweise war dies der erste Gedanke, der Pit in den Kopf schoss.

„Bei Verena. Alles okay."

„Gut." Das reichte ihm als Auskunft, bei Verena

waren sie gut aufgehoben. „Und du hast uns streiten gehört?", kam er wieder aufs Thema zurück. „Ich verstehe nicht. Ich hab dich gar nicht gesehen."

„Ach nein? Und wer hat mir dann den Knüppel über den Kopf gehauen?" Der stumme Vorwurf in Merles Stimme war nicht zu überhören.

„Was? Wer hat dir was? Welcher Knüppel, Merle? Wovon redest du denn jetzt?" Pit stöhnte gequält auf und hatte plötzlich das Gefühl, dass seine Beine unter ihm nachgaben. Die Anstrengungen der letzten Tage und Stunden forderten ihren Tribut. Das konnte doch alles nicht wahr sein! Auf einmal wünschte er, er hätte auf den Spaziergang verzichtet und wäre nach Norddeich zurückgefahren. Ein Glas Wasser mit einer Schmerztablette sowie ein Bett zum Hinlegen wären eindeutig die bessere Maßnahme gewesen. Er drehte sich um und trat den Rückweg an. „Merle, sorry, aber ich muss mal schnell was erledigen. Bin in drei Sekunden wieder bei dir. Bleib bitte dran." Er nahm sein Smartphone vom Ohr, tippte auf die entsprechende App und bestellte sich ein Taxi in die nächstgelegene Straße. „Da bin ich wieder", sagte er wenig später.

„Ich bin gestern Morgen auf einer Parkbank in Greetsiel nahezu tiefgefroren zu mir gekommen und musste feststellen, dass ich eine Platzwunde am Hinterkopf habe. Hast du irgendeine Ahnung, mit wem ich mich in Katjas Wohnung angelegt habe?"

Pit spürte eine Welle der Übelkeit in sich aufsteigen. Er nahm drei tiefe Atemzüge und antwortete gepresst: „Woher zum Teufel soll ich das wissen, Merle? Oder glaubst du vielleicht, ich hätte dich verletzt auf eine Parkbank verfrachtet und dich dort erfrieren lassen?"

218

„Das ist es ja", jammerte Merle und klang nun in höchstem Maße verzweifelt, „ich weiß überhaupt nichts mehr, Pit. Ich habe keine Ahnung, wer hier welches Spiel spielt. Ich weiß nur eins: Ich habe keinen Bock darauf. Ich will, dass es endlich vorbei ist. Und vor allem will ich keine Angst mehr haben. Was, wenn Katjas Mörder auch mich umbringen wollte? Was, wenn ich nur überlebt habe, weil ich zufällig meine warme Lambswool-Unterwäsche anhatte?"

Lambswool-Unterwäsche? Pit hätte beinahe laut aufgelacht, ohne genau zu wissen, was er daran so erheiternd fand, schließlich hatte er gerade weiß Gott andere Probleme. „Wo bist du jetzt?", fragte er und unterdrückte ein Glucksen.

„Warum willst du das wissen?" Merle sprach jetzt mit einem misstrauischen Unterton.

„Merle? Hallo? Nochmal: Du glaubst jetzt aber nicht, dass ich irgendetwas mit Katjas Tod oder deinem … äh … deiner Verletzung zu tun habe, oder? Oder hast du vielleicht Angst, dass ich komme und dich umbringe, wenn du mir deinen Aufenthaltsort nennst?"

„Ich … weiß es doch nicht. Irgendwas läuft gerade ganz gewaltig schief. Und ich weiß nicht, wem ich noch vertrauen kann."

„Das verstehe ich. Geht mir genauso." Pit nickte, auch wenn Merle es nicht sehen konnte. „Aber du glaubst nicht wirklich, dass ich einen Menschen töten könnte, oder? Dass ich *dich* töten könnte."

Das auf diese Frage folgende Zögern dauerte Pit ein wenig zu lange, doch schließlich sagte Merle: „Nein. Natürlich nicht. So war es auch nicht gemeint. Ich weiß nur einfach nicht mehr, wo ich stehe. Und vor allem weiß ich nicht, was ich jetzt tun soll." Nach einer kurzen Pause fügte sie hinzu: „Was war denn jetzt mit der Polizei? Warum glauben sie, dass du der Mörder bist? Und was hast du denen erzählt? Ich verstehe nicht, warum du überhaupt dahingegangen bist."

„Weil Katja tot ist? Oder glaubst du, die wären nicht sowieso im Nullkommanichts auf uns gekommen? Also wollte ich vorbauen."

„Vorbauen? Was heißt das?"

„Ich hab denen erzählt, dass Katja die Mörderin von Clemens ist."

Auf diese Worte herrschte für einige lange Sekunden Schweigen auf der anderen Seite. „Das hast du nicht getan", kam es dann heiser zurück. „Das … kann nur ein Scherz sein, Pit."

„Es war vielleicht wirklich keine so gute Idee."

„Es stimmt also wirklich? Du warst wirklich … aber warum, Pit? Selbst wenn sie auf uns aufmerksam geworden wären, dann hätten wir doch immer noch …"

„Dein Name ist nicht gefallen", warf Pit schnell ein.

„Ja. Toll. Das hilft bestimmt."

„Und was heißt, *wenn sie auf uns aufmerksam geworden wären*? Das waren sie schon. Zumindest auf mich. Sie haben nach mir gefahndet, Merle, weil irgendwer behauptet hat, ich sei der gesuchte Mörder. Ein *Doppel-mör-der*! Ich! Kannst du dir das vorstellen?"

„Wer kann denn so was behauptet haben?" Merles Stimme zitterte. Anscheinend ging es ihr genauso wie Pit. Es war alles nur noch unfassbar, ein Albtraum. Und sie hatten keine Ahnung, wann sie daraus erwachen würden.

Pit näherte sich den ersten Häusern und atmete

erleichtert auf. „Kleinen Moment, Merle", bat er erneut und warf einen Blick auf sein Display. Das Taxi würde in fünf Minuten da sein. Perfekt! „Ich habe keine Ahnung, wer so was behauptet", antwortete Pit dann auf Merles Frage. „Ich zerbreche mir schon dauernd den Kopf, wer … Moment!" Er griff sich an die schmerzende Stirn, dann stieß er einen unartikulierten Laut hervor. „Es kann nur eine sein!", rief er dann aus. „Ja, so muss es sein! Es kann nur sie sein!"

„Bitte? Wer kann es nur sein? Von wem sprichst du?" Nach wie vor klang Merles Stimme alles andere als sicher.

„Die Polizisten haben mich gefragt, warum ich um das Haus von Conradis Lebensgefährtin herumschleiche."

„Du schleichst um ihr Haus herum? Aber warum tust du das? Was soll das?"

„Eben. Was soll das? Das frage ich mich allerdings auch. Denn ich war niemals dort, Merle. Niemals, verstehst du? Ich weiß nicht mal, wo die wohnt. Schließlich hat Katja sich im Vorfeld um alles gekümmert."

„Und welchen Grund sollte sie dann haben, dich bei der Polizei als Mörder anzuschwärzen? Sie kennt dich doch auch nicht, oder?", fragte Merle zweifelnd.

„Vielleicht hat sie mich mal mit Clemens gesehen, ich weiß nicht."

„Und du bist dir ganz sicher, dass sie dich verpfiffen hat?"

„Nein. Aber ich zähle eins und eins zusammen. Irgendjemand behauptet, ich würde ständig um ihr Haus herumschleichen. Wer sollte sowas tun, außer der Dame selbst? Wer sonst sollte ein Interesse daran haben? Und wer sollte überhaupt auf mich achten? Davon mal abgesehen, dass ich nie da war. Zumindest nicht bewusst." Pit sah das Taxi um die Ecke biegen. Er machte den Fahrer mit einem Winken auf sich aufmerksam.

„Sie müsste dich aber kennen, um sowas zu behaupten", wandte Merle ein. „Zumindest müsste sie deinen Namen kennen. Aber woher?"

„Conradi könnte von mir gesprochen haben. Und, wie gesagt, vielleicht hat sie uns mal zusammen gesehen."

„Warum sollte er von dir sprechen? Er wird ihr wohl kaum gesagt haben, dass er dich seit Jahren erpresst, oder?"

„Und wenn sie gemeinsame Sache gemacht haben? Wenn auch sie davon profitiert hat?"

„Katja hat behauptet, dass Clemens und seine Neue sich erst seit wenigen Wochen kannten. Warum also sollte er …"

„Mein Taxi ist da, Merle. Wenn wir weiterreden wollen, müsste ich wissen, wo du bist." Pit öffnete die Beifahrertür und stieg ein. Er nickte dem Fahrer zu. „Greetsiel", sagte er dann.

25

„Gibt's keinen Tee?"

„Nee. Jetzt nich. Musst dir schon selber machen. Ich hab zu tun." Alles, was Ebeline Nannen für ihren Mann Egon übrig hatte, war eine ungeduldige Handbewegung.

„Du sitzt da bestimmt schon seit zwei Stunden."

„Drei."

„Da kann man doch wohl mal aufstehen und sich um wichtigere Dinge kümmern."

„Na, das sacht ja nu der Richtige", brummte Ebeline ungehalten. „Du sitzt schon seit Monaten in deinem Sessel, da kann ich hier ja wohl für ein paar Stunden sitzen. Und außerdem *ist* das hier wichtich. Oder weißt du vielleicht, was die da draußen treiben?" Sie stützte ihre Arme erneut auf dem Kissen ab, das sie auf der Fensterbank drapiert hatte. Sie bedauerte es sehr, dass sie das Fenster aufgrund der Temperaturen und des Schnees nicht öffnen konnte, um mehr mitzubekommen. Wenn man vor dem geöffneten Fenster saß, konnte man sich schließlich entsprechend vorlehnen und, sollte es die Situation erforderlich machen, auch mal um die Ecke blicken.

Sie fand, dass diese Situation hier durchaus gegeben war, denn um das Auto zu sehen, das sie beobachtete, musste sie ganz schön den Hals verrenken. Mit dem Ergebnis, dass sich ihr Nacken schon ganz steif anfühlte. Aber ihr fiel auch kein Fenster in ihrem Haus ein, das eine bessere Sicht auf das Fahrzeug geboten hätte.

„Die steigen gar nich aus. Und das bei der Kälte", stellte sie zum wiederholten Male kopfschüttelnd fest. „Und nu is auch noch dunkel."

„Bring ihnen doch einen Tee, damit sie nicht erfrieren. Dann kannst du mir auch gleich einen dalassen."

„Wovon du wieder träumst. Glaubst du, ich geh zu 'nem Auto, wo womöglich Verbrecher drinsitzen, und bring denen auch noch Tee, damit die mich dann schön aufgewärmt abmurksen können? Nee, nee, nee, da musst du schon einen anderen Wech finnen, um mich loszuwerden."

„Und woher willst du wissen, dass es Verbrecher sind?", fragte Egon mürrisch und schaltete einen anderen Fernsehsender ein.

„Je nu, wenn der Nachbar vergiftet wurde und hier dauernd die Polizei rumläuft, dann kann man ja wohl davon ausgehen, dass auch irgendwo Verbrecher sind. Müsstest du eigentlich wissen, sieht man ja immer im Fernsehen, dass da Verbrecher im Auto vor 'nem Haus stehen und es beobachten. Und ruckzuck sind alle, die drin sind, tot."

„Im Auto?"

„Nee, im Haus. Wo wohl sonst."

Egon brummte vor sich hin, während er weiterhin durch die Kanäle zappte. Nur wenig später hörte man aus seiner Ecke nur noch ein Schnarchen. Das Fernsehprogramm schien ihn nicht überzeugt zu haben.

„Ich glaub, nun streiten sie", sprach Ebeline ungeachtet ihres schlafenden Gatten weiter. „Vermutlich hat einer von denen keine Lust mehr, sich da was abzufrieren." Sie überlegte, ob sie wohl auch über Nacht bleiben würden. Irgendwann musste dann ja mal einer von denen aussteigen, spätestens wenn sie was zu essen brauchten oder aufs Klo mussten. „Nu, eins is mal sicher", murmelte sie vor sich hin, „das können sie bei mir vergessen. Müssen sich schon in die Büsche hocken."

Aber in welche? Sie linste mit zusammengekniffenen Augen die im Laternenlicht gelblich-orange glitzernde, verschneite Straße entlang. Alles, was es hier gab, waren mehr oder weniger gepflegte Vorgärten. Die Verbrecher würden ihr Geschäft doch wohl nicht … Nee, also das ging ja nun gar nicht! Sie würde sie schon verscheuchen, dieses Pack! Oder lieber doch nicht. Man wusste ja nie.

Ebeline war zutiefst empört, obwohl bisher noch nichts passiert war. Wütend blickte sie zum Haus ihrer Nachbarin Karolin Hermann hinüber. Warum unternahm die denn nichts gegen die Leute vor ihrem Haus? Sie konnte sich doch denken, dass die nur wegen ihr da waren. Und dass sie zu Hause war, das sah man ja an all den beleuchteten Zimmern, auch wenn sie an den meisten Fenstern die Vorhänge zugezogen hatte. Also, wenn sie, Ebeline, an ihrer Stelle gewesen wäre, dann hätte sie ja wohl längst die Polizei gerufen.

Ihr Blick fiel auf die Visitenkarte des Kommissars, die nach wie vor auf dem Wohnzimmertisch lag. David Büttner. Hm. Ob sie sich mal selbst darum kümmerte, dass die beiden Verbrecher verhaftet wurden? Sie rieb sich das Kinn und dachte nach. Das wäre vielleicht gar nicht so schlecht. Dann hätte sie endlich mal was zu gucken. Und die Frauen aus ihrer Häkelgruppe würden sicher nicht schlecht staunen, wenn sie ihnen erzählte, dass sie zwei Verbrecher gefasst hatte. Andererseits: Was, wenn die Ganoven dann auf sie aufmerksam wurden? Auch das sah man ja immer wieder im Fernsehen, dass die Zeugen dann als nächstes mit Ketten um Arme und Beine im Fluss landeten. Nee, das wollte sie ja nun auch nich, dass sie für ihre Nachbarin sterben würde. Das wäre ja wohl noch schöner. Aber wenn sie der Polizei nun sagen würde, dass sie anonym bleiben wolle, dann …

„Gibt's nu endlich mal Tee?" Egon hatte sein Nickerchen offensichtlich beendet.

„Nee."

Da! Ebeline rutschte aufgeregt auf ihrem Stuhl hin und her. Da! Im Nachbarhaus bewegte sich eine Gardine. „Siehst du, Egon", rief sie triumphierend, „ich hab doch gewusst, dass da jemand zu Hause ist! Bestimmt guckt die olle Hermann auch schon die ganze Zeit auf die Straße. Bestimmt hat sie die beiden Verbrecher in ihrem Auto längst bemerkt. Aber warum unternimmt sie nix gegen die?"

„Weil sie nich lebensmüde is, so wie du", brummte Egon.

„Lebensmüde? Aber ich mach doch gar nix! Und sehen können die mich auch nich." Vorsichtshalber rückte sie dennoch ein kleines Stück mit ihrem Stuhl vom Fenster weg.

„Natürlich können die dich sehen, hier ist doch der Fernseher an. Alles hell hier", behauptete Egon ungerührt.

„Und das sachst du erst jetzt? Willst du, dass die mich umbringen?"

Egon brummte irgendetwas Unverständliches und zuckte die Schultern, woraufhin Ebeline ihren Stuhl noch weiter zurückzog. Ganz aufgeben mochte sie ihren Logenplatz am Fenster dann aber doch nicht.

Sie warf einen Blick auf die Uhr. Nicht mehr lange bis zur Tagesschau. Sie hoffte, dass sich bis dahin da draußen was tat. Es war ja nicht auszuhalten, wenn die immer nur da im Auto saßen und aufs Haus der Nachbarin glotzten.

Wer war das?

Karolin Hermann zog vorsichtig die Gardine zurück. Nur ein ganz kleines Stück, denn auf gar keinen Fall wollte sie, dass jemand diese Bewegung wahrnahm.

Viel zu spät hatte sie die beiden Gestalten im Auto bemerkt, denn sie hatte den ganzen Nachmittag an ihrem Schreibtisch gesessen und Klausuren der Oberstufe korrigiert. Auch wenn sie sich derzeit nur ab und zu mal in der Schule blicken ließ, hatte sie doch das dringende Bedürfnis, sich mit etwas Sinnvollem zu beschäftigen. Als sie schließlich aufgehört hatte zu arbeiten, war sie in die Küche gegangen, um sich einen Tee zu kochen und eine Wärmflasche für ihre vom langen Sitzen kalt gewordenen Füße zu machen. Selbstverständlich hatte sie das Licht eingeschaltet, denn draußen war es zwischenzeitlich dunkel geworden. Die Vorhänge waren noch offen gewesen. Als sie dann dahinterkam, dass jemand ihr Haus beobachtete, war es eigentlich längst zu spät gewesen, um Vorsicht walten zu lassen. Dennoch hatte sie die Vorhänge geschlossen. Es gab einfach ein besseres Gefühl.

Karolin wusste nicht zu sagen, wann genau sie auf die Beobachter im Auto aufmerksam geworden war. Vermutlich war es irgendeine Bewegung gewesen, vielleicht ein Spiel der Schatten im Licht der Laternen. Jedenfalls waren sie ihr aufgefallen, und nach wenigen

Minuten hatte sie auch gewusst, warum. Weil es Winter war. Und weil der Motor ausgeschaltet war und sie auch nach einer halben Stunde keinerlei Anstalten machten, das Fahrzeug zu verlassen. Sie mussten also frieren. Es sei denn, das Fahrzeug verfügte über eine Standheizung. Was sie bezweifelte, denn die beiden Gestalten saßen dick vermummt und mit vor den Körpern verschränkten Armen da und rührten sich kaum, außer dass sie die Köpfe immer mal wieder in Richtung ihres Hauses drehten. Kaum anzunehmen also, dass sie nur dort saßen, weil sie im Geplauder die Zeit vergessen hatten. Sowas passierte bei diesen Temperaturen nicht.

Wie lange die beiden sich dort wohl schon aufhielten? Nach wie vor hoffte sie, dass es der Polizeischutz war, von dem David Büttner gesprochen hatte. Doch glaubte sie nicht wirklich daran, denn bestimmt hätte David ihr Bescheid gegeben, wenn er zwei Leute zu ihrer Überwachung abgestellt hätte. Oder wurde sie *be*wacht? Hatte er womöglich gemerkt, dass sie ihm nicht ganz die Wahrheit gesagt hatte, was diesen Pit Wessels anging?

Natürlich hatte er das, beantwortete sie sich sogleich selbst ihre Frage. Er war schließlich nicht auf den Kopf gefallen. Längst musste der Polizei klar sein, dass es Pit Wessels nie gegeben hatte. Zumindest nicht den, der angeblich an ihrem Haus vorbeigelaufen war. Wer dieser in Schwarz gekleidete Mann tatsächlich gewesen war, vermochte sie nicht zu sagen. Sie hatte ihn zum ersten Mal gesehen – soweit man das bei den vermummten Gestalten, die sich dieser Tage durch den Schnee arbeiteten, überhaupt sagen konnte.

Dass es aber irgendwo einen Pit Wessels gab, das

wusste sie ganz genau, denn sie hatte Clemens und Pit mal kurz zusammen gesehen und Clemens hatte ab und zu mal dessen Namen erwähnt. Vor allem wenn es ums Geld ging, über das Clemens ja leider nicht allzu üppig verfügen konnte. Anscheinend liefen seine Geschäfte doch nicht so gut, wie man anhand seiner ständigen Medienpräsenz hätte annehmen können.

Auf sein Einkommen angesprochen, hatte Clemens stets nur gesagt, er habe unterschiedliche Quellen, von denen die einen zuverlässig, die anderen weniger kalkulierbar sprudelten. Pit Wessels gehörte angeblich zur ersten Kategorie. Allerdings wusste Karolin nicht, warum ihr Lebensgefährte stets ein breites Grinsen auf dem Gesicht gehabt hatte, wenn er Pit erwähnte. Sie vermutete, dass er ein Geschäftspartner war, mit dem Clemens ein Coup gelungen war. Wenn Clemens grinste, ging es gemeinhin immer um Geld.

Aber eigentlich war es ihr auch egal, denn schließlich waren ihr Clemens' Vermögensverhältnisse stets völlig gleichgültig gewesen. Für sie zählte nur seine Anwesenheit, an die sie bis zu seinem Tod nie wirklich hatte glauben können, auch wenn er direkt vor ihr stand. Es war einfach ein Glücksfall gewesen, dass er sich auf sie, die unbedeutende und wenig schillernde Lehrerin, eingelassen hatte.

Als jetzt erneut jemand aus dem Auto zu ihr herübersah, wandte Karolin sich vom Fenster ab. Auch hatte sie das Gefühl, vom Nachbarhaus aus beobachtet zu werden, denn dort war im flimmernden Licht des Tag und Nacht laufenden Fernsehers ab und zu ein sich bewegender Schatten vor dem Fenster zu sehen. Und wenn sie nicht alles täuschte, hatte dieser Schatten die Umrisse ihrer ultraneugierigen Nachbarin Ebeline Nannen. Diese Frau war einfach die Pest.

Vermutlich hatte sie die Gestalten im Auto auch schon entdeckt und verfolgte nun ganz genau, was geschah. Nun, das war in diesem Fall ja vielleicht gar nicht so schlecht. Immerhin gab es dann eine Augenzeugin, falls sich aus der Observierung noch mehr entwickelte. Was Karolin nicht hoffte.

Mit einem mulmigen Gefühl im Bauch goss sie sich einen weiteren Tee auf. Ihre Wärmflasche, die sie die ganze Zeit über an sich presste, war noch warm.

Auch wenn sie das Gefühl hatte, die Kälte, die ihren Körper von innen her zerfraß, nie wieder vertreiben zu können, so tat der eine oder andere Tee doch gut. Er war Balsam nicht nur für den Körper, sondern auch für die Seele. Und genau das brauchte sie jetzt.

Sie ging ins Wohnzimmer, um sich aufs Sofa zu setzen, wählte hierfür jedoch einen Weg, auf dem man ihren Schatten von draußen nicht würde sehen können. Gerne hätte sie ihren Fernseher eingeschaltet, aber das hätte man vermutlich durch die Vorhänge, die nicht blickdicht waren, gesehen. Also nahm sie ihren E-Book-Reader in die Hand und blätterte ihre umfangreiche Bibliothek durch. Es war nichts dabei, was sie zu diesem Zeitpunkt interessierte. Sollte sie sich etwas Neues herunterladen? Sie schüttelte den Kopf. Nein. Vermutlich würde sie sich sowieso nicht auf einen Text konzentrieren können, ganz egal, was es für einer war.

Kurz dachte sie darüber nach, einfach bei der Polizei oder bei David Büttner anzurufen und nachzufragen, ob es sich bei dem mit zwei Personen besetzten Fahrzeug vor ihrem Haus um Kollegen handelte. Dann aber entschloss sie sich dagegen, denn schließlich wusste sie ja schon, wie die Antwort lauten würde. Zu ihrer Beruhigung aber würde die Gewissheit ganz sicher nicht beitragen.

Mit einem leisen Stöhnen stand sie auf. Jeder ihrer Muskeln tat weh, die Anspannung der letzten Tage hatte auch ihnen zugesetzt. Sie wollte gerade erneut aus dem Fenster sehen, als plötzlich das Läuten ihrer Klingel die Stille zerriss. Noch nie war ihr das eigentlich eher sanfte und dunkle Ding-Dong so laut und so bedrohlich erschienen.

Sie begann am ganzen Leib zu zittern, als sich das Läuten Sekunden später wiederholte und schließlich eine Stimme rief: „Frau Hermann? Ich weiß, dass Sie zu Hause sind. Bitte lassen Sie mich rein, ich muss mit Ihnen sprechen. Mein Name ist Pit Wessels."

26

Endlich Feierabend! Wenn nur die Pfützen nicht wären, die man ständig in irgendwelchen Räumen hinterließ. Zugleich betreten und entnervt schaute David Büttner auf die schmutzig-graue Lache, die sich bereits wieder unter seinen Stiefeln bildete, kaum dass er die Diele seines Hauses betreten hatte. Zu allem Überfluss kam nun auch noch sein Hund Heinrich freudig angesprungen, wirbelte ein paarmal um ihn herum und trug dann das mit Streusalz und Schotter durchsetzte Nass in die Küche. Gut gemeint war eben nicht immer auch gut gemacht. Pfotenspuren und graue Schlieren, wohin man nur schaute. Schön ging anders.

Seufzend schlüpfte Büttner in seine Hausschuhe, griff nach dem Wischer, den Susanne wohlweislich neben der Haustür platziert hatte, und wischte hinter Heinrich her, nachdem er zunächst die durch seine Stiefel entstandene Pfütze aufgenommen hatte.

„Wie war dein Tag?", fragte Susanne, als er, den Wischer immer noch vor sich herschiebend, in der Küche ankam, wo es bereits herrlich nach gebratenem Fleisch roch. „Ist spät geworden. Ermittlungsstress?" Sie wendete gerade ein paar Bratwürstchen in der Pfanne.

„Frag nicht. Ich habe das Gefühl, dass die Sache immer komplizierter wird. Jetzt beschuldigen sich unsere Verdächtigen schon gegenseitig, der Mörder zu sein", erwiderte Büttner müde und brachte den Wischer in die Diele zurück. Er zog die Tüte mit

Leckerlis aus dem Regal und warf Heinrich ein paar zu. Der flitzte und rutschte hinter ihnen her, als hätte er seit Tagen nichts zu fressen bekommen. Büttner wunderte sich immer, dass Heinrich so viel fressen konnte, wie er wollte, und dennoch nicht an Gewicht zunahm. Susanne meinte mal, es könne daran liegen, dass Heinrich einfach mehr Gelegenheiten wahrnehme als er, die aufgenommenen Kalorien wieder zu verbrennen. Über den in diesen Worten versteckten Vorwurf – oder sollte es gar eine Aufforderung sein? – hatte Büttner dann lieber nicht genauer nachgedacht.

„Hast du denn inzwischen mit Karolin gesprochen?", fragte Susanne, während sie nun zwei Teller und Besteck auf den Tisch stellte. „Möchtest du ein Glas Wein zum Essen?"

„Ja und ja. Ich war heute bei ihr. Sie fühlt sich verfolgt."

„Verfolgt? Von wem?" Susanne hielt in der Bewegung inne und sah ihn alarmiert an.

„Sagt dir der Name Pit Wessels was?"

„Nie gehört. Oder …" Susanne zog nachdenklich die Brauen zusammen. „Irgendwo habe ich den Namen schon mal gelesen. Aber in welchem Zusammenhang? Was macht der denn?"

„Er war der Lebensgefährte von diesem männlichen Model, das zuvor mit Conradi liiert war." Büttner konnte sich partout nicht an den Namen des Models erinnern. Ludwig? Ludger?

„Du meinst Luis Gandler", half ihm seine Frau, wie immer gut informiert, auf die Sprünge.

„Luis. Richtig. Der französische Ludwig."

„Der französische Ludwig?" Susanne sah ihn fragend an.

„Egal. Hab nur laut gedacht. Also, ja, Pit Wessels. Du hast also von ihm gelesen? Die Lebensgefährtin von Hasenkrug und meine Kollegin Sophie Reimers waren ganz gut über ihn und seine Beziehung informiert, schien mir."

„Und was sagen sie?"

„Dass Wessels und Gandler gut zusammengepasst haben. Und dass sie keine Ahnung haben, warum Gandler sich das Leben nahm."

„Ja, das war tragisch damals", nickte Susanne und trug das Essen auf, während ihr Mann Wein einschenkte.

„Du hast es verfolgt?"

„Ja, natürlich, man kam damals doch gar nicht an dieser Geschichte vorbei. Was ist denn nun mit diesem Pit Wessels? Ist er wieder in Erscheinung getreten?"

„Ja." Büttner überlegte, ob er seiner Frau gegenüber erwähnen sollte, dass Wessels am Nachmittag im Kommissariat gewesen war. Dann aber entschied er sich dagegen. So gerne er auch mit Susanne konkreter über den Fall gesprochen hätte, so konnte er doch nicht mit ihr über Ermittlungsergebnisse plaudern, wie es ihm gerade gefiel. Nicht nur einmal war solch eine Plauderei aus dem Nähkästchen Polizisten später zum Verhängnis geworden. „Karolin scheint ihn zu kennen. Ich bin mir nur nicht sicher, wie gut", sagte er daher nur. „Weißt du was darüber?"

„Karolin und Pit Wessels?" Susanne schüttelte den Kopf. „Nein. Ich wüsste auch nicht, wo da Bezugspunkte sein sollten. Ist doch schon alles so lange her, und sie und Conradi kannten sich doch erst seit Kurzem. Aber was ist denn mit der toten Frau?

Hatte die vielleicht Verbindungen zu Wessels?"

„Sieht so aus. In diesem Fall scheint jeder Beziehungen zu jedem zu haben. Allerdings nicht immer im positiven Sinne. Was die Sache nicht eben einfacher macht." Büttner häufte sich Bratwürste, Sauerkraut und Kartoffelbrei auf seinen Teller und begann zu essen. „Danke schön", sagte er nach ein paar Gabeln voll und lächelte seiner Frau zu, „es schmeckt wunderbar."

„Aber Karolin habt ihr nicht konkret in Verdacht, etwas mit den Morden zu tun zu haben." Susanne formulierte diesen Satz mehr als Feststellung denn als Frage. „Sie gehört ja schließlich gar nicht zu dieser Szene. Scheint mir sowieso eher eine ältere Geschichte zu sein, die da aufgearbeitet wird. Irgendwer, der irgendwem irgendwann mal aufs Füßchen getreten ist. Sind doch alles Sensibelchen in der Modebranche."

Statt einer Antwort zuckte Büttner nur mit den Schultern und ließ sich ein weiteres Stück der wunderbaren Bratwurst schmecken.

„Hallo? David? Höre ich aus deinem Schweigen etwa heraus, dass Karolin sehr wohl auf eurer Liste steht? Das kann wohl kaum dein Ernst sein. Karolin könnte keiner Fliege etwas zuleide tun."

Büttner seufzte und ließ die Gabel, die er gerade zum Mund führen wollte, sinken. „Susanne, du weißt, dass ich eigentlich gar nicht über den Fall sprechen dürfte. Ganz bestimmt werde ich hier nicht die Liste unserer Verdächtigen offenlegen." Zu gerne hätte er ihr von der offensichtlich bewusst falschen Beschuldigung Karolins gegen Pit Wessels erzählt. Einmal mehr musste er sich auf die Zunge beißen, um es nicht zu tun. „Bitte frag nicht weiter nach, okay?"

„Entschuldige. Du hast ja recht. Noch eine Wurst?"

„Ja. Gerne. Sie schmecken fantastisch."

„Alles bio." Seit ihr Mann in einem seiner Fälle mit dem Thema Massentierhaltung konfrontiert worden war, gab es im Hause Büttner kein Fleisch aus konventioneller Haltung mehr, da blieb Susanne strikt. „Wolfgang macht sich übrigens Hoffnung, dass Karolin zu ihm zurückkommt, jetzt, da Conradi tot ist."

Erneut ließ Büttner seine Gabel sinken. „Mir scheint, er lebt nicht ganz in der Realität", sagte er. „Worauf stützt er denn seine Hoffnung?"

„Angeblich habe Karolin bereits solche Andeutungen gemacht."

„Das würde mich wundern. Mir kommt sie derzeit eher so vor, als wisse sie überhaupt nicht, wo sie steht. Du solltest Wolfgang den Quatsch ausreden."

„Ich hab's versucht." Susanne nippte an ihrem Wein. „Ganz diplomatisch natürlich. Aber er schien von dem Gedanken ganz besessen zu sein. Ich glaube, er liebt sie wirklich."

„Hoffentlich benimmt er sich nun nicht wie ein Elefant im Porzellanladen", meinte Büttner. „Karolin braucht Zeit, das Erlebte zu verarbeiten. Und ich glaube kaum, dass Wolfgang der richtige Ansprechpartner ist, wenn es darum geht, sie dabei zu unterstützen."

„Er wollte heute Abend zu ihr fahren."

„Warum das denn?"

„Er sucht ihre Nähe."

„Na, wenn er sich da mal nicht die Finger verbrennt." Büttner schüttelte verständnislos den Kopf. „Man sollte annehmen, der Kerl sei mit seinen mehr als sechzig Lebensjahren der Weisheit ein ganzes Stück nähergekommen, aber tatsächlich benimmt er sich wie ein liebeskranker Teenager."

„Verliebt sein ist eine psychische Ausnahmesituation, vergiss das nicht. Selten hat jemand in diesem Zustand rational gehandelt."

„Aber in diesem Fall, in dem das Verliebtsein mit zwei Morden einhergeht, von denen einer auch noch den Lebensgefährten seiner Angebeteten traf, sollte Wolfgang ein wenig mehr Fingerspitzengefühl beweisen", ließ Büttner sich nicht beirren.

„Er ist ja schon groß und wird wissen, was er tut", nahm Susanne ihren Kollegen in Schutz.

„Und genau das möchte ich bezweifeln. Ich …" Büttner kam nicht dazu, seinen Satz zu beenden, da sein Handy, das er auf den Tisch gelegt hatte, anfing zu schrillen. Die Nummer, die es anzeigte, kannte er nicht. Am liebsten hätte er es einfach ignoriert, doch da es sein Diensthandy war und er mitten in einer Mordermittlung steckte, wäre das sicherlich keine gute Idee. Man wusste schließlich nie. „Büttner", meldete er sich daher nach einem entnervten Blick zu seiner Frau, die ihn nur mitleidig ansah.

„Moin, Frau Nannen." Büttner kramte in seinem Gedächtnis, wo ihm der Name schon mal begegnet war. Beim nächsten Satz seiner Gesprächspartnerin aber fiel es ihm wie Schuppen von den Augen und er verzog gequält das Gesicht.

„Mein Egon sachte auch, dass ich Sie besser anrufe. Kommt ja nich so oft vor, dass hier Leute stundenlang im Auto sitzen und dann ins Haus gehen. Sind bestimmt Verbrecher, meint nu auch mein Egon, obwohl er davon erst gar nix wissen wollte."

„Mal langsam, Frau Nannen. Wer geht in welches

Haus und warum?"

„Tja, da fragense mich was."

„Vielleicht erzählen Sie einfach mal der Reihe nach, was Sie beobachtet haben. Geht es um Ihre Nachbarin Karolin Hermann?" Büttner bemerkte, dass seine Frau bei diesem Namen aufhorchte und ihn mit gerunzelter Stirn ansah.

„Ja, sicher geht es um die. Um wen denn wohl sonst? Schließlich wird ja bei der gemordet. Also: Da saßen heute den ganzen Abend zwei Leute vor ihrem Haus. Stundenlang, also so zwei oder drei Stunden, haben die da im Auto gesessen und sich was abgefroren. Mein Egon sachte, ich soll ihnen Tee rausbringen, aber …"

„Frau Nannen, die Kurzfassung, bitte."

„Ach so. Ja. Also, die saßen da stundenlang im Auto und dann, vor zehn Minuten ungefähr, sind beide zum Haus gelaufen und haben geklingelt."

Büttner horchte auf. „Sie haben bei Karolin Hermann an der Tür geklingelt?"

„Jo. Also einer von denen, nich beide. Und sie hat dann aufgemacht. Also die Hermann. Reingegangen sind sie dann beide."

„Sie hat aufgemacht? Kannte sie die beiden denn?" Büttner fragte sich, ob eine der beiden Personen Wolfgang sein konnte. Aber warum sollte der zuvor stundenlang vor dem Haus herumlungern? Zumal bei der Kälte?

„Woher soll ich das wohl wissen, wen die kennt und wen nich?"

„Da haben Sie auch wieder recht. Sind sie denn inzwischen wieder rausgekommen?"

„Nee. Da tut sich nix. Kann ja leider auch nich reingucken in das Haus. Die hat die Vorhänge zugezogen." Ebeline Nannens Stimme war anzuhören, dass sie diese Tatsache sehr bedauerte.

„Können Sie mir das Autokennzeichen nennen?"

Für eine Weile war lediglich ein etwas angestrengtes Keuchen in der Leitung zu hören, dann sagte Ebeline Nannen ein wenig außer Atem: „Nee. Kann ich nich erkennen. Is zu weit wech."

Büttner stellte sich bildlich vor, wie die Frau sich vor dem Fenster den Hals verrenkte. Doch warum strengte es sie so an? Eigentlich müsste sie doch im Training sein, dachte er. „Und Sie sind sich sicher, dass die da mehrere Stunden im Auto gesessen haben?", hakte er nach.

„Natürlich bin ich mir sicher", kam es schmollend zurück. „Oder denken Sie vielleicht, ich guck nich richtig hin?"

„Nein. Genau das hatte ich eigentlich nicht angenommen."

„Siehste."

„Aber das Kennzeichen können Sie nicht erkennen."

„Nee. Sach ich doch."

„Wäre es zu viel verlangt, wenn Sie mal nach draußen gehen und nachsehen würden?"

Büttner hörte Ebeline Nannen nach Luft schnappen. „Soll ich mich von denen vielleicht abmurksen lassen?", fragte sie empört und mit sich überschlagender Stimme. „Na, Sie sind mir ja mal 'n doller Polizist! Schickt ehrliche und rechtschaffene Leute aufs … hm … Egon, wie heißt das noch mal, wo man dann den Kopp abkriecht?"

„Schafott", erklang es dumpf aus dem Hintergrund.

„Jo. Schafott. Oh, wartense mal."

239

Büttner hörte, wie das Telefon am anderen Ende offensichtlich beiseitegelegt wurde. Für eine ganze Weile war nun nichts zu hören außer Rascheln und Rumpeln. Gerade überlegte er sich, ob sie ihn vergessen hatte und er einfach auflegen sollte, als eine schnaufende Stimme verkündete: „So. Ich hab's. Egon hatte das natürlich wieder dahin gepackt, wo es gar nich hingehört."

„Würden Sie mir verraten, um was es sich dabei handelt?"

„Na, 'n Fernglas natürlich. Was 'n wohl sonst? Ich guck mal. Moment."

Büttner musste zugeben, dass die Idee, das Autokennzeichen mit dem Fernglas entschlüsseln zu wollen, gar nicht die schlechteste war. Darauf hätte er auch selbst kommen können.

„So. Hammse denn was zum Schreiben?"

„Kleinen Moment, bitte." Büttner stand auf und ging in sein Arbeitszimmer. „Ja, jetzt hab ich was zum Schreiben. Schießen Sie los!"

„Is ein Auricher Auto. Ich frach mich ja, was die hier ganz in Emden machen. Aber na ja." Sie nannte ihm das Kennzeichen.

„Vielen Dank, Frau Nannen."

„Und was machen Sie nu damit?"

„Meinen Job", antwortete Büttner. „Noch mal vielen Dank, dass Sie mir Bescheid gegeben haben, Frau Nannen. Ich wünsche Ihnen und Egon noch einen angenehmen Abend."

„Krich ich jetzt den Finderlohn? Ähm …" Ihre Stimme wurde dumpf und sie rief: „Oder wie heißt das noch gleich, Egon?"

„Belohnung", brummte der.

„Krich ich jetzt wohl die Belohnung?" Ebeline

Nannen klang nun ganz aufgeregt.

„Tut mir leid, aber eine Belohnung ist auf die Ergreifung des Täters nicht ausgesetzt", antwortete Büttner amüsiert und ging in die Küche zurück.

„Und wie wollense den dann kriegen?"

„Indem die Leute so achtsam sind wie Sie, Frau Nannen."

„Pfffff", erklang es durch den Hörer, „davon kann ich mir nix kaufen. Aber nu haltense mich mal nicht für neugierich, Herr Wachtmeister, wenn ich nu frage, ob ..."

„Davon bin ich weit entfernt. Gute Nacht, Frau Nannen." Büttner drückte die rote Taste.

„Ist irgendwas mit Karolin?", fragte Susanne besorgt. Sie hatte zwischenzeitlich einen Kaffee gemacht und stellte ihn auf den Tisch. „Falls du noch mal los musst."

„Das wäre gut möglich", meinte Büttner und schob mit einem bedauernden Blick sein Weinglas beiseite. „Entschuldige, aber ich muss gerade mal eine Halterabfrage machen lassen." Er nahm erneut sein Handy zur Hand und rief die Kollegen an. „Miriam Bohnekamp, sagen Sie?", fragte er nur wenig später. Wer war denn das nun wieder? Und was hatte sie mit Karolin Hermann zu tun? „Okay, danke. Ja. Kein Problem."

„Wer ist Miriam Bohnekamp?", fragte Susanne.

„Ich habe keine Ahnung." Büttner drückte auf die Kurzwahlfunktion und rief dann seinem wenig begeistert klingenden Assistenten entgegen: „Hasenkrug, ich brauche Sie. Kommen Sie sofort zum Haus von Karolin Hermann! Und bringen Sie ein paar Kollegen mit!"

27

Die Straße lag friedlich da, der Schnee fiel in dicken Flocken. Als David Büttner aus dem Auto stieg, schaute er die verwaiste Straße hinauf und hinab. Nichts deutete darauf hin, dass hier irgendetwas anders war als sonst. Prüfend schaute er auf das Fahrzeug, das direkt vor dem Haus Karolin Hermanns stand, und glich das Kennzeichen mit seinen Notizen ab. Miriam Bohnekamp. Bisher hatte er keinerlei Ahnung, um wen es sich bei dieser Frau handelte. In der Kartei der Polizei gab es keinen Eintrag zu ihr.

Gerade als er einen Blick auf die Plaketten des Nummernschildes werfen wollte, bogen zwei Autos um die Ecke und erfassten ihn mit ihren Lichtkegeln. Er legte schützend den Arm über seine Augen, denn der Schnee reflektierte das Licht auf unangenehme Weise. Es waren Hasenkrug und ein paar Kollegen im Streifenwagen. Sie fuhren ihre Fahrzeuge schräg zur Fahrtrichtung auf den Bürgersteig, wobei sie die eine oder andere Schneewehe umpflügten.

„Was gibt's?", fragte Hasenkrug. Als ihn eine Windböe erfasste, schloss er rasch den Reißverschluss seiner Jacke. Büttner fragte sich, ob seinem Assistenten aufgefallen war, dass sein dunkelblauer Pullover von einem weiß-gelblichen Fleck markiert wurde und etwas säuerlich roch. Vermutlich hatte seine Tochter noch kurz vor Papas Abfahrt ihr Bäuerchen gemacht.

„Ich bekam einen Anruf von der Nachbarin." Büttner deutete mit dem Kopf in Richtung des

Hauses der Nannens. „Dieses Fahrzeug hier", sein Kopf drehte sich zu besagtem Auto, „steht angeblich schon seit einigen Stunden hier. Die ganze Zeit über war es mit zwei Personen besetzt, die wohl das Haus von Karolin Hermann beobachteten."

„Bei der Kälte?" Hasenkrug schlug fröstelnd die Arme zusammen und auch die Kollegen in Uniform schüttelten ungläubig den Kopf.

„Vor rund einer Stunde sind sie schließlich ausgestiegen, haben bei Karolin Hermann geklingelt und befinden sich seither bei ihr im Haus."

„Sie hat sie reingelassen?"

„Offensichtlich."

„Und dann?"

„Ich habe keine Ahnung. Da drinnen kann derzeit praktisch alles Mögliche passieren. Auf keinen Fall aber wollte ich angesichts der Umstände versäumen, mal nachzusehen", erwiderte Büttner.

„Wem gehört das Fahrzeug?", wollte Hasenkrug wissen.

„Einer gewissen Miriam Bohnekamp. Sagt Ihnen der Name was?"

„Nee. Nie gehört. Ist sie schon mal auffällig geworden?"

„Nein. Kein Eintrag. Sie ist in Greetsiel gemeldet."

„Greetsiel?" Hasenkrug sah seinen Chef aufmerksam an. „Könnte mit dem Mord an Katja Lürssen in Zusammenhang stehen."

„Könnte. Muss aber nicht."

„Hm. Und jetzt?"

„Wir beide werden jetzt an der Haustür klingeln, während die vier Kollegen sich bitte um das Haus herum postieren und die Ausgänge sichern." Mit einem Blick auf deren Schuhwerk murmelte er:

„Sorry, könnte eine nasskalte Angelegenheit werden. Ich hoffe aber, dass wir uns hier nicht allzu lange aufhalten werden." Er bedeutete ihnen auszuschwärmen, dann machte er sich in Richtung Haustür auf den nach wie vor nicht geräumten Weg.

Während er mit Hasenkrug dem Hauseingang zustrebte, warf Büttner einen Blick auf das Nachbarhaus. Ebeline Nannen schien es egal zu sein, ob man sie sah, denn sie hatte sich für jedermann sichtbar an einem der Fenster im Erdgeschoss postiert und winkte nun sogar zu ihnen herüber. Sogar Egon stand neben ihr und beobachtete regungslos das Geschehen.

„Die beiden scheinen das Ganze hier für ein Abenteuer zu halten", brummte Büttner und wandte grußlos seinen Blick ab. „Ich hoffe nur, dass sie vernünftig genug sind, um im Haus zu bleiben."

„Sind das die Nachbarn, die die Meldung gemacht haben?", fragte Hasenkrug.

„Ja. Egon und Ebeline Nannen. Ganz reizende Menschen, solange sie nicht den Mund aufmachen."

Sie waren an der Haustür angekommen. Hasenkrug legte sein Ohr an die Tür, von drinnen aber waren keine Geräusche zu hören. Er drückte die Klingel dreimal nacheinander, doch immer noch passierte nichts.

„Sie müssen da sein", brummte Büttner. „Beide Fahrzeuge sind da. Kaum anzunehmen, dass sie gemeinsam einen Spaziergang machen." Er klopfte kräftig an die Tür. „Karolin", rief er, „bist du da? Ich bin's, David. Wenn du da bist, mach doch bitte auf!" Wieder keine Reaktion.

„Gefahr im Verzug?", fragte Hasenkrug.

„Aber sowas von", nickte Büttner.

244

Hasenkrug griff in die Tasche und holte einen Dietrich hervor. „Das Schloss ist keine Herausforderung", stellte er fest, und tatsächlich knackte es schon bald und die Haustür sprang auf.

„Wenn man Sie bei der Polizei nicht mehr braucht, könnten Sie problemlos zur Gegenseite wechseln. Ich könnte Ihnen ein Empfehlungsschreiben aufsetzen. Nur so ein Vorschlag", meinte Büttner leise, hob dann jedoch den Zeigefinger vor den Mund. Natürlich hatte man sie durch das Klingeln längst wahrgenommen, doch war es immerhin möglich, dass niemand das Klacken des Schlosses bemerkt hatte.

Hasenkrug zog seine Waffe und grunzte ungehalten, als sein Chef ihm mit einer Geste bedeutete, dass er seine Dienstpistole mal wieder nicht dabei habe. Auf leisen Sohlen schlichen sie Richtung Wohnzimmer, wobei sie vorsichtig in die Räume spähten, an denen sie vorbeikamen. Zu hören oder gar zu sehen war jedoch nach wie vor nichts. Hatten in der Zwischenzeit womöglich alle das Haus verlassen? Nein, gab sich Büttner selbst die Antwort. Denn wenn es so wäre, dann hätte Ebeline Nannen sie gesehen und ihm gewiss Bescheid gesagt.

Beim Wohnzimmer angekommen, lauschte Büttner an der Tür. Er meinte, ein leises Rascheln zu hören, und ein Blick auf seinen Assistenten sagte ihm, dass auch der es gehört hatte. Sich vergewissernd, dass Hasenkrug die Waffe nach wie vor einsatzbereit hielt, stieß Büttner mit Schwung gegen die nur angelehnte Flügeltür, die zunächst geräuschlos nach innen aufschwang, dann jedoch scheppernd gegen die Wand schlug. „Polizei!", rief er gleichzeitig. „Nehmen Sie die Hände hoch!" Als er und Hasenkrug mit einem Satz nach vorne sprangen, trafen sie auf zwei Personen, die, eng aneinandergeschmiegt und die Arme über den Kopf gehoben, auf dem Sofa saßen und sie so scheu wie von Scheinwerfern geblendete Kaninchen anstarrten.

„Moin, Herr Wessels", sagte Büttner, während Hasenkrug seine Waffe auf die beiden richtete. Er sah sich im Raum um. „Wo ist Frau Hermann?"

„Wir … wir … wollten das nicht", stammelte die Büttner unbekannte Begleiterin von Pit Wessels. Sie zitterte am ganzen Leib, ihr Gesicht war schreckensbleich.

„Was wollten Sie nicht?", fragte Büttner, aufs Höchste alarmiert. Aus seiner Erfahrung heraus wusste er, dass dieses *Wir wollten das nicht* gemeinhin eine Aussage war, die nicht selten auf eine jüngst passierte Katastrophe hindeutete. Prompt spürte er, wie sich sein Magen nach oben stülpte. War Karolin etwas passiert?

„Wo ist Frau Hermann?", brüllte unterdessen Hasenkrug und sah sich konzentriert um, ohne jedoch seinen Platz nahe der Tür zu verlassen. Er zeigte mit der Waffe erst auf Pit, dann auf die junge Frau. „Wo. Ist. Frau. Hermann?", artikulierte er dann in militärischem Stakkato.

Während sich Pit Wessels nicht regte, sondern nur mit weit aufgerissenen Augen in die Mündung von Hasenkrugs Waffe starrte, deutete seine Begleiterin mit ängstlich gesenktem Kopf auf die Küche. „Wir wollten das nicht", wiederholte sie heiser.

Büttner lief schnellen Schrittes in Richtung Küche und hoffte sehr, dass ihn dort nicht das erwartete, was er befürchtete. Doch er wurde enttäuscht. Auf dem nackten Fliesenboden lag, der Länge nach ausgestreckt und mit geschlossenen Augen, Karolin

Hermann. So friedlich, wie sie dalag, hätte man glatt annehmen können, sie würde schlafen. Das Messer, das in Höhe ihrer Schultersteckte, und die Blutlache, in der sie lag, sprachen jedoch eine andere Sprache.

„Karolin?" Büttner verscheuchte mit einem tiefen Atemzug die aufkommende Übelkeit und beugte sich über die Kollegin seiner Frau. Er legte seine Finger an deren Halsschlagader und atmete erleichtert auf. Sie lebte. Zumindest noch ein bisschen. Rasch zog er sein Handy aus der Tasche und orderte einen Rettungswagen. Dann riss er das Fenster auf und plärrte nach draußen: „Die Kollegen bitte alle mal reinkommen!"

Es dauerte nur wenige Minuten, bis Pit Wessels und seine ständig *Oh mein Gott, das wollten wir doch nicht* stammelnde Begleiterin abgeführt wurden. Kurz hatte Büttner überlegt, noch vor Ort die erste Vernehmung durchzuführen, sich dann jedoch dagegen entschieden. Die beiden würden die Nacht auf Staatskosten in der Zelle verbringen, und am nächsten Tag würden sie sie durch die Mangel drehen. Er hatte an diesem Abend keine Lust mehr auf sie und ihr Gejammer. „Wurden die Personalien festgestellt? Wissen wir, wer die Frau bei Pit Wessels ist?", fragte er Hasenkrug.

„Ja. Merle Gandler."

„Gandler?" Büttner kratzte sich nachdenklich an der Schläfe. „Hieß so nicht auch der Lebensgefährte von Wessels?"

„Exakt. Sie ist seine Schwester."

„Na, da guck mal einer an. Also doch späte Rache?"

„Sieht fast danach aus."

„Na, da bin ich mal auf die Erklärungen gespannt,

die die beiden uns morgen liefern werden. Wie geht es Frau Hermann?", fragte er dann an den Notarzt gewandt, der inzwischen eingetroffen und nun dabei war, der nach wie vor bewusstlosen Karolin einen Zugang zu legen.

„Sie hat viel Blut verloren. Ob schwerwiegende innere Verletzungen vorliegen, kann ich noch nicht sagen. Ist aber bei der Position des Messers eher unwahrscheinlich. Und andere Stichwunden sehe ich nicht. Wir müssen abwarten. Auf jeden Fall muss sie so schnell wie möglich in die Klinik." Er bedeutete seinen Sanitätern, sie auf die Trage zu legen und zum Rettungswagen zu bringen. „Wir werden Sie auf dem Laufenden halten", sagte er und verschwand.

„Puh!" Nachdem alle weg waren, ließ sich Büttner aufs Sofa fallen und rieb sich müde übers Gesicht. „Da bin ich aber wirklich mal gespannt, was uns morgen bei den Vernehmungen der beiden erwartet. Kommen hier rein und stechen auf Karolin ein. Wer glaubt denn sowas!"

„Es erscheint mir sehr wahrscheinlich, dass wir mit ihnen auch die Mörder von Clemens Conradi und Katja Lürssen festgesetzt haben", meinte Hasenkrug. „Das wäre doch zumindest mal ein Ermittlungserfolg."

„Zu einem hohen Preis", stöhnte Büttner und meldete Selbstzweifel an. „Womöglich hätten wir das alles verhindern können, wenn wir früher dagewesen wären."

„Wäre das denn möglich gewesen? Ich meine, wussten Sie denn früher, dass die beiden hier sind?"

„Nein. Ich hatte es gerade erst am Telefon von Ebeline Nannen erfahren und hab Sie dann direkt angerufen."

„Sehen Sie. Mehr als schnell sein können auch wir nicht", zuckte Hasenkrug gelassen die Schultern und ließ sich nun seinerseits in einen Sessel sinken. „Ist das die verstorbene Schwester von Frau Hermann?", fragte er und deutete auf ein Foto, auf dem eine lachende junge Frau abgebildet war, die Karolin ähnlich sah.

„Gut möglich", antwortete Büttner, sah aber nur flüchtig hin. „Ich hatte überlegt, Karolin unter Polizeischutz zu stellen", kam er dann wieder aufs Thema zurück. „Hätte ich es getan, wäre das alles nicht passiert. Schließlich hatte sie mir gesagt, dass Wessels sie beobachtet."

„Was nachweislich nicht stimmte", gab Hasenkrug zu bedenken. „Zumindest nicht für den Zeitpunkt, den sie angab. Kein Grund also, hier vorm Haus gleich die Kavallerie auflaufen zu lassen."

„Was mir ein wenig Kopfzerbrechen bereitet", meinte Büttner und rieb sich die Stirn, „ist die Frage, warum die beiden immer noch hier saßen. Warum sind sie nicht abgehauen? Und wenn sie die schweren Verletzungen von Karolin wirklich nicht beabsichtigt hatten, wie die junge Lady nicht müde wurde zu betonen, warum haben sie dann keinen Rettungswagen gerufen?"

„Das habe ich mich auch schon gefragt", nickte Hasenkrug.

„Und zu welchem Ergebnis sind Sie gekommen?"

„Zu gar keinem. Ich bin genauso ratlos wie Sie."

„Na, Sie sind mir ja eine tolle Hilfe", brummte Büttner.

Hasenkrug stand auf. „Also sollten wir die morgigen Vernehmungen abwarten und jetzt nach Hause gehen."

„Aber warum klingeln sie an der Haustür, als würden sie nur zu Besuch kommen?", ließ Büttner nicht locker. „Und vor allem: Warum lässt Karolin sie einfach rein?"

„Vielleicht haben sie sie überrumpelt, sobald die Tür offen war", schlug Hasenkrug vor.

„Nein. Normalerweise checkt sie erst am Fenster, wer vor ihrer Tür steht. Das hat sie bei mir auch gemacht. Und die beiden lässt sie einfach so ins Haus spazieren? Warum?"

„Keine Ahnung. Ich hoffe nur, dass heute keine Hiobsbotschaften mehr kommen." Büttner bemühte sich nicht, ein Gähnen zu unterdrücken. „Ich möchte meiner Frau ungern beibringen, dass ihre Kollegin gestorben ist, weil wir zu spät da waren."

„Wir waren nicht zu spät da", seufzte Hasenkrug, „weil wir gar nicht früher hätten kommen können."

„Wenn sie unter Polizeischutz …"

Hasenkrug hob abwehrend die Hand. „Es ist alles richtig gelaufen, okay? Jetzt bitte kein Selbstmitleid."

„Am besten wird sein, ich gehe jetzt ins Bett." Büttner klopfte sich entschieden auf die Oberschenkel und stand auf. „Morgen sieht die Welt bestimmt ganz anders aus."

„Wie das denn?" Hasenkrug zog eine Grimasse und wandte sich zum Gehen. „*Always the same shit.* Steht schon auf meiner Kaffeetasse."

„Genau das wollte ich jetzt hören, Hasenkrug", brummte Büttner.

28

David Büttner war nicht entgangen, dass seine Frau die ganze Nacht kaum geschlafen und sich unruhig im Bett hin und her gewälzt hatte. Zu schockiert war sie gewesen, als er ihr erzählte, was mit ihrer Kollegin Karolin passiert war. Entsprechend gerädert fühlte auch er sich an diesem Morgen. Nach zwei Tassen starkem Kaffee aber hatte er immerhin das Gefühl, den Tag irgendwie überstehen zu können, auch wenn es gewiss kein leichter werden würde.

Sein erstes Telefonat an diesem Morgen führte er mit dem Krankenhaus, um zu erfahren, wie es Karolin in der Nacht ergangen war. Er atmete erleichtert auf, als der Arzt ihm mitteilte, dass alles schlimmer ausgesehen habe, als es letztlich gewesen sei. So habe Karolin zwar viel Blut verloren, doch seien durch den Stich in Schulterhöhe keine schwerwiegenden oder gar lebensgefährlichen Verletzungen verursacht worden. Gut sei es gewesen, so der Arzt, dass man das Messer habe stecken lassen, denn ansonsten wäre der Blutverlust womöglich wirklich lebensbedrohlich geworden. Es sei damit zu rechnen, dass Karolin schon bald aus der Klinik entlassen werden könne.

„Und?", fragte Susanne angespannt, als ihr Mann das Handy beiseitelegte. Sie hatte sich lustlos ein Marmeladenbrot geschmiert, das sie danach jedoch nicht mehr anrührte.

„Daumen hoch", antwortete der. „Keine schwerwiegenden Verletzungen. Sie wird schon bald wieder hergestellt sein."

Susanne atmete tief durch und griff nach ihrem Marmeladenbrot. „Das ist gut. Dann wird sicherlich auch niemand etwas dagegen haben, wenn ich sie heute nach der Schule im Krankenhaus besuche."

„Das denke ich auch", stimmte Büttner ihr zu. „Bestimmt freut sie sich, wenn sie jemand ein wenig aufmuntert. Natürlich werden wir sie heute befragen müssen, aber du siehst ja dann, ob wir da sind oder nicht. Gegebenenfalls musst du einen Augenblick warten."

„Kein Problem." Susanne nahm einen Bissen von ihrem Brot und spülte ihn mit einem Schluck Kaffee hinunter. „Wo war eigentlich Wolfgang gestern Abend? War er noch bei ihr, als ihr kamt?", fragte sie dann.

„Wolfgang?" Erst jetzt fiel Büttner wieder ein, dass Susanne ihn am gestrigen Abend erwähnt hatte. „Keine Ahnung. Er war nicht da, als wir eintrafen."

„Komisch. Dann hat sie ihn vielleicht doch nicht ins Haus gelassen, wie er es erhofft hatte."

„Möglich. Aber das ist auch nicht das, was mich derzeit interessiert." Büttner nahm einen letzten Schluck Kaffee und warf einen Blick auf die Uhr. „Wird Zeit, dass ich ins Büro komme. Hasenkrug wartet sicherlich schon auf mich."

„Und sieh zu, dass dieser Pit Wessels lange hinter Gitter kommt!", rief Susanne ihm hinterher. „Bevor der noch mehr Menschen umbringt!"

„Mal sehen", nuschelte Büttner mehr zu sich selbst. Sein Gefühl sagte ihm, dass hier das letzte Wort noch nicht gesprochen war.

„Wen nehmen wir zuerst?", fragte Sebastian Hasenkrug, kaum dass sein Chef das Büro betreten hatte.

„Sie können es wohl gar nicht erwarten", bemerkte Büttner und ging zu seinem Schreibtisch. „Zunächst einmal brauche ich eine kleine Stärkung. So viel Zeit muss sein." Er zog einen Schokoriegel aus der Schublade.

„Ich hätte den Fall nur gerne schnell abgeschlossen", erwiderte Hasenkrug, der sich die Hände an einer Tasse Kaffee wärmte. „Mara ist nicht ganz auf dem Damm und hat die ganze Nacht geschrien. Tonja ist völlig erschöpft."

„Sie glauben doch wohl nicht an ein Geständnis?"

„Doch, sicher. Die Sache dürfte klar sein. So verschreckt, wie die beiden gestern waren, dürfte es doch ein Leichtes sein …"

„Mir scheint, Sie sind da etwas vorschnell", unterbrach Büttner ihn und unterstrich seine Worte mit einer Geste. „Wenn Sie mich fragen, dann ist noch gar nichts klar." Er knüllte das Papier seines Schokoriegels zusammen und platzierte es treffsicher im Papierkorb. „So. Und deswegen legen wir jetzt los. Zuerst würde ich gerne mit Merle … ähm …"

„Gandler."

„Mit Merle Gandler sprechen. Sie schien mir nicht nur sehr nervös zu sein, sondern auch unter Schock zu stehen. Sie wurde in der Nacht noch ärztlich betreut, wie man mir sagte. Sollte mich wundern, wenn sie die Nacht in der Zelle nicht gesprächig gemacht hat."

„Eben. Deswegen hoffe ich auf ein Geständnis."

Büttner erwiderte nichts darauf, sondern winkte seinem Assistenten, ihm zu folgen. Merle Gandler saß seit nunmehr einer halben Stunde im Vernehmungsraum, wie Frau Weniger ihm mitgeteilt hatte. Ganz gewiss hatte das nicht dazu beigetragen, sie in irgendeiner Weise zu beruhigen.

Genau wie Büttner es geahnt hatte, war Merle Gandler das reinste Nervenbündel. Obwohl die beiden Polizisten keineswegs zu ihr in den Raum polterten, schrak sie bei ihrem Anblick fürchterlich zusammen und begann sogleich damit, eine ihrer Haarsträhnen zu malträtieren, indem sie sie abwechselnd um ihren Finger wickelte oder auf ihr herumkaute.

„Sie sind also die Schwester von Luis Gandler", eröffnete Büttner die Vernehmung, nachdem sein Assistent den Rekorder eingeschaltet hatte. Der Satz hatte die erwünschte Wirkung, denn Merle Gandler sah ihn nun fassungslos an.

„Haben Sie geglaubt, wir wüssten das nicht?", fragte Büttner. „Glauben Sie mir, inzwischen wissen wir alles über Sie. Das geht hier sehr schnell." Als die Frau auch daraufhin nichts erwiderte, sondern ihn nur unverwandt anstarrte, fuhr er – wenn auch ein wenig ins Blaue hinein – fort: „Wie gemunkelt wird, trug Clemens Conradi eine Mitschuld am Tod ihres Bruders."

„Eine Mitschuld?", brauste Merle auf und fing nun am ganzen Leib an zu zittern. „Sagten Sie, eine *Mit*schuld? Er ist schuld an Luis' Tod. Er ganz allein!"

„Und darum haben Sie Conradi umgebracht", sagte Hasenkrug, der es offensichtlich schnell auf den Punkt bringen wollte.

„Nein."

„Nein?"

„Nein. Ich habe ihn nicht umgebracht." Sie klang nun fast trotzig. „Glauben Sie mir, ich hatte oft genug Lust dazu. Aber ich habe es nicht getan."

„Und wer war es dann?", fragte Hasenkrug.

„Katja Lürssen. Sie hat ihn umgebracht. Beim Grünkohlessen."

Büttner stöhnte auf. „Jetzt also diese Geschichte schon wieder. Klingt, als hätten Sie sich mit Pit Wessels abgesprochen. Haben Sie Beweise für Ihre Behauptung?", fragte er.

„Sie hat es mir selber erzählt."

„Ihnen auch?" Büttner glaubte ihr kein Wort.

„Was soll das heißen?"

„Anscheinend war Frau Lürssen recht freigiebig mit der Behauptung, sie habe Conradi getötet."

„Ja", sagte Merle Gandler zu seiner Überraschung, „Pit hat mir erzählt, dass Katja es ihm gegenüber auch zugegeben hat. Na ja. Damit dürfte auf jeden Fall klar sein, dass sie es auch wirklich war, oder?"

„Wohl kaum." Büttner verzog das Gesicht. „Das kann man schwerlich einen Beweis nennen, denn Frau Lürssen ist tot und kann es somit nicht mehr bestätigen."

„Und wie wir inzwischen wissen, wollte Katja Lürssen über Conradi Karriere machen. Warum also hätte sie ihn umbringen sollen?"

„Weil er sie verarscht hat", sagte Merle Gandler unumwunden. „Ja, sie wollte über ihn Karriere machen. Deshalb ist sie ja auch mit ihm ins Bett gestiegen. Aber aus Karriere und Ruhm wurde trotzdem nichts. Und das hat sie ihm übel genommen." Mit jedem Wort, das sie sprach, schien die junge Frau an Sicherheit zu gewinnen. Ihre Stimme klang nun deutlich fester als zu Beginn des Verhörs. Genau das hatte Büttner eigentlich nicht beabsichtigt.

„Was hat Conradi Ihrem Bruder angetan, dass er

sich schließlich das Leben nahm?", fragte Hasenkrug.

„Ich denke, Sie wissen schon alles", gab Merle Gandler patzig zurück.

„Also?", ließ sich Hasenkrug nicht beirren.

„Er hat ihn erpresst."

„Erpresst? Wie das? Und vor allem womit?"

Merle Gandler zögerte einen Moment, dann sagte sie: „Sie wissen, dass Clemens und Luis mal ein Paar waren?"

„Ja."

„Okay. Während dieser Zeit hat Clemens Fotos und Videos von … von … na ja, von beiden eben gemacht. Ganz spezielle Videos, wenn Sie wissen, was ich meine."

„Beim Sex", sagte Hasenkrug frei heraus.

„Ja." Merle Gandler senkte den Kopf. „Er hat Luis dabei zu Sachen animiert … Außerdem hat er ihn als Rassisten dastehen lassen. Es wäre das Ende von Luis' Karriere gewesen, wenn das Material an die Öffentlichkeit gekommen wäre."

„Und damit hat Conradi gedroht?"

„Ja. Ich bin überzeugt, dass er diese Aufnahmen nur zu diesem Zweck gemacht hat. Um viel Geld von Luis zu kassieren."

„Wie viel Geld?"

„Fünftausend. Im Monat."

„Das ist viel. Und dann kam Pit Wessels ins Spiel", stellte Büttner fest.

„Ja." Um die Mundwinkel der Frau zeigte sich ein Lächeln. „Dann kam Pit. Luis war so glücklich. So hatte ich ihn noch nie erlebt. Die beiden waren ein Traumpaar."

„Begannen damals die Schikanen von Conradi?", wollte Hasenkrug wissen. „War er eifersüchtig?"

„Ja. Und nein. Die Schikanen begannen, aber eifersüchtig war er bestimmt nicht. Clemens kannte immer nur sich selbst, Gefühle für andere waren ihm fremd." Merle Gandler schüttelte den Kopf. „Er hatte die Erpressung von Anfang an geplant. Er hätte es auch gemacht, wenn er noch mit Luis zusammen gewesen wäre, davon bin ich überzeugt."

„Klingt so hinterhältig, dass man unwillkürlich Mordgelüste entwickeln muss, oder?", fragte Hasenkrug provozierend.

„Ja. Aber ich habe ihn nicht umgebracht. Und Pit war es auch nicht. Es war …"

„Katja. Ja. Das sagten Sie bereits."

„Und Sie glauben mir nicht."

„Es ist nicht unsere Aufgabe, etwas zu glauben", belehrte Büttner sie. „Unsere Aufgabe ist es, etwas zu beweisen." Er sah Merle Gandler für eine ganze Weile prüfend an, dann sagte er: „Und warum sollte Katja Lürssen ausgerechnet Ihnen auf die Nase binden, dass sie einen Mord begangen hat? Gemeinhin ist das so eine Sache, die man lieber für sich behält."

Merle Gandler zuckte die Achseln. „Katja litt unter Profilierungssucht. Die konnte nichts für sich behalten. Sie fand es zum Beispiel cool, wie sie sich an diesem Abend in den Vordergrund gespielt hat. Und natürlich hat sie dann auch von dem Mord erzählt. Die konnte einfach die Klappe nicht halten, egal worum es ging. Dazu war sie viel zu selbstverliebt."

Büttner kniff die Augen zusammen. „Von welchem Abend sprechen Sie?"

„Na, von dem Grünkohlessen. Sie sagte, sie habe noch mit Conradi auf der Toilette gevögelt, bevor sie ihn umgebracht hat. Und angeblich hat der ganze Tisch, an dem sie saß, Wetten darauf abgeschlossen, ob sie es schafft, ihn trotz der Anwesenheit seiner neuen Lebensgefährtin zu verführen. Außerdem hat sie haarklein geschildert, wie Clemens verreckt ist. Es war widerlich." Sie verzog angewidert den Mund.

Büttner holte tief Luft. Das klang allerdings nach Insiderinformationen. Woher sollte Merle Gandler das wissen, wenn sie nicht dabei war, außer von einer beteiligten Person? Allerdings konnte sie auch einen Informanten haben, der am Grünkohlessen teilgenommen hatte. Diese Infos mussten also nicht zwingend aus erster Hand, sprich von Katja Lürssen stammen. Außerdem hatte die Geschichte von Pit Wessels ein klein wenig anders geklungen. Wem also sollte er glauben? Sollte er überhaupt jemandem glauben?

„Okay, belassen wir es erstmal dabei", sagte Büttner zu Hasenkrugs Überraschung, der auf die Uhr schaute und offensichtlich Mühe hatte, ein Gähnen zu unterdrücken. „Kommen wir auf Ihr gestriges Opfer zu sprechen. Was hatten Sie gestern Abend bei Conradis Lebensgefährtin zu suchen?"

„Wie geht es Karolin?", fragte Merle, statt eine Antwort zu geben, und sah plötzlich sehr verängstigt aus. „Sie ist doch nicht … Ich meine, der Krankenwagen war da, und deshalb habe ich gehofft … Ihre Kollegen wollten mir keine Auskunft geben."

„Ist ja interessant, dass es Sie erst jetzt interessiert", sagte Büttner spöttisch. „Ich meine, wir sitzen hier schon seit geraumer Zeit."

„Ich … ich habe mich nicht getraut zu fragen. Ist … ist sie tot? Bitte sagen Sie, dass sie nicht tot ist."

Büttner schüttelte den Kopf. „Nein. Sie lebt. Und sie ist auch nicht allzu schwer verletzt."

Merle Gandler stieß hörbar die Luft aus und ein

erleichtertes Lächeln huschte über ihr Gesicht. Büttner hatte den Eindruck, dass es ernst gemeint war. „Warum haben Sie auf sie eingestochen?", fragte er dennoch.

Die junge Frau riss die Augen auf, das Lächeln war wie weggeblasen. „Aber das habe ich nicht! Das habe ich wirklich nicht! Bitte, das müssen Sie mir glauben!", rief sie flehend.

„Wer war es dann? Herr Wessels?"

„Nein. Pit war es auch nicht. Es war alles ... ganz anders."

„Dann erzählen Sie uns jetzt am besten mal, was genau passiert ist", sagte Büttner ruhig. „Schön der Reihe nach. Zum Beispiel würde mich interessieren, wie Sie ins Haus gekommen sind."

Merle Gandler sah ihn erstaunt an. „Wie wir ins Haus gekommen sind? Na, durch die Tür. Wir haben geklingelt, Pit hat seinen Namen gesagt und erklärt, was wir wollen, und dann wurden wir reingelassen."

„Aha. Und was wollten Sie?"

„Von ihr wissen, warum sie Pit beschuldigt, die Morde begangen zu haben."

Büttner horchte auf. „Aber woher wussten Sie denn von der Beschuldigung? Wir zumindest haben Herrn Wessels nicht gesagt, wer ihn beschuldigt hat."

„Pit hat eins und eins zusammengezählt. Erst beschuldigt man ihn, er würde das Haus von Clemens' Lebensgefährtin beobachten, was ja nicht stimmte, und dann erfährt er praktisch im gleichen Atemzug, dass ihm jemand vorwirft, die Morde begangen zu haben. Wer also soll es wohl sonst gewesen sein? Das ist zumindest das, was Pit sagt."

Büttner musste zugeben, dass diese Erklärung durchaus ihre Logik hatte. Sie sollten in Zukunft besser auf das achten, was sie Zeugen gegenüber äußerten.

„Und was passierte, als Sie das Haus betreten hatten?"

„Karolin fragte uns, ob wir einen Tee wollen. Ja, und sie meinte, es liege ein Missverständnis vor. Sie habe nie behauptet, dass Pit Clemens und Katja ermordet habe."

„Ein Missverständnis? So hat sie es ausgedrückt?" Zwischen Büttners Augen bildete sich eine steile Falte.

„Ja. Ein Missverständnis. Genauso hat sie es gesagt", nickte Merle. „Sie ist dann in die Küche gegangen, um einen Tee zu kochen." Sie lächelte verschämt. „Wir waren so dermaßen durchgefroren, das glauben Sie nicht. Über zwei Stunden hatten wir im Auto vor ihrem Haus gesessen."

„Warum so lange?", fragte Büttner.

„Weil wir uns nicht sicher waren, ob wir es tun sollen. Also, ob wir da reingehen sollen. Eigentlich wollten wir nur mal gucken, wo sie wohnt. Aber als wir dann da waren, kam Pit auf die Idee, bei ihr zu klingeln. Ich hab versucht, es ihm auszureden. Aber er hat sich immer mehr in die Idee verrannt. Er kann sehr stur sein, wissen Sie."

„Woher hatten Sie das Auto? Es ist auf keinen von Ihnen zugelassen."

„Es gehört meiner Freundin Miriam. Miriam Bohnekamp. Sie ist zurzeit im Urlaub und ich habe einen Schlüssel zu ihrer Wohnung in Greetsiel."

„Okay, und was ist dann in der Küche passiert? Nach einer gemütlichen Teestunde sah es ja nicht aus", meldete sich Hasenkrug wieder zu Wort.

„Ja, das verstehe ich bis heute nicht." Merle Gandler wirkte jetzt nachdenklich und stützte den

Kopf auf ihre Hand. „Da war dieses Foto. Das Foto von Ann-Kathrin. Und ich war ganz überrascht, weil ich Ann-Kathrin auch kenne. Also bin ich zu Karolin in die Küche gelaufen und habe sie gefragt, ob sie weiß, wie es Ann-Kathrin geht.“

„Ann-Kathrin?“ Büttner kramte in seinem Gedächtnis. War dieser Name nicht in den letzten Tagen schon mal gefallen?

„Ja. Sie war eine gute Freundin von Luis. Auch ein Model. Leider kam es dann zu diesem ... ähm ... Unglück.“

Jetzt wusste Büttner wieder, in welchem Zusammenhang der Name gefallen war. Lina Hofer hatte ihn genannt. Ann-Kathrin war dieses Model, das nach dem Konsum synthetischer Drogen seit Jahren im Wachkoma lag! Aber wenn das das Mädchen vom Foto an der Wand war, dann ... „Können Sie mir sagen, wo genau Sie das Bild in der Wohnung gesehen haben?“

„Karolin heißt mit Nachnamen Hermann?“, fragte Merle Gandler sichtlich erstaunt. „Das ... wusste ich nicht.“

„Ja. Sie heißt Hermann. Warum?“

„Weil Ann-Kathrin auch Hermann mit Nachnamen heißt. Sie ist dann wohl Karolins ...“

„Schwester“, beendeten Büttner und Hasenkrug gleichzeitig ihren Satz und sahen sich bedeutungsvoll an.

Büttner spürte sein Herz schneller schlagen. Was wurde das hier? Hatte es nicht immer geheißen, Karolins Schwester sei tot? Und auf einmal sollte sie im Wachkoma liegen? Und daran war angeblich kein anderer schuld als ...

„Clemens Conradi“, murmelte Hasenkrug vor sich

hin, der anscheinend den gleichen Gedankengang verfolgte wie sein Chef. „Aber das heißt doch ...", setzte er zu einer Erklärung an, wurde jedoch von Büttner durch eine Geste gestoppt.

„Nochmal: Wo genau hing das Foto, auf dem Sie Ann-Kathrin erkannt haben?", fragte Büttner an Merle gewandt.

„Im Wohnzimmer. An der Wand. Man guckt vom Sofa aus direkt drauf. Wieso?"

Hasenkrug nickte Büttner wissend zu.

„Und was geschah dann in der Küche?"

„Also, ich habe Karolin nach Ann-Kathrin gefragt und dann ..." Merle Gandlers Atem ging plötzlich deutlich schneller.

„Und dann?", fragte Büttner mit ruhiger Stimme, obwohl seine Nerven zum Zerreißen gespannt waren.

„Plötzlich hatte sie dieses Messer in der Hand. Sie sah mich so ... ja, so hasserfüllt an. Und dann kam sie auf mich zu, hatte das Messer direkt auf mich gerichtet ..." Sie erschauderte und schlug weinend die Hände vors Gesicht.

„Aber sie hat Sie nicht verletzt", stellte Hasenkrug fest.

„Nein. Pit hat sie stoppen können", schluchzte die junge Frau. „Er trat ihr in den Weg, versuchte, ihr das Messer zu entreißen. Ja, und dabei muss es dann passiert sein." Merle Gandler hob den Blick und schaute mit weit aufgerissenen Augen von einem zum anderen. „Bitte, Sie müssen mir glauben, Pit wollte mir nur helfen. Er hat sie gestoßen. Karolin ist gegen die Küchentheke gefallen. Und auf einmal lag sie da, auf dem Boden, und das Messer steckte ..." Wieder brach Merle Gandler in Tränen aus.

„Sie hätten den Rettungswagen rufen müssen",

sagte Büttner schwach.

„Ja. Ich weiß. Aber plötzlich haben Sie an der Tür geklingelt. Wir waren total … schockiert."

Büttner nahm einen tiefen Atemzug. Unbarmherzig setzte sich das Puzzle der Ereignisse in seinem Kopf zu einem Bild zusammen. Es war ein Bild, das er lieber nicht betrachten wollte, dem er aber sehenden Auges gegenübertreten musste.

29

„Schöner Mist." Sebastian Hasenkrug sah alles andere als glücklich aus, als sie aus dem Verhör von Pit Wessels kamen und wieder an ihren Schreibtischen Platz nahmen. „Das war wohl nichts mit dem Geständnis. Sieht so aus, als müssten wir uns jetzt verstärkt um Karolin Hermann kümmern."

„Ja. Leider sieht es ganz danach aus." Büttner brauchte nach den Verhören dringend Nervennahrung und kaute erneut auf einem Schokoriegel herum. Frau Weniger hatte Kaffee gemacht, der dampfend vor ihm auf dem Schreibtisch stand. Auch hatte sie einen beleuchteten gelben Weihnachtsstern aus Papier ans Fenster gehängt, der dem Büro gleich etwas Gemütliches gab. Eigentlich hätte alles so schön sein können, wenn da nur nicht dieser Verdacht wäre, der sich durch die Vernehmung von Pit Wessels erhärtet hatte.

Erwartungsgemäß hatte Pit Wessels die Angaben von Merle Gandler bestätigt. Allerdings, und das musste Büttner ihm zugestehen, hatte es keineswegs so geklungen, als hätten sich die beiden abgesprochen. Vielmehr hatte Pit Wessels die Attacke mit dem Messer in ganz anderen Worten und auch ausführlicher geschildert als seine Freundin. Auch bei Nachfragen war er nicht ein einziges Mal ins Stocken geraten oder hatte sich gar in Widersprüche verstrickt. Was darauf hindeutete, dass er zumindest in dieser Angelegenheit die Wahrheit sagte.

Büttner konnte also nicht umhin festzustellen, dass

es nun für Karolin alles andere als rosig aussah. Ganz egal, welches Erklärungsmuster er sich auch zusammenstrickte, um sie vielleicht doch noch zu entlasten, es fiel bei genauerem Hinsehen Masche für Masche wieder in sich zusammen. Hinzukam, dass sich Frau Weniger auf seine Veranlassung hin inzwischen schlau gemacht hatte, ob Ann-Kathrin Hermann tatsächlich noch lebte. Eine Pflegeeinrichtung in Bremen hatte schließlich bestätigt, dass dem so war und dass die junge Frau seit rund sechs Jahren bei ihnen als Wachkoma-Patientin betreut wurde. Karolin Hermann komme ihre Schwester regelmäßig besuchen.

Karolin hatte ihnen also eine handfeste Lüge aufgetischt.

„Wir sollten zu Frau Hermann ins Krankenhaus fahren und sie befragen", hörte er die Stimme seines Assistenten in seine Gedanken hinein sagen. Hasenkrug deutete auf sein Smartphone, das er nach einem kurzen Telefonat auf den Tisch zurückgelegt hatte. „Ich habe mit dem Arzt telefoniert. Er sagt, es spräche nichts gegen eine Befragung seiner Patientin, die im Übrigen schon wieder erstaunlich stabil zu sein scheint."

Büttner starrte am Weihnachtsstern vorbei aus dem Fenster, ohne jedoch wahrzunehmen, dass sich die dunklen Schneewolken verzogen hatten. Normalerweise hätte er sich über den Anblick des unter einem tiefblauen Himmel in der Sonne glitzernden und noch unberührten Schnees gefreut, nun aber sah er einfach durch ihn hindurch. Unvermittelt schlug er mit der flachen Hand auf den Tisch. „Ja, Sie haben recht, Hasenkrug", sagte er seufzend, „wir müssen den Tatsachen wohl oder übel ins Auge sehen. Es deutet vieles darauf hin, dass Karolin zumindest ein starkes Motiv hatte, Conradi zu töten."

„Für mich sieht es sogar so aus, als habe sie ihn extra in ihre Nähe gelockt, um ihn umzubringen. Das würde auch den ganzen Aufwand erklären, den sie im Chat betrieben hat, um ihn von sich zu überzeugen", meinte Hasenkrug.

„Ja, es sieht tatsächlich alles danach aus. Ich frage mich nur, warum sie es so kompliziert gemacht hat. Sie hätte ja auch nach Düsseldorf fahren und ihn dort umbringen können. Warum muss sie ihn dazu erst nach Ostfriesland holen?"

„Tja, das kann wohl nur sie allein beantworten", erwiderte Hasenkrug. „Vermutlich, weil der Verdacht in Düsseldorf nach intensiven Recherchen unweigerlich auf sie gefallen wäre. So aber konnte sie uns die Frischverliebte vorspielen. Außerdem kannte sie den ermittelnden Beamten persönlich, was ja manchmal auch durchaus hilfreich ist. Klingt alles nach einem ausgeklügelten Plan."

„Vielleicht habe ich zu lange weggeguckt", sagte Büttner zerknirscht.

„Nicht länger, als alle anderen auch", versuchte Hasenkrug ihn zu trösten. „Es ist doch völlig normal, dass man unter seinen Bekannten nicht so schnell einen Mörder vermutet. Und Karolin Hermann hat sich noch dazu geschickt in die Rolle des Opfers manövriert. Nein, es war keineswegs offensichtlich, dass sie uns zum Narren hält."

„Sie sind ein wahrer Freund, Hasenkrug", bemerkte Büttner. „Lieb, dass Sie mich vom Vorwurf der Nachlässigkeit entlasten wollen, aber es ist nun mal, wie es ist. Ich hätte vorher genauer hinsehen sollen."

„Sie hätten auch dann nichts verhindern können", wagte Hasenkrug zu behaupten, wofür ihm Büttner wirklich dankbar war.

„Glauben Sie, dass Karolin auch Katja Lürssen auf dem Gewissen hat?", fragte Büttner nach einem Schluck Kaffee.

„Gut möglich", antwortete Hasenkrug. „Allerdings deutet im Bericht der Spusi nichts darauf hin, dass sie bei Frau Lürssen in der Wohnung war. Aber das heißt ja erstmal nicht viel. Trotzdem fehlt mir das Motiv. Warum sollte sie sie umbringen? Klar, Katja hat ihren Lebensgefährten verführt. Aber wenn es so ist, wie wir derzeit annehmen, nämlich dass Conradi nur bei ihr lebte, weil sie vorhatte, ihn umzubringen, dann fällt Eifersucht als Motiv weg."

„Definitiv", nickte Büttner und stand stöhnend auf. „Also, bringen wir es hinter uns. Vielleicht wird sie uns ja verraten, warum auch Katja Lürssen ihr Leben hat lassen müssen. Wenigstens wäre dann der Fall abgeschlossen."

„Die Rechtsmedizin hat soeben bestätigt, dass sich der Vorfall in der Küche genauso abgespielt haben könnte, wie Pit Wessels und Merle Gandler es behaupten", verkündete Hasenkrug und schob sein Smartphone in die Tasche seiner Daunenjacke zurück. Gerade bogen sie von der Auricher Straße in die Bolardusstraße zum Emder Krankenhaus ab. „Außerdem liegt nun der komplette Bericht der Spusi vor. Fingerabdrücke auf dem Messer gibt es nur von Karolin Hermann."

„Na prima, das macht die Sache für sie nicht besser", knurrte Büttner.

„Hätten Sie lieber die anderen beiden im Gefängnis gesehen? Ich fand sie eigentlich gar nicht so unsympathisch."

„Es geht nicht darum, wen ich im Gefängnis sehen möchte und wen nicht", erwiderte Büttner schlecht gelaunt. „Ich mache meinen Job und verhafte den, der des Mordes überführt wurde. Manchmal fällt es einem eben leichter und manchmal schwerer. In diesem Fall, das gebe ich zu, wäre ich lieber nicht derjenige, der die Handschellen klicken lässt."

Sie hatten den Parkplatz am Krankenhaus erreicht und stiegen aus. Ein eiskalter Wind blies ihnen entgegen, er war merklich aufgefrischt. Die Luft roch nach Schnee, auch wenn keine Wolke am Himmel zu sehen war. Aber das würde sich sicherlich bald ändern. Rasch strebten sie dem Eingang zu.

Die Station, auf der Karolin Hermann lag, war schnell gefunden. Büttner atmete ein paarmal tief ein und aus, bevor er an die Zimmertür klopfte. Statt der hellen Stimme von Karolin bat sie eine dunkle Männerstimme einzutreten. Wenn ihn nicht alles täuschte, dann handelte es sich um die Stimme von Wolfgang Habers.

„Susanne!" Büttner sah zuerst seine Frau, als er hinter Hasenkrug das Krankenzimmer betrat. Nach einem Blick auf die Uhr sagte er: „Du bist aber früh dran."

„Unerwartete Freistunde", erklärte sie und lächelte. „Moin, Herr Hasenkrug", begrüßte sie dann den Kollegen ihres Mannes.

„Moin", nickte der und räusperte sich. „Ich möchte Ihren Besuch nur ungern beenden, Frau Büttner, wo Sie sich schon mal die Zeit genommen haben, aber …"

„Kein Problem", kam Susanne ihm zuvor und griff nach ihrer Handtasche. „Ich komme dann später wieder." Sie schaute ihren Mann verwundert an: „David, du guckst ja so finster. Ist irgendwas?"

„Alles gut", erwiderte der kurz angebunden. „Wenn du uns jetzt bitte alleine lassen würdest. Wir sehen uns dann heute Abend."

Nach einem längeren Blick auf ihren Mann sah Susanne Hasenkrug fragend an, der aber zuckte nur mit den Schultern zum Zeichen, dass sie zu diesem Zeitpunkt auch von ihm keine Erklärung erwarten konnte. Also zuckte auch sie die Achseln, drückte Karolin die Hand und verschwand dann zur Tür hinaus.

„Wenn das heute Abend mal keinen Stress im Hause Büttner gibt", meldete sich Wolfgang augenzwinkernd zu Wort, der an die Fensterbank gelehnt dastand und das Geschehen stumm beobachtet hatte.

„Das lass mal meine Sorge sein", entgegnete Büttner knapp. Er wandte sich Karolin zu, die bleich und mit straff bandagierter Schulter in den Kissen lag. „Wie geht es dir? Wir würden dir gerne ein paar Fragen stellen."

„Kein Problem", sagte sie mit leicht krächzender Stimme. „Habt ihr die beiden verhaftet?"

„Ja. Aber inzwischen sind sie wieder auf freiem Fuß." Büttner hatte sich vorgenommen, nicht lange um den heißen Brei herumzureden. Je schneller er die Sache hier hinter sich brachte, desto besser.

„Ihr habt sie wieder laufen lassen?", rief Wolfgang empört aus, noch bevor Karolin etwas erwidern konnte. „Was soll das? Ist das wieder eines dieser hirnrissigen Gesetze, die nur den Täter-, aber nicht den Opferschutz kennen, oder was?"

„Es gibt keine Täter", erwiderte Büttner ein wenig zu barsch. „Zumindest nicht diese beiden. Ich wäre dir dankbar, Wolfgang, wenn auch du den Raum nun verlassen würdest. Wir haben mit Karolin zu sprechen. Allein."

„Kein Problem", warf Karolin nun hektisch ein. „Wolfgang soll bleiben. Er kann alles hören."

„Bist du sicher?", fragte Büttner und sah mit gerunzelter Stirn von einem zum anderen. „Uns wäre es allerdings lieber …"

„Nein. Wolfgang soll bleiben", wiederholte Karolin entschieden, „sonst sage ich kein Wort." Plötzlich klang ihre Stimme alles andere als schwach.

„Na gut." Nun war es an Büttner, sich zu räuspern. Er holte einmal tief Luft, dann sagte er: „Warum hast du uns verschwiegen, dass deine Schwester noch lebt?"

Karolin versteifte sich von einer Sekunde auf die andere und sah ihn wie vom Blitz getroffen an. „Was sagst du da?"

„Du hast mich schon richtig verstanden. Deine Schwester Ann-Kathrin ist keineswegs gestorben, wie du alle glauben machen wolltest, sondern liegt seit fast sechs Jahren in einer Bremer Klinik. Du besuchst sie regelmäßig. Oder möchtest du etwas anderes behaupten?"

„Was soll das?", schnauzte Wolfgang. „Was tut denn Karolins Schwester hier zur Sache?"

„Eine ganze Menge", antwortete Büttner. „Dennoch möchte ich dich bitten, den Mund zu halten, solange wir Karolin befragen. Ansonsten müsste ich dich des Raumes verweisen."

„Oho, jetzt sind wir aber offiziell!", höhnte

Wolfgang. Nach einem warnenden Blick der beiden Polizisten und einem flehenden von Karolin aber hob er entschuldigend die Hände und hielt sich lieber zurück.

„Ich weiß auch nicht, was Ann-Kathrin mit der Sache zu tun haben soll", sagte Karolin nun leise. Vordergründig blieb sie die Ruhe selbst, doch das Flattern ihrer Lider verriet sie. „Ich wurde niedergestochen von diesen zwei … diesen zwei …" Sie schluckte. „Das hat mit Ann-Kathrin nichts, aber auch rein gar nichts zu tun."

„Siehst du, und genau da sind wir anderer Meinung", erwiderte Büttner. „Aber zunächst mal zu der Messerattacke. Laut Spurensicherung sind ausschließlich deine Fingerabdrücke auf dem Messer. Laut Rechtsmedizin könnte es sich bei dem vermeintlichen Angriff auch um ein Unglück handeln. Alles in allem sieht es derzeit eher danach aus, dass du mit dem Messer auf Merle Gandler losgegangen bist und nicht umgekehrt."

Während Karolin nach Luft schnappte, war aus Wolfgangs Richtung ein empörtes Schnaufen zu hören. Er hielt sich anscheinend nur mit Mühe zurück.

„Das stimmt nicht", war alles, was Karolin auf Büttners Erläuterungen hin sagte. Allerdings vermied sie es, ihm dabei in die Augen zu sehen.

„Gemeinhin haben weder die Spusi noch die Rechtsmedizin einen Grund, falsche Angaben zu machen. Auch sind sie keineswegs dafür bekannt, Irrtümern zu unterliegen", meinte Büttner mit einem nicht zu überhörenden spöttischen Unterton. „Also sind wir durchaus gewillt, ihre Analysen als Tatsachen zu akzeptieren."

„Doch selbst, wenn dem nicht so wäre", kam nun Hasenkrug seinem Chef zu Hilfe, „so bleibt immer noch die Tatsache, dass Ihre Schwester lebt."

„Wie empörend von ihr", konnte sich Wolfgang nicht verkneifen zu sagen.

„Sie liegt im Wachkoma, aber sie lebt", ließ sich Hasenkrug nicht beirren. „Sie ist nach einer Überdosis synthetischer Drogen auf dem Laufsteg zusammengebrochen und seither nicht mehr zu sich gekommen. Und sie liegt im Wachkoma, weil Clemens Conradi ihr vor rund sechs Jahren ohne ihr Wissen Drogen verabreicht hat. War es nicht so?"

„Der Staatsanwalt sagt, dafür gibt es keine Beweise", sagte Karolin leise.

„Aber jeder, mit dem wir darüber geredet haben, glaubt zu wissen, dass es genauso gewesen ist", sagte Büttner. „Du bist da sicherlich keine Ausnahme. Und das war der Grund, warum Conradi sterben musste."

„Ich habe Clemens geliebt." Über Karolins Wangen liefen nun Tränen.

„Du hast ihn gehasst. Und du hast dir geschworen, dass er für seine Tat büßen wird", polterte Büttner. „Ich weiß zwar nicht, warum du mit deiner Rache so lange gewartet hast, aber das ist auch nicht relevant. Was vor Gericht zählt, ist alleine die Tatsache, dass du ihn vergiftet hast."

„Ich war es nicht", sagte Karolin kraftlos und schloss die Augen.

„Okay, dann lassen wir es mal so stehen", meinte Büttner nach kurzer Pause. „Was mich interessieren würde, wäre dein Motiv für den Mord an Katja Lürssen."

Karolin riss die Augen auf und starrte ihn entsetzt an. „Willst du mir jetzt alles anhängen, oder was?

Wieso, um alles in der Welt, sollte ich diese kleine Schlampe umbringen?"

„Sag du es mir. Hat sie dich womöglich erpresst? Hat sie gesehen, dass du Conradi Gift unter das Essen gemischt hast?" Plötzlich hatte Büttner wieder Katjas Bild vor Augen, wie sie dastand und, im Gegensatz zu den anderen Gästen der Gaststätte, über den Zusammenbruch von Conradi eher überrascht als schockiert schien.

„Das ist doch alles Quatsch, David! Was soll das? Was hab ich dir denn getan, dass du mir all das an den Kopf schmeißt? Muss ich jetzt den Sündenbock geben, nur weil ihr in euren Ermittlungen nicht weiterkommt, oder was?", jammerte Karolin und sah Wolfgang hilfesuchend an. Der aber presste nur die Lippen aufeinander und schwieg.

„Das führt zu nichts", stellte Büttner fest. Er baute sich vor Karolins Bett auf, räusperte sich und sagte: „Frau Karolin Hermann, ich verhafte Sie hiermit wegen des Verdachts, Clemens Conradi ermordet zu haben." Die Schrecksekunde ausnutzend, wandte er sich an seinen Assistenten: „Hasenkrug, sorgen Sie bitte dafür, dass sich ab sofort ständig ein Polizeiposten vor der Tür dieses Zimmers aufhält."

„Wird gemacht, Chef", nickte Hasenkrug, doch bereits im nächsten Moment zuckte er zurück, als eine Stimme durchs Zimmer donnerte: „Und genau das werdet ihr nicht tun! Karolin wird ganz bestimmt nicht euer Bauernopfer sein, nur weil ihr nicht in der Lage seid, einen Mordfall stichhaltig aufzuklären!"

Büttner und Hasenkrug wirbelten herum, als nun Karolin einen schrillen Schmerzensschrei ausstieß. „Wolfgang, au, lass das! Bitte, lass das doch!"

„Ihr bekommt sie nicht", schrie Wolfgang nun wie

von Sinnen, „ihr bekommt sie nicht!" Zu Büttners Entsetzen hatte er Karolin aus dem Bett hochgerissen und hielt ihr nun ein Taschenmesser an die Kehle. „Ich bringe sie um, wenn ihr sie verhaftet. Ich schwöre euch, ich bringe sie um! Sie wird nicht im Knast vor sich hin vegetieren."

Büttner spürte einen dicken Kloß im Hals, sein Herz raste wie verrückt. Das hatte ihm gerade noch gefehlt. „Nimm doch Vernunft an, Wolfgang!", rief er. „Nun guck doch mal, was du da anrichtest!" Tatsächlich röchelte Karolin nun ungesund und schien kurz vor einer Ohnmacht zu stehen. „Es tut so weh", krächzte sie, „es tut so weh!"

„Wolfgang, bitte, siehst du denn nicht, was du ihr antust!?" Büttner spürte, wie ihm am ganzen Körper der Schweiß ausbrach. „Wenn du sie liebst, dann lässt du sie jetzt los!" Er scannte den Raum, ob es irgendeine Möglichkeit gab, Wolfgang zu überwältigen. Doch zwischen ihnen stand das Bett. Es war nahezu unmöglich, ihn zu erreichen, ohne dass er Gelegenheit hatte, Karolin das Messer in die Kehle zu rammen. Zwar zweifelte er daran, dass Wolfgang Karolin tatsächlich etwas antun würde, doch wusste man bei Leuten in psychischen Ausnahmesituationen nie, wie sie reagierten. Nachher bildete Wolfgang sich ein, dass es Karolin tot besser gehen würde als im Gefängnis. Ausschließen konnte man das nicht. Sie durften also kein Risiko eingehen. „Wenn du sie liebst, dann lässt du sie jetzt los!", wiederholte er in, so hoffte er, ruhigem Tonfall.

„Nein! Falsch! Wenn ich sie liebe, dann bringe ich sie jetzt von hier weg!" In Wolfgangs Augen stand nun der blanke Wahnsinn. Hektisch blickte er von einem zum anderen, als fürchtete er, dass sich einer der Polizisten gleich auf ihn stürzen würde.

„Aber Wolfgang, wie soll denn das gehen? Nun beruhige dich doch!" Voller Sorge sah Büttner auf Karolin, die in diesem Moment wegsackte. „Um Gottes Willen, sie braucht einen Arzt, Wolfgang, siehst du das denn nicht!?"

Wie auf Kommando betrat eine Krankenschwester das Zimmer. „Alles in Ordnung bei Ihnen, Frau … Aber … was machen Sie denn da!? Sie können doch nicht …" Sie stockte und schlug sich erschrocken die Hände vor den Mund. Voller Panik suchte sie Büttners Blick, der aber schüttelte nur den Kopf.

„Ich will einen Fluchtwagen! Vollgetankt!", keuchte Wolfgang. Karolin hing schwer in seinem Arm, doch das schien ihn nicht zu kümmern. Nach wie vor hielt er ihr ein Messer an die Kehle.

In Büttners Hirn arbeitete es fieberhaft. Der Kerl hatte eindeutig zu viele Krimis gesehen. Einen Fluchtwagen! Das höre sich mal einer an! Eigentlich sollte er wissen, dass man mit dieser Masche selten durchkam. Doch Wolfgang machte nicht den Eindruck, als würde ihn das interessieren. Was also sollte er tun? „Hasenkrug, der Herr wünscht ein Fahrzeug", sagte er dann. „Vollgetankt."

„Aber …" Sein Assistent sah ihn verwirrt an.

„Voll-ge-tankt, Hasenkrug." Büttner betonte jede Silbe einzeln.

„Okay." Hasenkrug zückte sein Handy und nur Sekunden später sagte er: „Geiselnahme im Emder Krankenhaus. Eine weibliche Geisel, verletzt. Ein Geiselnehmer, bewaffnet. Wir brauchen einen Fluchtwagen. Vollgetankt. Vor den Haupteingang. Hören Sie? Voll-ge-tankt. Pronto."

„Keine weitere Polizei", krächzte Wolfgang.

„Keine weitere Polizei", wiederholte Hasenkrug in sein Handy. Dann legte er auf und nickte seinem Chef zu.

„Wenn du Karolin jetzt bitte wenigstens auf das Bett …", startete Büttner erneut einen Versuch.

„Schnauze! Keiner von euch redet mehr ein Wort, bis das Fahrzeug da ist!" Anscheinend wurde die leblos in seinen Armen hängende Karolin ihm nun doch zu schwer, denn er zog sich unbeholfen einen Stuhl heran und ließ sich auf ihm nieder. Karolins Beine sackten auf den Boden, während ihr Oberkörper auf dem Schoß ihres Peinigers zu liegen kam. Wolfgang streichelte zärtlich ihren Kopf, doch ließ er die Polizisten dabei keinen Moment aus den Augen.

„Sei doch vernünftig", startete Büttner einen weiteren Versuch, doch Wolfgangs irrer Blick aus unnatürlich glänzenden Augen reichte aus, um ihn eines Besseren zu belehren. Es hatte keinen Sinn. Sie mussten Wolfgang mit Karolin ziehen lassen. Es war die einzige Chance, die Sache unblutig zu beenden. So unblutig es eben möglich war, dachte Büttner zerknirscht, denn Karolins Verband färbte sich nun mehr und mehr rot. Anscheinend war ihre Wunde wieder aufgeplatzt.

Eine gefühlte Ewigkeit herrschte Schweigen im Raum. Die Krankenschwester hatte sich aus dem Zimmer geschlichen, ohne dass Wolfgang protestiert hatte. Irgendwann läutete Hasenkrugs Handy und er ging ran. „Ja. Ist gut. Wir kommen dann runter. Freies Geleit." Er legte auf und nickte seinem Chef zu. „Das Fahrzeug steht vor dem Haupteingang. Vollgetankt."

„Okay. Dann kann's losgehen. Ich erwarte, dass niemand versucht, Herrn Habers an der Flucht zu hindern. Haben Sie das verstanden, Hasenkrug? Niemand!"

„Geht klar, Chef."

„Okay, Wolfgang, du hast gewonnen."

In den nächsten Minuten konnte Büttner kaum hinsehen, wie Wolfgang Karolin durchs ganze Krankenhaus bis zum davor geparkten Auto schleifte. Trotz aller Anstrengung gelang es ihm, das Messer nicht von ihrer Kehle zu nehmen.

Doch schien ihm – und darauf hatte Büttner spekuliert – zu entgehen, dass sich außer ihnen keine weiteren Personen auf den Gängen oder im Foyer aufhielten.

Büttner atmete erleichtert auf, als Karolin schließlich auf den Rücksitz verfrachtet war und Wolfgang den Wagen startete.

„Gut gemacht, Chef!", lobte Hasenkrug.

„Ja, das finde ich auch. Und jetzt hätte ich gerne einen Kaffee, bevor es weitergeht."

30

Die Dame hinter dem Tresen des Krankenhauscafés reichte Büttner gerade seinen *Coffee to go*, als sein Handy klingelte. Ein Blick aufs Display sagte ihm, dass es sein Vorgesetzter war. Büttner zog eine Grimasse. Der hatte ihm gerade noch gefehlt! Kurz überlegte er, ob er den Anruf einfach ignorieren sollte. Das aber würde später erst recht zu Stress führen. Und dass Karl Ickens nicht anrief, weil er mit ihm gerne mal wieder einen unverbindlichen Plausch halten wollte, dürfte feststehen. Also konnte er sich seinen Anschiss auch sofort abholen und die Gelegenheit nutzen, ihm zu erklären, warum er so handelte, wie er handelte.

„Moin, Büttner hier", meldete er sich, während er mit Sebastian Hasenkrug zum Auto lief. Im nächsten Moment schon hielt er sein Handy auf sicheren Abstand zum Ohr, denn wie erwartet zögerte sein Vorgesetzter nicht lange, sondern nannte ihn mit sich cholerisch überschlagender Stimme einen Scharlatan und Stümper. Was er sich dabei gedacht habe, den Forderungen des Geiselnehmers ohne jedwede Gegenwehr nachzugeben und damit das Leben der Geisel aufs Spiel zu setzen, schrie er ins Telefon. Warum er den Kollegen, die bereitstanden, dem Geiselnehmer, wenn nötig mit einem gezielten Schuss, das Handwerk zu legen, einfach die Anweisung gegeben habe, sich zurückzuhalten. Und was er sich überhaupt herausnehme, in aller Seelenruhe einen Kaffee zu trinken, während die Geisel auf dem

Rücksitz des Fluchtautos womöglich gerade ihr Leben aushauche.

Büttner warf einen verdutzten Blick auf seinen Kaffee und fragte sich, wer gepetzt hatte. Dann jedoch forderte er Karl Ickens in betont gelassener Tonlage auf, sich zu beruhigen und ihm zumindest die Möglichkeit zu geben, die Einsatzstrategie zu erläutern. Denn eine solche gebe es durchaus, auch wenn es derzeit zugegebenermaßen nicht danach aussehe.

Es dauerte einen Moment, bis Karl Ickens seine Atmung wieder im Griff hatte und in den Hörer brummte: „Nur zu, Büttner. Aber wenn Ihre sogenannte Strategie nicht zu hundert Prozent wasserdicht ist, dann Gnade Ihnen Gott."

Für einen Moment befiel Büttner eine gewisse Unruhe, die er jedoch sofort hinunterschluckte. Dann erzählte er seinem Vorgesetzten, was er sich bei seiner Entscheidung gedacht hatte. Nachdem er mit seinen Erläuterungen fertig war, herrschte am anderen Ende ein langes Schweigen. Büttner dachte schon, Karl Ickens habe einfach aufgelegt, als der sich räusperte und mit rauer Stimme sagte: „Na gut. Dann machen Sie mal. Aber Sie alleine tragen die Verantwortung, wenn etwas schiefgeht."

„Ja, soweit konnte ich Ihren Ausführungen folgen", erwiderte Büttner und drückte das Gespräch weg.

„Klang nach hohem Blutdruck. Ickens sollte besser auf seine Gesundheit achten", stellte Hasenkrug, der inzwischen in die Strategie seines Chefs eingeweiht war, nüchtern fest. Gerade erreichten sie ihr Fahrzeug und setzten sich hinein.

„Stimmt. Das hätte ich ihm sagen sollen. Wie

unachtsam von mir." Büttner stellte seinen Kaffee in eine Aussparung der Mittelkonsole, startete dann den Wagen und sie machten sich mit Blaulicht an die Verfolgung des Fluchtautos. Zwar warteten genügend andere Kollegen bereits darauf, Wolfgang und Karolin dort gebührend in Empfang zu nehmen, wohin der im Fluchtauto angebrachte Peilsender sie führte, aber wenn es um den Showdown ging, dann würde Büttner wieder seinen Einsatz haben. Und den wollte er nicht verpassen.

Was hatte er nur getan? Wolfgang Habers drehte sich zum wiederholten Male um und warf einen Blick auf den Rücksitz. Karolin lag schon seit geraumer Zeit bleich da, ihr Verband war blutgetränkt. Zwischendurch hatte sie immer mal ein gequältes Stöhnen von sich gegeben, doch war das schon eine ganze Weile her. Ob sie überhaupt noch lebte?

Wenn nicht, dann hatte er sie auf dem Gewissen, er ganz allein. Der Schweiß rann ihm aus allen Poren. Oh mein Gott, was hatte ihn nur zu dieser verdammten Kurzschlusshandlung getrieben? Und vor allem: Wohin sollte sie führen?

Karolin brauchte dringend einen Arzt. Doch woher sollte der kommen? Ganz sicher waren inzwischen alle Ärzte und Krankenhäuser in der gesamten Region und darüber hinaus angewiesen worden, sofort die Polizei zu informieren, sollte er mit Karolin auftauchen.

Wolfgang wischte sich mit dem Ärmel den Schweiß von der Stirn. Was für eine Scheißidee diese Flucht gewesen war! Aber hätte er seine geliebte Karolin einfach ihrem Schicksal überlassen sollen? Hätte er sie ins Gefängnis schicken sollen, wohl wissend, dass sie darin zugrunde gehen würde?

Nein, auf gar keinen Fall. Also musste er das Ding durchziehen. Der Benzintank der Limousine war randvoll. Er würde also über die Grenze nach Holland, vermutlich sogar bis nach Belgien oder gar Frankreich kommen. Dann würde er weitersehen.

Ein Blick in den Rückspiegel sagte ihm, dass ihn nach wie vor niemand verfolgte. Absichtlich hatte er die Route über die Landstraßen gewählt, da man ihn auf den Autobahnen ganz sicher suchen würde. Ein kluger Schachzug, wie er fand. Er grinste zufrieden. David Büttner hatte sich offensichtlich an seine Zusage gehalten, ihn ohne polizeilichen Widerstand ziehen zu lassen. Er hatte den Mann seiner Kollegin Susanne schon immer gut leiden können. Und nun wusste er auch, warum. Weil David genauso dachte wie er selbst. Weil auch er eingesehen hatte, dass man Karolin nicht einfach den Furien in irgendwelchen Gefängnissen überlassen konnte. Ja, bestimmt hatte auch er eingesehen, dass Karolin an seiner Seite am besten aufgehoben war. Darum hatte er sie entkommen lassen. Darum hatte er seine Forderungen ohne zu zögern erfüllt. Und das, obwohl er jetzt gewiss gewaltigen Ärger bekam. Nein. Wolfgang wollte jetzt wahrlich nicht in Davids Haut stecken. Aber unter echten Freunden tat man so was. David war ein Pfundskerl.

Doch wie würde es weitergehen? Nicht alle bei den Ermittlungsbehörden würden so menschlich denken und handeln wie der Kollege Büttner. Was würden sie unternehmen, um ihn und Karolin zu finden? Waren womöglich die niederländischen und belgischen Behörden schon informiert? Aber woher sollten sie wissen, dass er dorthin fuhr?

Wie dem auch sei. Er würde jetzt einfach weiterfahren. Bestimmt würde David Mittel und Wege finden, um seine Kollegen aufs Glatteis zu führen. Er sollte sich keine allzu großen Sorgen machen. Alles würde gut werden und er würde mit Karolin endlich in das neue, gemeinsame Leben starten, das sie sich schon solange erträumt hatten.

Vom Rücksitz war erneut ein Stöhnen zu hören. Es klang jämmerlich. Aber für Wolfgang war es das schönste Geräusch der Welt. Karolin lebte also noch. Sie war stark. Bestimmt würde sie es noch eine ganze Weile schaffen.

„Wolfgang, ich … was … wo …?"

Wolfgangs Herz schlug Purzelbäume. Karolin war wieder bei Bewusstsein! Doch hatte er sich zu früh gefreut. Im Rückspiegel sah er gerade noch, wie sie mit einer schwungvollen Bewegung versuchte, sich aufzurichten, dann jedoch nach einem spitzen Schmerzensschrei wieder in sich zusammensackte – und anscheinend erneut das Bewusstsein verlor.

Verzweiflung machte sich in Wolfgang breit. Hatte er gerade noch geglaubt, es schaffen zu können, so wünschte er sich nun fast, David Büttner würde plötzlich vor ihm stehen und der ganzen Sache ein Ende bereiten. Doch darauf konnte er wohl lange warten.

Nach kurzem Nachdenken und einem weiteren Blick in den Rückspiegel fasste Wolfgang mit verkniffener Miene einen Entschluss. Er würde Karolin ins Krankenhaus bringen, komme was da wolle. Vielleicht hatten sie Glück, zumal die nächste Stadt, die er ansteuerte, Groningen war. Womöglich verzichteten die Holländer ja darauf zu erfahren, wie es zu Karolins Wunde hatte kommen können. Und wenn sie danach fragten, dann konnte er immer noch behaupten, es sei ein Unfall gewesen.

Wolfgang nickte entschlossen. Ja, so würde es gehen. In Bingum, kurz vor der Autobahnauffahrt nach Groningen, drückte er trotz der schneeglatten Fahrbahn das Gaspedal noch mal kräftig durch. Er durfte keine Zeit verlieren.

Doch was war das? Plötzlich fing der Wagen an zu stottern! Oh, verflixt, er wurde langsamer!

Hektisch riss Wolfgang das Steuer herum. Verdammt! Es blieb ihm nichts anderes übrig, als an den Straßenrand zu fahren, wollte er nicht riskieren, dass ein anderes Fahrzeug auf sie auffuhr. Nicht weit vor sich sah er einen kleinen Parkplatz. Ob er ihn noch erreichen würde?

Das Stottern des Motors wurde stärker. Dann erstarb er völlig. Was für ein verdammter Mist! Gott sei Dank aber hatte er nun tatsächlich den Parkplatz erreicht. Und jetzt?

Die Antwort ließ nicht lange auf sich warten. Wie aus dem Nichts tauchten plötzlich aus allen Richtungen Einsatzwagen mit Blaulicht auf. Für einen Moment überlegte Wolfgang zu fliehen. Dann jedoch ließ er seinen Kopf mit einem lauten Seufzer aufs Lenkrad sinken.

David hatte ihn reingelegt. Das hätte er nicht von ihm gedacht.

Als David Büttner und Sebastian Hasenkrug nach einer Fahrt unter Blaulicht nicht viel später als Wolfgang Habers am Parkplatz in Bingum eintrafen, schaute Wolfgang Habers nur kurz auf, senkte den Kopf jedoch sogleich wieder und umschlang ihn mit seinen Armen. Er saß, vornübergebeugt und in eine

Decke gehüllt, in einem Polizeibus.

„Moin." Büttner nickte den Kollegen zu, machte sich dann jedoch gleich auf den Weg zum Notarzt, der erst kurz vor ihm hier eingetroffen war. Gerade hatten sie Karolin Hermann aus dem Auto gehoben und der Notarzt leuchtete ihr mit einer kleinen Lampe in die Augen. Danach legte er seine Finger an ihre Halsschlagader.

Büttner bemerkte aus dem Augenwinkel, dass Wolfgang nun gebannt zu ihnen herüberstarrte.

Der Notarzt hob seinen Kopf und schaute Büttner mit einem bedauernden Kopfschütteln an. Dann zog er Karolin ein Tuch über Körper und Gesicht.

Büttner wandte rasch den Blick ab und presste seine Hand auf den Bauch, als müsste er sich im nächsten Moment übergeben. Sein Assistent Hasenkrug blickte schockiert von einem zum anderen und murmelte ein deutlich hörbares *Scheiße!*.

Für einen langen Augenblick hielten alle Anwesenden in ihrem Tun inne und es herrschte eine fast gespenstische Stille auf dem Parkplatz. Büttner atmete hörbar aus, als er eine Reihe vorwurfsvoller Blicke erntete. Es hatte sich unter den Kollegen wohl bereits herumgesprochen, dass er nichts gegen die Flucht von Wolfgang Habers und vor allem nicht gegen die Geiselnahme unternommen hatte.

Plötzlich jedoch zerriss ein fast animalischer Schrei die Stille, der Büttner augenblicklich an Tarzan denken ließ. „Nein!", erklang es vom Einsatzwagen her. „Nein, bitte nicht Karolin! Bitte, bitte, lass es nicht wahr sein! Bitte, nicht Karolin! Oh mein Gott, bitte nicht Karolin!"

Büttner sah auf. Wolfgang Habers machte Anstalten, den Einsatzwagen zu verlassen, wurde jedoch von zwei uniformierten Kollegen daran gehindert. Wie ein Besessener schlug und trat er, so gut es eben ging, um sich und versuchte sich zu befreien, doch hatte er keinerlei Chance, den Klammergriffen zu entkommen. „David!", schrie er, und Bäche von Tränen strömten über seine Wangen. „Bitte, David, du musst etwas tun! Ich bitte dich, tu doch was!"

Büttner trat ein paar Schritte näher an ihn heran und sagte tonlos: „Karolin ist tot, Wolfgang. Ich wüsste wirklich nicht, was ich daran ändern könnte. Mit dieser Schuld musst du schon ganz alleine fertigwerden." Mit diesen Worten drehte er sich um und lief nach einem kurzen Gruß zum Notarzt mit hängendem Kopf zu seinem Wagen zurück. Er hatte hier nichts mehr zu suchen.

31

Bereits seit zwei Stunden war David Büttner wieder in seinem Büro, als Frau Weniger den Kopf zur Tür hereinsteckte und verkündete: „Herr Habers möchte eine Aussage machen. Er ist bereits im Vernehmungsraum."

Büttner stieß hörbar die Luft aus. „Na endlich. Das hätte ruhig schneller gehen können." Er warf einen Blick zum Fenster. Draußen war es bereits dunkel, der gelbe Weihnachtsstern entfaltete nun seine ganze Leuchtkraft. „Hübsch", murmelte er, bevor er deutlich lauter sagte: „Ich warte noch auf Herrn Hasenkrug. Er ist für eine kurze Pause nach Hause gefahren. Dann kann's losgehen."

Er griff nach seinem Handy und nickte Frau Weniger dankend zu, die ihm daraufhin mitteilte, dass sie jetzt Feierabend machen werde, und gleich darauf die Tür schloss.

„Hasenkrug, es ist soweit", war alles, was Büttner in sein Telefon sprach. Er drückte die rote Taste und lehnte sich in seinem Schreibtischstuhl zurück. Was für ein Tag! In halbliegender Position schlug die Müdigkeit plötzlich wie eine Welle über ihm zusammen. Wie gerne wäre er jetzt nach Hause gefahren und hätte mit Susanne gemütlich zu Abend gegessen! Er seufzte. Zuerst musste er die Sache leider noch zu Ende bringen. Zwar hätten sie mit der Vernehmung Wolfgang Habers' auch bis zum nächsten Tag warten können, aber er war froh, wenn dieser Fall endlich seinen Abschluss fand. Und das würde er mit Wolfgangs Aussage, davon war er überzeugt.

„So, dann kann's ja losgehen", meinte Hasenkrug, als er nur eine Viertelstunde später zur Tür hereinkam. „Ich hoffe, der Kerl weiß, was wir von ihm erwarten. Nicht dass wir morgen noch hier sitzen und ihn interviewen, das wäre wirklich ärgerlich. Übrigens ein guter Coup mit der Manipulation der Tankanzeige im Fluchtwagen, Chef. Ich hab ja einen Moment gebraucht, um zu begreifen, was Sie meinten, als Sie das Wort *vollgetankt* so betonten, aber dann ging mir doch noch ein Licht auf. Die Kollegen haben es bei meinem Anruf Gott sei Dank auch gleich begriffen und die Tankanzeige entsprechend manipuliert. Wie gut, wenn man sich bei Bedarf an Absprachen für den Notfall erinnert."

„Glück gehabt", war alles, was Büttner dazu zu sagen hatte. „Zu Hause alles in Ordnung?", fragte er dann und erhob sich schwerfällig von seinem Platz.

„Alles prima. Mara hat sich wieder erholt. Keine Ahnung, warum die so quengelig war."

„Sie erzieht ihre Eltern. Das ist normal. Und das Erschreckende: Solche Eskapaden der eigenen Brut hören nie auf. Sie werden höchstens subtiler. Glauben Sie mir, Hasenkrug, Sie schauen furchtbaren Zeiten entgegen."

„Ich liebe Eltern, die einem mit so wohlmeinenden Weisheiten zur Seite stehen", frotzelte Hasenkrug mit säuerlicher Miene.

„Seien Sie froh, wenn Sie jemand vorwarnt, dann können Sie sich entsprechend wappnen. Ich wurde diesbezüglich ja ins kalte Wasser geworfen."

„Dafür ist Ihre Tochter aber trotzdem ganz gut gelungen", stellte Hasenkrug fest, während sie nun gemeinsam dem Vernehmungsraum zustrebten.

„Susannes Verdienst", seufzte Büttner. „Ich habe in Erziehungsfragen schon kapituliert, da war das Kind noch nicht mal ein halbes Jahr alt. Jette hat mich so sehr um den Finger gewickelt, dass ich noch heute unter Schwindel leide."

Noch bevor Hasenkrug etwas erwidern konnte, öffnete Büttner die Tür zum Vernehmungsraum und trat ein. Schon auf den ersten Blick registrierte er, dass Wolfgang Habers einfach erbärmlich aussah, aber nichts anderes hatte er erwartet. „Du wolltest uns sprechen?", fragte er.

„Es war nicht so, wie ihr glaubt", erwiderte Wolfgang mit brüchiger Stimme.

„Und was glauben wir, wie es war?" Büttner ließ die Akte auf den Tisch fallen und setzte sich. Hasenkrug schaltete das Aufnahmegerät ein und nahm ebenfalls Platz.

„Ihr glaubt, dass Karolin die Morde begangen hat."

„Hat sie nicht?" Büttner versuchte, sich nicht anmerken zu lassen, wie überrascht er über diese Aussage war. Eigentlich hatte er damit gerechnet, dass Wolfgang zumindest versuchen würde, Karolin alle Schuld in die Schuhe zu schieben. Nun aber schien er sie entlasten zu wollen. Oder?

„Ich war es. Ich habe die Morde begangen", sagte Wolfgang mit leiser Stimme. Er blickte auf. „Ich habe wirklich gedacht, wir kommen davon. Aber da habe ich euch wohl unterschätzt. Nun bleibt mir nicht mal mehr Karolin. Und schuld daran bin einzig und alleine ich. Sie hat nichts getan. Trotzdem ist sie jetzt tot. Du hast recht, David. Mit dieser Schuld werde ich leben müssen. Und ich bin bereit, sie zu tragen." Er schluchzte auf und wischte sich fahrig über die tränennassen und rotunterlaufenen Augen.

„Sie gestehen uns gerade, dass Sie es waren, der Clemens Conradi und Katja Lürssen ermordet hat? Verstehe ich das richtig?" Hasenkrug beugte sich vor und musterte sein Gegenüber prüfend. Anscheinend hatte auch er ein Geständnis von Habers nicht auf dem Schirm gehabt.

„Ja, genauso war es. Und jetzt auch noch Karolin. Dreifacher Mord. Ihr könnt mich gleich wieder in die Zelle verfrachten. Ich werde es vor Gericht genauso aussagen." Wolfgang hob seine verschränkten Hände und streckte sie Büttner entgegen, als würde er im nächsten Moment Handschellen erwarten.

„Nun mal langsam, Wolfgang", wiegelte Büttner ab. „Es wäre schön, wenn wir die ganze Geschichte erfahren könnten. Was hat es mit Clemens Conradi auf sich? Und was mit Katja Lürssen? Du musst ein Motiv gehabt haben, sie zu töten. Und nun komme mir bei Conradi bitte nicht mit Eifersucht, denn das nehme ich dir nicht ab."

„Quatsch, Eifersucht!" Wolfgang machte eine fahrige Geste. „Darum ging es doch gar nicht."

„Worum ging es dann?"

„Ich musste unsere Beziehung retten. Nichts anderes."

„Aber Karolin und du wart schon seit Monaten kein Paar mehr", stellte Büttner fest. „Was gab es da also zu retten?"

„Waren wir wohl", sagte Wolfgang trotzig.

„Ach?"

„Ja. Es war alles nur Show. Die ganze Trennung war nur Show."

„Und wozu sollte das gut sein?", wollte Hasenkrug wissen.

Wolfgang strich sich ein paarmal durchs Haar, dann sagte er: „Heute kann ich es selbst nicht mehr begreifen. Uns muss irgendwie der Hafer gestochen haben. Was für eine schwachsinnige Idee!" Er schlug die Hände über dem Kopf zusammen und blickte vorwurfsvoll zum Himmel, als könne dort irgendjemand etwas für seine Fehler. „Aber dennoch gab es einen guten Grund. Ja, vielleicht würde ich es sogar wieder machen."

„Wenn wir jetzt mal die Kurzversion hören dürften", knurrte Büttner entnervt. Er fragte sich, ob Wolfgang ihnen etwas vorspielte. „Uns interessiert lediglich, was tatsächlich passiert ist."

Wolfgang sammelte sich kurz, dann begann er zu erzählen: „Als ich mit Karolin zusammenkam, war sie wie besessen von ihrem Hass auf Conradi. Ganz egal, worüber wir uns unterhielten, nach nicht allzu langer Zeit kam das Gespräch immer auf ihn. Es war … anstrengend. Er nahm viel zu viel Raum in ihrem Leben ein."

„Sie hat dir also von Anfang erzählt, dass sie eine Schwester hat, die im Wachkoma liegt?", fragte Büttner. „Und dass sie Conradi die Schuld an dieser Tragödie gibt?"

„Ja, natürlich hat sie das. In einer guten Beziehung gibt es keine Geheimnisse."

„Und dann?"

„Ich habe es irgendwann nicht mehr ausgehalten. Immer und immer wieder drehte sich alles um diesen Kerl. Ich habe Karolin gesagt, dass das ein Ende haben muss. Dass er unsere Liebe kaputtmacht, obwohl er gar nicht da ist. Sie war wirklich besessen von ihm. Und von ihrem Wunsch nach Rache."

„Deswegen hat sie ihn im Internet auf einem

Partnerportal ausfindig gemacht", schlussfolgerte Hasenkrug.

„Ja, Conradi war überall präsent. Auf jedem Portal. Er schien es als Hobby zu begreifen, irgendwelche Frauen aufzureißen. Natürlich ging es ihm dabei nur um Sex, um neue Jagdtrophäen. Sich sein Gesülze und Geschleime durchzulesen, war kaum zu ertragen."

„Gut. Irgendwann wurde er dann auch auf Karolin aufmerksam. Sie hat ihm von ihrem Vermögen erzählt."

Wolfgang schnaubte verächtlich. „Es war nicht schwer herauszubekommen, dass Conradi trotz seines wahrlich nicht schlechten Verdienstes chronisch blank war. Karolin hingegen hat geerbt, und sie verwaltet das Vermögen von Ann-Kathrin. Die hat als Model sehr viel Geld verdient, wisst ihr. Daher auch die Villa. Karolin hat alles, worauf Conradi in seiner unendlichen Gier abfuhr. Also ist es zum Deal gekommen."

„Zum Deal?" Büttner verengte die Augen zu schmalen Schlitzen. „Was für ein Deal? Bed and Breakfast gegen …?"

„Nichts Bett. Ihr Vermögen gegen ein wenig Glamour."

„Verstehe ich nicht."

„Sie hat ihm versprochen, dass er an ihrem Luxus teilhaben könne, wenn er sie in seine Welt einführen würde. In seine Welt aus Show und Glamour und ganz viel Lametta." Wolfgang lachte freudlos auf.

„Das passt gar nicht zu Karolin." Büttner war sich nicht sicher, ob er Wolfgang Glauben schenken sollte. Wo, um alles in der Welt, gab es denn so irrwitzige Arrangements?

„Natürlich nicht. Es war ja auch alles nur Show. Sie

hat ihm was vorgespielt."

„Und wozu die Show?"

„Um an ihn heranzukommen und ihn umzubringen", antwortete Wolfgang schnörkellos.

„Also hat doch sie ihn umgebracht", stellte Hasenkrug fest.

„Nein. Sie hat nur immer davon gesprochen. Aber Woche um Woche verging und nichts geschah. Conradi nahm alles für sich in Besitz, als hätte es schon immer ihm gehört. Er überrollte Karolin geradezu mit seinem ausschweifenden Leben, mit seinen Partys. Sie war nervlich am Ende, aber es gelang ihr einfach nicht, ihn zu bremsen, und umbringen konnte sie ihn auch nicht. Sie hatte Hemmungen, brachte es nicht fertig. Selbst als er über sein ungeborenes Kind und dessen krebskranke Mutter aufs Übelste ablästerte, hat Karolin immer noch nicht reagiert. Und das, obwohl sie sich Tag und Nacht über ihn ärgerte und ihr Hass immer weiter zunahm. Er hat Ann-Kathrin nicht mal auf den Fotos erkannt, die überall im Haus verteilt sind. Stellt euch das mal vor! Er hat sie nicht mal erkannt! Es war ihm anscheinend völlig egal, was mit ihr passiert ist, und er hat sie aus seinem Gedächtnis gestrichen."

Wolfgang senkte den Blick nachdenklich zu Boden. „Also hab ich es dann gemacht. Es war der einzige Ausweg. Ich wollte Karolin den Stress nehmen, sie endlich ganz für mich haben und sie nicht mit diesem Arschloch teilen, der in ihrem Denken so viel Raum einnahm. Der sich in ihrem Leben plötzlich ausbreitete wie ein Krebsgeschwür und sie aufzufressen drohte. Mehr noch als jemals zuvor. Ja, er musste weg, sonst wäre sie nie von ihm losgekommen."

„Also entstand der Plan, ihn zu vergiften."

„Ja. Aber natürlich sollte es nicht bei Karolin im Haus geschehen. Als es dann hieß, wir würden vor dem Grünkohlessen noch boßeln, war für mich alles klar. Ich überredete sie, Clemens mitzunehmen, und bereitete alles vor."

„Wusste sie, dass du diesen Plan hattest? Wusste sie, dass du vorhattest, ihn bei dieser Gelegenheit zu töten?"

„Nein. Sie hätte sich verraten. Sie hätte es aus lauter Panik womöglich sogar Conradi verraten. Deshalb hab ich nichts davon gesagt."

„Wie genau hast du es gemacht?", fragte Büttner.

„Es waren die scharfen Peperoncini-Cracker, die ich zum Boßeln mitgenommen hatte. Schön abgepackt in kleinen, markierten Tütchen, damit es nicht zu Verwechslungen kommt. Conradi konnte nicht genug von ihnen bekommen. Blauer Eisenhut ist sehr geschmacksintensiv. Ich musste etwas finden, das diesen Geschmack übertönte. Schärfe schien mir da genau das Richtige zu sein, zumal ich wusste, dass es für Conradi nicht scharf genug sein konnte. Nicht nur, was das Essen anging", fügte er mit einem verächtlichen Laut hinzu.

Büttner atmete hörbar aus und auch Hasenkrug saß nun in Habachtstellung. Dass es sich bei dem Gift, das Conradi verabreicht worden war, um Blauen Eisenhut handelte, war Täterwissen. Wolfgangs Geschichte konnte also durchaus der Wahrheit entsprechen.

„Und Katja Lürssen? Warum musste sie sterben?", wechselte Büttner das Thema. Zum Fall Conradi hatte er genug gehört. Für eine Anklage würde dieses Geständnis reichen.

„Sie hat Karolin erpresst", sagte er knapp.

„Erpresst? Womit?"

„Diese dumme Kuh behauptete, gesehen zu haben, dass Karolin Clemens das Gift ins Essen gerührt hat."

Büttner hob erstaunt die Brauen. „Aber ihr wusstet doch, dass das nicht stimmte. Die Erpressung wäre also ins Leere gelaufen."

„Wäre sie nicht. Denn wenn Karolin nicht gezahlt hätte – diese miese kleine Göre wollte dreitausend Euro im Monat haben – dann wäre Katja zur Polizei gegangen und ihr wärt zwangsläufig auf uns aufmerksam geworden."

Hasenkrug schaute irritiert. „Das sind wir sowieso. Schließlich war Karolin Hermann von Anfang an in den Fall involviert."

„Natürlich. Aber so hätte es einen konkreten Verdacht gegeben", erklärte Wolfgang.

„Also bist du zu Katja Lürssen gegangen und hast sie umgebracht."

„Das war nicht geplant. Ich wollte sie lediglich zur Rede stellen. Ein Wort ergab das andere. Die kleine Nutte hat mich so provoziert, dass mir schließlich die Hand ausgerutscht ist. Sie donnerte mit dem Nacken auf den Tisch und blieb leblos liegen. Es war ein … Unfall."

„Warum hast du sie dann an den Hafen geschleppt und sie dort liegenlassen?"

„Damit man sie findet. Drinnen hätte sie nach ein paar Tagen nur schlecht gerochen", meinte Wolfgang herzlos.

„Ihnen sind nicht zufällig zwei Personen begegnet, die an diesem Abend zu später Stunde ebenfalls bei Frau Lürssen waren?", fragte Hasenkrug.

„Doch. Zuerst war da ein Mann. Ein jüngerer. Er

war schon da, als ich kam, und hat lautstark mit Katja Lürssen gestritten. Man konnte es bis nach draußen hören. Ich habe vor dem Haus gewartet, bis er gegangen ist. Ich dachte, nun sei der Weg endlich frei, doch kam da auch noch eine junge Frau, als ich gerade bei Katja in der Wohnung war. Sie muss uns streiten und womöglich auch den Schlag gehört haben, als Katja auf den Tisch fiel. Sie rief mehrmals durchs ganze Treppenhaus den Namen Pit. Sie klang dabei ein wenig panisch. Als sie dann in Katjas Wohnung kam, habe ich ihr eine Pfanne über den Schädel gezogen. Schließlich sollte sie die tote Frau nicht sehen. Sie ist dann völlig benebelt rausgetorkelt. Keine Ahnung, was aus ihr geworden ist."

Büttner war sich nicht sicher, aber er nahm an, dass es sich bei dieser jungen Frau um Merle Gandler handelte. Für diesen Fall jedoch war das nicht mehr von Relevanz. Wolfgang hatte zwei Geständnisse abgeliefert und beide klangen plausibel. Damit konnten sie die Aktendeckel in den Mordfällen Clemens Conradi und Katja Lürssen schließen.

Er stand auf und sagte: „Herr Wolfgang Habers, ich verhafte Sie unter dem dringenden Verdacht, Clemens Conradi und Katja Lürssen ermordet zu haben. Außerdem wird Ihnen im Fall Karolin Hermann Freiheitsberaubung vorgeworfen." Dann drehte er sich auf dem Absatz um und bedeutete Hasenkrug, ihm zu folgen.

Obwohl er wusste, dass er noch daran zu knabbern haben würde, dass sich Susannes so sympathischer Kollege als berechnender Mörder entpuppt hatte, lehnte sich Hauptkommissar David Büttner wenig später dennoch entspannt und zufrieden in seinem Schreibtischstuhl zurück und genoss einen

Schokoriegel. Der Fall war gelöst und zu Hause wartete ganz sicher ein leckeres Abendessen auf ihn. Das war alles, was nach diesem anstrengenden Tag zählte. Alles andere würde sich finden.

Und dass Karolin nur aus ermittlungstaktischen Gründen und in Absprache mit dem Notarzt für tot erklärt worden war, um ihn emotional unter Druck zu setzen und zu einer Aussage zu bewegen, konnte er Wolfgang auch am nächsten Tag noch sagen. Hauptsache war doch, dass Karolin sich wieder in guten Händen befand. Die nächsten Monate würden für sie noch schwer genug werden, denn ganz gewiss würde der Staatanwalt sich auch für ihre Rolle beim Mord an Clemens Conradi interessieren.

Epilog

Pit Wessels hätte sich beinahe an seinem Brötchen verschluckt. Fassungslos starrte er auf den Zeitungsartikel, dessen Überschrift ihm wie ein Widerhaken ins Auge gesprungen war und es ihm unmöglich machte, seinen Blick abzuwenden. „Das gibt's doch nicht", murmelte er und ließ die Brötchenhälfte wieder auf seinen Teller sinken. „Das kann doch alles nicht wahr sein!"

„Was gibt es nicht?", fragte Merle mit gerunzelter Stirn. „Du bist ja ganz bleich. Was ist denn los?"

Als Pit nicht antwortete, sondern nur weiter auf die Zeitung starrte, riss sie sie ihm aus der Hand und überflog die Seite, die er zuvor gelesen hatte. *Mörder von Clemens C. und Katja L. legt Geständnis ab* las sie, und prompt sackte auch ihr das Blut in die Beine. Alles drehte sich plötzlich um sie, sodass sie sich reflexartig an der Tischkante festhielt. „Aber wie kann das sein?", fragte sie mit heiserer Stimme. „Wie kann es sein, dass jemand ein Geständnis abgelegt hat, obwohl wir doch genau wissen, dass es Katja war, die Conradi ermordet hat!?"

„Wissen wir das wirklich?" Pit schob seinen Teller beiseite. Ihm war der Appetit vergangen. „Wir wissen nur das, was Katja uns erzählt hat." Er klopfte mit dem Finger auf die Zeitung, die Merle hatte sinken lassen. „Anscheinend hat sie mal wieder … übertrieben."

„Übertrieben?", rief Merle erregt aus. „Sie hat sich uns als Mörderin präsentiert, obwohl sie gar nichts gemacht hatte!" Merle machte vor ihrem Gesicht einen Scheibenwischer. „Wie plemplem muss man denn sein!?"

„Gar nicht so plemplem", erwiderte Pit tonlos, „sondern vielmehr ziemlich gerissen. Katja hatte schon immer ein Gefühl für richtiges Timing. Und sie witterte Geschäfte auch dort, wo andere gar nicht erst hinguckten. So auch an diesem Abend. Als Conradi tot vor ihr lag, hat sie daraus Profit schlagen wollen. Wohlwissend, dass wir seinen Tod planten, hat sie uns weisgemacht, sie habe es ohne unser Wissen erledigt. Weil wir angeblich nicht in die Gänge kamen. Und sie hat uns erpresst, indem sie damit drohte, zur Polizei zu gehen und unser Komplott aufzudecken. Sie hat Geld gerochen, das ist alles."

„Aber so gemein kann doch nicht mal Katja sein!" Merle schüttelte zweifelnd den Kopf. „Nein", sagte sie dann, mehr zu sich selbst, „so hinterhältig kann kein Mensch sein."

„Doch", sagte Pit und klopfte erneut auf die Zeitung. „Hier drin steht, dass sie auch die Lebensgefährtin von Clemens Conradi erpresst hat und deswegen sterben musste. Sie hat immer hoch gepokert, Merle, doch ..."

„Doch dieses Mal hat sie sich dabei ihr eigenes Grab geschaufelt", ergänzte Merle, und die Fassungslosigkeit stand ihr ins Gesicht geschrieben.

„Auf Luis", sagte Pit mit belegter Stimme und hob seine Teetasse.

„Auf Luis", nickte Merle.

Liebe Leserin, lieber Leser,

ich freue mich sehr, dass Sie „Scheinwelten" als Lektüre ausgewählt haben und hoffe, dass ich Ihnen mit dieser Geschichte ein paar angenehme Stunden bereiten konnte. In diesem Fall würde ich mich über eine Rezension oder ein Feedback auf meiner Homepage (www.elke-bergsma.de) oder per E-Mail (mail@elke-bergsma.de) sehr freuen. Sollten Sie Lust haben, mehr von Büttner und Hasenkrug zu lesen, darf ich Ihnen an dieser Stelle meine vierzehn weiteren Ostfrieslandkrimis ans Herz legen, die vor „Scheinwelten" in dieser Reihenfolge erschienen sind:

„Windbruch"
„Das Teekomplott"
„Lustakkorde"
„Tödliche Saat"
„Dat witte Lücht" (Kurzkrimi)
„Puppenblut"
„Stumme Tränen"
„Schweigende Schuld"
„Fluchträume"
„Brandwunden"
„Strandboten"
„Maskenmord"
„Eisige Spuren"
„Seelenrausch"

Vielleicht haben Sie auch Lust, in den ersten Band meiner neuen Ostfrieslandkrimireihe „Wibben und Weerts ermitteln" reinzuschnuppern? In dieser Reihe ist bisher erschienen:

„Moorsmaragd"

17234535R00179

Printed in Poland
by Amazon Fulfillment
Poland Sp. z o.o., Wrocław